청평조
清平調詞

구름 닮은 옷차림 꽃과 같은 생김새
봄바람 난간을 스쳐 가고 이슬 맺힌 꽃 짙어만 가네
만약 군옥산 머리에서 만나지 않았다면
청릉 요대의 달빛 아래서 만날 수 있으리

雲想衣裳花想容
春風拂檻露華濃
若非群玉山頭見
會向瑤臺月下逢

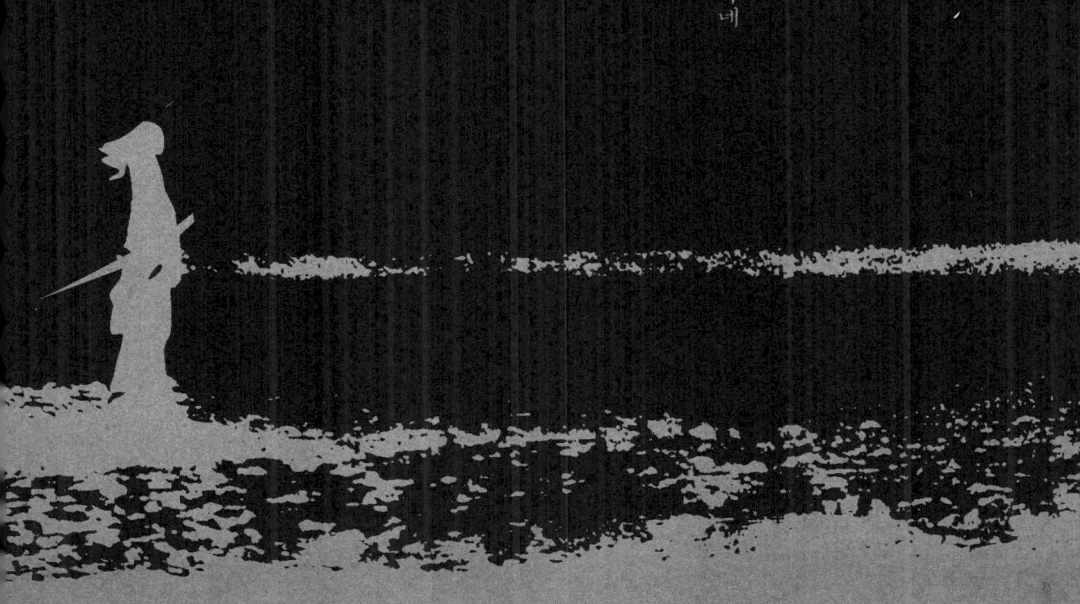

金剛不動身法

금강부동신법

금강부동신법 8
김대산 新무협 판타지 소설

초판 1쇄 찍은 날 § 2006년 9월 26일
초판 1쇄 펴낸 날 § 2006년 10월 2일

지은이 § 김대산
펴낸이 § 서경석

편집장 § 문혜영
편집책임 § 유경화
편집 § 이재권

펴낸곳 § 도서출판 청어람
등록번호 § 제1081-1-89호
등록일자 § 1999. 5. 31
어람번호 § 제2-1016호

주소 § 경기도 부천시 원미구 심곡1동 350-1 남성B/D 3F (우) 420-011
전화 § 032-656-4452 팩스 § 032-656-4453
http://www.chungeoram.com
E-mail § eoram99@chollian.net

ⓒ 김대산, 2005

ISBN 89-251-0329-X 04810
ISBN 89-5831-763-9 (세트)

金剛不動身法

금강부동신법

8

완결

김대산 신무협 판타지 소설

Fantastic Oriental Heroes

도서출판 청어람

목차

第一章 ●

성야(星夜)

성야(星夜)

석여령은 고대릉의 품에 안기는 순간 그대로 정신을 놓아버렸다.

그러나 그녀의 입가에는 한가닥 미소가 맺힌 채였다.

고대릉은 석여령을 가슴에 안은 채 끝없는 공간을 마냥 떨어져 내렸다.

아무런 생각도 들지 않았다.

그리고 아예 아무 생각도 하지 않으려 했다.

오로지 그녀가 그를 향하여 천야만야한 단애의 허공으로 몸을 던졌다는 것만이 의미가 있었다.

아니, 그 무엇보다도 지금 석여령이 그의 품에 오롯하게 안겨 있다는 사실만이 중요했다.

문득 귓가를 스치는 세찬 바람이 느껴졌다.

그들은 지금 무서운 속도로 떨어져 내리고 있는 중이었다.

고대룽이 신형의 추락 속도를 천천히 제어하던 중에 문득 아래쪽을 뭉클거리며 가득 메우고 있던 구름과 안개가 세차게 일렁이더니, 마치 무언가에 쫓기듯 위쪽으로 휘말려 올라왔다.

단애 면을 따라 올라오는 난기류에 의해 일시적으로 형성된 회오리바람이었다.

그렇지 않아도 고대룽은 외단을 제어하여 추락하던 속도를 천천히 늦추어가고 있던 중이었다.

그러던 차에 불어온 그 강력한 회오리바람은 고대룽과 석여령의 몸을 위로 떠받들면서 부드럽게 절벽 면 쪽으로 밀어붙이는 것이었다.

고대룽이 그 기세에 순응하면서 주변의 지형을 살피니 마침 절벽 면을 따라 제법 커다랗게 움푹 파인 지점이 보였다.

깎아지른 듯한 절벽의 직벽(直壁) 면에 그렇게 움푹 파여 들어간 곳이 있어 하나의 제법 커다란 공간을 형성하고 있을 줄은 천하의 그 누구도 알 수 없을 것이었다.

그 지점은 사시사철의 대부분을 구름과 안개에 휘감겨 있는 깊은 계곡과 잇닿은 절벽의 중간 지점이었다.

뿐만 아니라 그 공간은 위에서 내려다보거나, 혹은 아래에서 올려다보아도 보이지 않을 절묘한 각이 형성되는 곳에 위치하고 있었다.

석여령은 조금 전에 깨어났다.

깨는 순간에 자신이 누군가의 품에 기대어 있다는 것을 깨닫고서 그녀는 본능적으로 움찔하고 말았다.

그러나 그 순간에 자신의 어깨를 감싸고 있던 부드럽고도 강한 팔이 더욱 완강하게 그녀를 끌어안음으로써, 그녀로 하여금 감히 움직이지 못하고 그대로 가만히 있도록 하였다.

그녀는 그 부드럽고도 완강한 팔의 주인이 바로 고대릉이라는 것을 이내 깨닫고 나서는 굳이 애써서 저항하려고 하지 않았다.

저항을 포기하는 대신 그녀의 가슴속에서는 나지막한 부르짖음이 소리없이 흘렀다.

'아아! 대릉!'

오랫동안 시간은 마치 그대로 정지해 버린 듯했다.

그렇게 또 얼마나 시간이 지났을까?

문득 석여령은 자신의 어깨에 맞닿은 고대릉의 가슴이 세차게 뛰고 있다는 것을 느꼈다.

쿵쾅!

쿵쾅!

그리고 그 느낌은 이윽고 그녀를 차분한 마음으로 돌아오게 만들었다.

석여령은 그가 어색해하지 않도록 조심스럽게 자신의 머리를 그의 품속으로 더욱 깊숙하게 기대었다.

곧 고대릉의 가슴 울림은 천천히 진정되었다.

그렇게 두 사람은 또다시 침묵 속으로 빠져들었다.

황홀한 침묵이었다.

두 남녀의 머리 위로 잠시 안개구름이 흩어지며 밤하늘이 열렸다.

새까만 하늘에 별의 무리들이 하릴없이 찬란하였다.

성야(星夜)!

밤하늘에 총총히 박힌 숱한 별들이 마치 금방이라도 색색의 찬란한 우박으로 화해 두 사람의 머리 위로 쏟아져 내릴 것만 같았다.

너무도 아름다운 그 광경과 기대어 있는 뺨을 통해 느껴지는 정인(情人)의 심장 뛰는 소리와 그 따뜻하고도 정거운 체온은 석여령을 끝없이 황홀한 꿈의 세계로 이끌었다.

문득 어디선가 서늘한 밤바람 한 자락이 불어오면서 그녀의 코끝에다 물씬한 정인의 체취를 가져다 놓았다.

마침내 석여령의 입 밖으로 작은 탄성이 토해지고 말았다.

"아아!"

두 사람은 서로 어깨를 기댄 채 오랫동안 밤하늘을 바라보고 있었다.

그러던 중 석여령은 문득 별들이 한층 더 가까이 내려앉았다는 느낌에 유심히 하늘을 살폈다.

착각이 아니었다.

그녀가 유심히 살피고 있는 그사이에도 별들은 그들의 머리 위를 향해 조금씩 다가오고 있었다.

정말로 두 사람의 머리 위로 쏟아지기라도 할 듯이 말이다.

"보세요, 저기… 저 별들이……."

그녀의 말끝에 놀라움과 함께 약간의 두려움이 섞여 있었다.

그때 고대릉 역시 자신들을 향해 거리를 좁혀오고 있는 별들을 보고 있는 중이었다.

사실 그는 이미 그 이전부터 외단(外丹)의 기감(氣感)으로 전해지는 미상(未詳)의 존재들을 느끼고 있는 중이었다.

그러기에 눈으로 보이는 환상적인 느낌과는 전혀 다른 실질적인 어떤 존재들의 느낌을 벌써부터 받고 있었다.

모르는 사이에 사방의 대기는 촉촉한 습기로 젖어 있었다.

뿐만 아니라 하늘은 어느새 짙은 안개로 닫혀 있었건만, 그 기이한 별빛은 여전히, 아니, 한층 더 총총히 빛나고 있었다.

"아!"

그때 석여령이 다시금 놀라움으로 가득 찬 탄성을 내뱉고 있었다.

추측조차 할 수 없는 미지의 존재가 자신들을 향해 다가오는 데 대한 두려움과 한편으로는 그럴수록 눈앞에 더욱 환상적으로 펼쳐지는 아름다움에 대한 찬탄이 교차하며 뱉어지는 탄성이었다.

그 빛들이 점점 가까이 다가올수록, 별이 아니라 어떤 살아 움직이는 물체라는 것이 분명해졌다.

물체들은 무리 지어 움직이면서 빛을 내고 있었는데, 그 장엄한 광경은 마치 인세의 것이 아니라 선계의 모습인 듯 황홀하였다.

별빛이 명멸하고 있었다.

빛들은 이제 손에 잡힐 듯 가까이에서 두 사람의 주변을 날아다니며 깜빡이고 있었다.

수많은 반딧불이들이 유희를 벌이는 듯한 광경이었다.

그러나 반딧불이라고 하기엔 그 빛의 덩이들은 지나치게 컸다.

빛덩이들은 보통이 거의 주먹만 하였고, 개중 큰 것은 그야말로 어린아이의 머리통만 하였다.

그런 수천의 빛덩이들이 확 밝아졌다가 또 금방 사라져 버리기를 반복하는 그 광경은 가히 전율을 불러일으킬 만큼 신비롭고도 환상적이었다.

후두둑!

급기야 굵은 빗방울이 쏟아지기 시작했다.

순간 빛덩이들이 일제히 두 사람을 향해 몰려들기 시작했다.

사실은 비를 피해 두 사람이 있는 절벽 공간의 안쪽으로 몰려드는 것이었다.

"어엇!"

석여령이 놀라 고대릉의 품속으로 파고들 때, 고대릉은 부드럽게 두 사람의 둘레로 기(氣)의 방호막을 쳤다.

지금 자신의 외단이 어디까지 그 공간을 넓혀놓고 있는지에 대해서 고대릉은 여전히 잘 알지를 못하였다.

그의 외단이 지금도 얼마만큼씩 끊임없이 그 범위를 넓혀가고 있는 중이기도 했거니와, 사실 그 근원이 어차피 무형이라고 할 수밖에 없는 기(氣)이니, 그 넓이를 따지는 것부터가 적절하지 못하다고 해야 할 일이었다.

어쨌든 지금 그가 한 것은 다만 외단의 일부를 가볍게 움직인 것이었다.

당장에 빛덩이들이 두 사람의 일정 범위 바깥쪽에 쳐놓은 보이지 않는 차단 벽에 부딪치면서 놀라 사방으로 흩어져 날아다니고 있었다.

그 광경을 보면서 고대릉이 빙그레 웃으며 말했다.

"훗! 아마 녀석들은 비를 피해서 이곳 안쪽으로 들어온 모양입니다."

농담 삼아 해놓고 보니, 정말로 놈(?)들은 소나기를 피해 암벽의 파인 공간 안으로 들어온 것일지도 모른다는 생각이 불쑥 드는 것이었다.

그리고 어쩌면 놈들이야말로 오랜 세월 이 피난처의 주인이었을 수도 있을 터였다.

그렇다면 고대릉과 석여령이야말로 무단 침입자가 되는 것이니, 놈들이 달가워할 리는 없는 것이다.

당장에 석여령의 얼굴로 가벼운 긴장이 스쳐 갔다.

고대릉은 녀석들과 조심스럽고도 은근한 신경전을 벌이고 있었다.

가능하면 놈들을 다치게 하지 않을 요량으로 아주 부드럽게 차단막을 쳤다.

그것은 놈들에게 부딪쳐도 그다지 충격을 주지 않을 정도로 부드러운, 그러나 질기면서도 은근한 강제력을 가지는 기의 장막이었다.

놈들은 처음에 자신들의 보금자리에 낯선 존재가 들어와 있다는 데 대해 강한 경계심과 호기심을 함께 가지는 모양이었다.

팟!

파팟!

그것은 실제의 소리라기보다는 고대릉이 쳐놓은 외단의 경계 면에 놈들이 부딪치면서 생겨나는 기의 파장이었다.

이윽고 놈들은 자신들을 강제하는 무형의 기운에 대해 상당한 적대감을 느끼기 시작하는 모양이었다.

파파팟!

파파파팟!

놈들이 외단에 부딪치는 순간 순간마다 마치 숯불에 풀무질을 할 때처럼 확 하고 빛이 밝아지곤 하였다.

놈들이 본격적으로 부딪쳐 오기 시작하자, 그 빛의 명멸과 강약이 이루어내는 조화란 것은 필설로는 도저히 형용하기 어려울 만큼 환상적이 되었다.

"아아! 아름다워요!"

아예 몽롱한 눈빛이 되어버린 석여령이 연신 탄성을 토해내고 있었다.

고대릉은 문득 놈들과 한판의 유희를 벌여볼 생각을 하게 되었다.

단순히 차단막을 형성하여 놈들의 접근을 막을 것이 아니라, 아예 놈들의 무리 전체를 온전히 감싸고서 놈들의 군무(群舞)를 적절히 통제해 볼 생각인 것이다.

그렇게 한다면 석여령을 지금보다 더욱 감탄하게 만들 광경을 연출해 볼 수도 있지 않을까 하는 엉뚱한 욕심이었다.

고대릉은 우선 놈들의 예기를 꺾어서 굴복시켜 볼 요량을 하였다.

외단을 움직여 놈들의 무리 전체를 하나의 폐쇄된 공간에다 가두어 버린 것이다.

순간 제법 간단치 않은 무수한 저항이 느껴졌다.

파파팍!

파파파팍!

이제는 본격적으로 하나의 강제적인 힘의 공간을 형성해 버린 고대릉의 외단에 대해 놈들은 일제히 강력한 반발을 하고 나선 것이다.

그러나 얼마 안 가서 놈들의 저항은 금방 한계에 이르렀다.

외단은 그 공간 범위를 점점 더 좁혔고, 그에 따라 놈들은 외단이 터주는 공간 내에서만 비행을 할 수밖에 없게 된 것이다.

갑작스럽게 질서 정연한 군무를 연출하는 놈들의 경이로운 재주에 석여령은 연신 탄성을 터뜨렸다.

"아아! 상공! 저것 좀 보세요. 어쩌면 저렇게 대오(隊伍)를 맞추어 날아다닐 수가 있죠? 마치 체계적인 훈련이라도 받은 듯하지 않은가요? 혹시 저 빛을 내는 존재들은 무림의 어떤 기인(奇人)이 키운 것은 아닐

까요?"

석여령은 놈들의 군무에 아주 넋을 놓은 듯 빠르게 말을 쏟아냈다.

그러나 고대릉은 그녀의 말들 중에서도 단 한 마디의 말 때문에 일시 머릿속이 텅 비는 듯한 충격을 받고 말았다.

그 느낌은 어색하고도 당황스러운 것이었지만, 한편으로는 더할 수 없는 희열과 감격을 주는 것이었다.

바로 그녀가 놈들의 군무에 취해 생각없이(?) 뱉어낸 '상공'이라는 그 한마디 때문이었다.

놈들의 속도는 현저히 느려졌다.

물론 석여령이 보기에 놈들의 무리는 더할 수 없이 우아하게 허공을 유영하고 있는 것처럼 보이겠지만, 사실 놈들은 지금 투명한 날개를 파닥이며 힘겨운 비행을 하고 있는 중이었다.

그 모든 것이 다 고대릉의 외단이 부려내는 조화였다.

놈들이 날아다닐 수 있는 공간도, 비행하는 형태도, 그 속도도, 그 모두가 오로지 고대릉이 허락하고 조종하는 범위 내에서만 가능하였다.

그런 점에서 놈들은 오늘 제대로 임자를 만났다고 할 수밖에 없는 일이었다.

무리들이 각자 찬란한 빛을 뿜내며 허공을 빙글빙글 돌았다.

일제히 하늘로 치솟았다가 빛의 폭포수가 되어 다시 일제히 아래로 내려 박힌다.

"아아! 아름다워요!"

사정 모르는 석여령은 쉬지 않고 감탄사를 흘려냈다.

그리고 그 안의 사정을 잘 아는 고대릉은 그녀의 감탄사에 연신 흐뭇한 미소를 감추지 못하였다.

이래저래 고달픈 것은 놈들(?)뿐이었다.

빗소리.

바람 소리.

빗줄기가 절벽에 부딪치는 소리.

절벽 면을 타고 흐르는 물줄기 소리.

고즈넉하고, 세차고, 격렬하고, 때로는 애달프기도 한 그 소리들의 조화 속에서 빛의 무리들은 황홀하게 명멸하며 두 사람에게로 다가왔다가는 다시 물러섰다.

확 하고 밝아졌다가는 아쉽게도 희미해지고, 그러다가 이윽고는 흔적도 없이 스러지는 수많은 빛, 빛들.

빛의 무리들은 각양각색의 띠를 이루며 끊임없이 두 사람의 주변을 맴돌았다.

깜빡이며 명멸하는 그 아름다운 빛의 세계는 그대로 선계의 아름다움이요, 신비였다.

취한 듯 환상의 세계를 지켜보던 중에 어느 순간부터인지 누가 먼저 시작했는지도 알 수 없게 두 사람은 도란도란 얘기를 시작하고 있었다.

지난날의 오해와 가슴앓이에 대해 차근차근히 하소연했고, 가슴속에 오래 묵혀둔 원망을 진솔하게 얘기했다.

그리고 이윽고 그들은 지난 일에 대해서가 아니라, 이제부터 두 사람이 맞게 될 밝고 아름다운 앞날에 대한 희망과 사랑을 얘기했다.

사랑하는 사람의 감미로운 목소리와 열정에 들뜬 눈빛과 표정에 집중해 있느라 그들은 조금도 느끼지 못했지만, 밤은 저 홀로 깊어가서 저 먼 곳에서는 어느새 함초롬한 새벽의 기운이 조용히 다가오고 있었다.

계곡 건너편 산봉우리의 동녘 어림에는 여명(黎明)의 붉은 기운이 완연하였다.

비로소 밤에서 깨어난 천지에는 막 눈부신 생기가 감돌기 시작하고 있었다.

마침내 먼 동쪽에서 붉은 광구가 설핏 모습을 드러내면서 주변의 어둠과 짙은 안개는 쫓기듯 밀려나고 있었다.

신형(神螢).

두 사람은 지난 밤새 그들을 위해 신비롭고도 화려한 빛의 향연을 펼쳐 준 놈들에게 그런 이름을 지어주었다.

날이 밝아 자세히 보니, 놈들은 반딧불이와는 크기도 크기려니와 그 생긴 모양새 또한 판이하게 달라서 차라리 벌의 생김새를 지녔다고 하야 했다.

그러나 형태가 그렇다 해도, 놈들이 벌의 종류가 아닌 것 또한 분명했다.

벌이라고 하기에도 그 크기가 너무 컸다.

그 전체적인 몸의 크기에 비해 상대적으로 놈들의 날개는 아주 작았다.

사실 놈들의 날개는 너무나 투명하여 날아다니는 중에는 자세히 살펴보는 것 자체가 불가능할 정도였다.

다만 놈들이 아주 드물게 암벽에 내려앉았을 때 보면 몸통의 크기에 비해서는 아주 짧고도 작은 한 쌍의 투명한 날개를 볼 수 있었다.

사실은 날개뿐만이 아니라 놈들의 신체 전체가 거의 투명하여서, 빠르게 허공을 날아다니는 동안에는 그 전체적인 형체 또한 제대로 식별하기가 어려운 것은 마찬가지였다.

놈들은 전체적으로는 유선형의 날렵한 형체인데, 전신에는 마치 투명한 갑옷과 투구로 무장을 한 듯 아주 단단한 느낌을 주었다.

무엇보다 놀라운 것은 놈들의 비행 속도였다.

놈들이 워낙 투명하여 주의하지 않으면 잘 보이지도 않는 데다, 날갯짓하는 소리조차도 없어 빠른 속도로 허공을 날아다녀도 그 존재를 알아채기가 결코 용이하지 않았다.

놈들이 수백 수천 마리씩 무리를 지어 유유히 허공을 날아다니는 것을 보고 있노라면, 굳이 밤에 벌이는 그 환상적인 빛의 향연이 아니더라도 참으로 평화스럽고 아름다워 보였다.

그러나 일단 놈들이 어떤 것에 자극을 받아 맹렬히 속도를 붙일 양이면, 그 많던 무리들이 갑자기 허공에서 꺼져 버리기라도 하듯이 한순간에 사라져 버리는 것이었다.

놈들이 있던 공간은 마치 처음부터 아무것도 없었던 듯 텅 빈 허공이 되고 말았다.

사람의 시선이 미처 따라잡을 수 없을 정도이니, 놈들의 비행 속도는 그저 놀라운 정도가 아니라 가히 엄청난 속도라고 해야만 했다.

그리고 또 하나의 전율스러운 사실은 바로 투과력(透過力)이었다.

바로 놈들이 전신으로 이루어내는 투과력.

날이 밝고 나서야 발견한 것이지만, 암벽의 안쪽으로는 놈들이 뚫어 놓은 것으로 보이는 작은 구멍들이 촘촘했다.

처음에는 그것이 놈들의 집인 줄 알았으나, 이내 어떤 먹이 사냥을 한 흔적이라는 것을 알 수가 있었다.

바로 놈들의 일부가 수시로 단단한 암벽으로 처박히는(?) 광경을 목격할 수 있었기 때문이다.

암벽에 부딪치는 즉시 놈들의 모습은 사라졌다.

암벽 속으로 깊숙이 파고들어 가 버린 것이다.

놈들이 암벽에 구멍을 내는 데는 조그만 소리조차 나지 않았다.

다만 한참 뒤에 구멍으로부터 다소곳이 피어오르는 한줄기 작고 흐릿한 먼지 기둥이 방금 암벽에 새로운 구멍이 하나 뚫렸다는 사실을 증명해 주었다.

참으로 조용하게, 그리고 조금도 특별하지 않은 일상사처럼 이루어지는 일이었다.

그러나 문득 다시 생각하면 그 얼마나 공포스러운 일인가?

더구나 그런 놈들이 한두 마리가 아닌 수천 마리가 무리를 이루고 있다는 것을 생각한다면…….

누가 상상이나 하겠는가?

투명한 동체에 평화롭고도 유려하게 허공을 날아다니는 놈들이, 더구나 밤이면 그처럼 환상적인 빛의 향연을 이루어내는 놈들이, 일단 한 번 성질이 발동하면 무엇이건 단번에 뚫어버리고 마는 공포의 난동자들이라는 사실을.

어쨌든 놈들이 반딧불이가 아니라는 사실은 너무나 분명해졌지만, 그럼에도 불구하고 두 사람은 놈들에 대해 그대로 신형이라는 이름을 고수(?)하기로 했다.

어차피 놈들은 지난밤과 새벽, 두 사람의 사랑이 마침내 이루어지는 과정을 지켜보았고, 또한 신비롭고도 환상적인 빛의 향연으로 축하해 준 유일한 존재들이었다.

그런 점에서라도 놈들은 두 사람에게는 더없이 소중한 의미를 지니는 존재였다.

신형이라는 이름 또한 그 같은 맥락에서의 소중한 의미를 지니는 이름일 수밖에 없는 것이었다.

암벽 중간의 패인 공간에서 바라다보는 사방의 풍광은 말 그대로의 절경이었다.

그들이 위치한 곳은 아래쪽 계곡의 바닥으로부터 대략 백여 장쯤이 되는 높이였다.

쏴아아!

지금에야 생겨나기라도 한 듯 문득 들려오는 은은한 물줄기 소리에 시선을 주어보니, 계곡 건너편 산봉우리에 작은 폭포 하나가 길게 걸려 있었다.

산봉우리의 중간에서부터 떨어지는 물줄기는 실처럼 가늘게 보였지만, 못해도 수백 장의 높이에서 떨어지는지라, 계곡 아래쪽에서는 포말과 작은 물방울로 이루어진 일단의 운무가 햇빛에 하얗게 반사되고 있었다.

"참으로 아름다운 광경이에요."

석여령이 감탄하며 말했다.

하긴 그녀에게 있어 이곳은 그토록 오랫동안 애태우던 사랑이 비로소 이루어진 장소이니, 설혹 황무지라 할지라도 어찌 아름답게 보이지 않겠는가.

또한 어찌 특별한 감회와 정취가 생겨나지 않겠는가.

본디 아름다움이란 것이 결국은 보는 사람의 마음이 만들어내는 조화요, 감흥이지 않겠는가.

"하하하! 나중에 우리는 이곳에 다시 한 번 오도록 하지요. 그때는 지금보다 한결 여유있게 주변 경관을 감상해 볼 수 있을 것입니다. 다만 지금은 형세가 급박하니 한시라도 빨리 천주봉으로 돌아가는 것이 좋겠습니다."

그러면서 고대룡은 석여령의 대답을 기다리지 않고 대뜸 한 손으로 그녀의 허리를 휘감았다.

"어멋!"

짐짓 놀랐다는 듯 뱉어내는 석여령의 경호성에 약간의 비음이 섞여 들었다.

그러나 곧 석여령은 가만히 두 눈을 감았다.

그리고 금방 전신을 타고 흐르는, 언젠가도 한 번 느껴본 적이 있는 공간과 시간을 거슬러 흐르는 듯한 그 기이한 느낌에 온몸을 맡겼다.

석여령의 내심으로 감탄과 함께 한가닥의 뿌듯함이 흘렀다.

'아아! 천하의 그 어떤 것도 이이의 발길을 막을 수는 없겠구나.'

모전동은 깊숙이 허리를 숙인 채 조심스럽게 입을 열었다.

"그는 장로님들을 대면하겠다고 합니다."

모전동의 앞에 선 인물은 노인이었다.

백발을 단정하게 뒤로 묶고, 수염 없는 깨끗한 얼굴에 날카로운 개부리코의 윤곽이 특징적인 얼굴의 노인이었다.

노인이 담담하게 웃으며 물었다.

"허허허! 그러니 우리더러 그 아이를 맞이하기라도 하라는 말인가?"

짐짓 웃는 얼굴임에도 불구하고, 노인에게서는 늦가을 무서리같이 은근히 매서운 기운이 풍겨 나왔다.

노인은 바로 천마오로(天魔五老) 중 현로(玄老)였다.

당장에 모전동의 목소리에 흠칫하는 당혹이 어렸다.

"하지만 그는 혼자가 아닙니다. 궁주님께서 그와 함께 계십니다. 궁주님께서 이십 년 만에 궁으로 귀환하시는 것입니다."

현로의 목소리가 낮아졌다.

그러나 그 목소리가 낮아진 만큼 매서운 위엄은 더해졌다

"궁주께서 이미 지난날의 궁주가 아니라는 것을 모르고서 하는 소리냐, 아니면 알고서도 하는 소리냐?"

모전동이 감히 더 이상은 현로의 말을 받을 엄두를 내지 못하고 더욱 깊숙이 허리를 숙이고 말았다.

그때 또 다른 목소리 하나가 두 사람을 향해 울렸다.

"그만들 두시게."

맑고도 청아한 울림을 지닌 그 목소리의 주인은 현로의 뒤쪽으로 서 있던 네 명의 노인 중 한 사람이었다.

그들 네 노인들이야말로 천마오로의 나머지 네 사람이었다.

그리고 목소리의 주인은 마로(魔老), 바로 천마오로의 수장이 되는 인물이었다.

마로는 노인이라기보다는 차라리 청수한 중년인의 모습이었다.

나이로 치더라도 천마오로 중에서 가장 연장자이니 당연히 백수를 넘긴 지 한참이나 지났을 것이다.

그러나 그의 모습은 마치 반로환동이라도 한 것처럼 전혀 노인의 태가 나지 않았다.

그러나 그에게서 은연중에 떨쳐 나오고 있는 한가닥의 위엄은 가히 그 이름이 가지는 비중에 걸맞는 것이라고 할 수 있었다.

가만히 있을 때는 그 존재가 있는지조차도 잘 알 수 없겠더니, 막상 입을 열어 자신의 존재를 드러내고 난 다음부터는 오히려 그 추상과도 같았던 현로의 매서운 기세를 단번에 누르고 말 정도였다.

모전동은 물론이고 현로 역시도 가만히 기세를 거두며 마로의 말을 경청하겠다는 자세를 취하고 마는 것이었다.

마로가 잔잔히 웃는 표정으로 모전동을 향해 말했다.

"모 총사는 공손가의 그 아이에게 노부의 말을 전하게."

모전동이 얼른 복명하였다.

"예! 대장로님!"

"지금은 전체적인 상황이 촉박하니, 향후 정세가 어느 정도 일단락이 되는 시점에서 합당한 예우를 갖춰 궁주님과 그를 맞이하겠다고 하게."

그러자 고개를 숙이고 있던 모전동의 어깨가 일시 미미한 떨림을 보였으나, 마로는 개의치 않고 말을 덧붙였다.

"다만 그동안에라도 우리에게 바라는 사항이 있다면, 우리는 최대한 따를 것이라고 하게."

그때 마로의 곁에 서 있던 청의장삼 차림에 신선풍의 모습을 한 노인이 가볍게 기척을 하며 잔잔한 어조로 끼어들었다.

"흠! 하면 대장로께서는 공손가의 그 아이에게 천마 조사의 종통이 이어졌음을 인정하시겠다는 말씀이십니까?"

노인은 바로 천마오로 중의 두 번째 서열인 천로(天老)였다.

마로가 가볍게 웃으며 대답했다.

"허허허! 비록 지금은 우리가 궁주의 권위를 대신하여 궁을 다스리고 있지만, 그것이야 말 그대로 어디까지나 대신하고 있는 것뿐이지 않겠소? 또한 천마 조사의 종통을 승계하는 것과 같은 중차대한 일에 대해서는 처음부터 우리가 인정하고 말고 할 일은 아니라고 해야 할 것이오. 다만 있는 사실 그대로를 율법에 견주어 따르면 될 일이오."

조심스럽게 돌아가는 형세를 살피고 있던 모전동이 약간은 주저하는 기색으로 입을 열었다.

"그렇지 않아도 그는 한 가지 사항을 지시하였는데, 바로 천주봉으로 가는 천하맹의 구조대에 대한 대응에 관한 것입니다."

그러자 현로가 기가 찬다는 듯 탄식하였다.

"허어! 지금 지시라고 했나?"

그러나 마로는 여전히 얼굴에서 웃음기를 지우지 않았다.

"천하맹의 구조대? 허허허! 그것에 대해 그가 원하는 것이 있다면, 그대로 따라서 나쁠 일도 없겠지."

이어 마로가 지그시 모전동에게 눈길을 주고 있다가 문득 나직하게 그를 불렀다.

"모전동!"

마로가 직위를 생략한 채 곧바로 이름을 부르는 경우는 극히 이례적이었기에 모전동이 긴장하며 급히 복명했다.

"예! 대장로님! 하명하십시오."

"지금부터 노부가 하는 말에 대해서는 자네 임의로 한 자라도 더하거나 줄임이 없이, 그리고 또한 어떠한 설명도 더하지 말고 있는 그대로를 그에게 전달하도록 하게."

언뜻 고개를 들던 모전동은 마로의 눈빛에 번쩍하고 스쳐 가는 한줄기 차가운 안광을 접하고는 그대로 허리를 접었다.

"존명!"

차가운 위엄을 담은 마로의 목소리가 천천히 이어졌다.

"천마의 영광은 영원하다. 본 궁의 모든 궁도들은 생사를 초월하여 천마에 대한 무조건적이고도 절대적인 충성을 바칠 것이다. 지존광휘(至

尊光輝)에 만천하가 앙복(仰伏)하리라."

그 장중한 선언에 모전동은 물론이고 천로를 위시한 나머지 천마오로들 모두가 일시 결연한 기색이 되고 말았다.

그러나 바로 그 순간 마로의 표정에서는 차가운 위엄이 사라지고, 언뜻 한가닥의 미소가 피어났다.

그것은 그가 지금까지 보여왔던 근엄하고도 담담한 풍의 미소들과는 또 다르게, 사뭇 묘한 느낌이 묻어나는 미소였다.

그 새벽.

고립된 잠룡단을 구출하기 위한 천하맹의 구조대는 대읍평원(大邑平原)을 가로질러 천주봉을 향해 질주하고 있었다.

위지호준이 지휘하는 탕마단이 선봉에 서고, 화인영과 남궁위덕이 이끄는 무당과 남궁가의 무인들이 조금 떨어져 후미를 받쳤다.

구조대의 출발에 앞서 작은 사고가 하나 있었다.

공손도중과 그의 개인호위라고 할 수 있는 천강, 그리고 언검룡과 십금강시 등이 구조대장인 위지호준에게 아무런 통보도 없이 구조대의 출발 직전 대열에서 이탈한 것이다.

다행스럽다고 해야 할 것은 와중에도 공손가의 주전력이라고 할 수 있는 이십여 명의 고수들이 그대로 대열에 합류했다는 점이었다.

그러나 비록 아직까지 한 번도 선을 보인 적은 없었으나 엄청난 위력을 지녔을 것이 분명한 십금강시가 구조대에서 이탈했다는 것만으로도 그것은 결코 작은 사고라고만 할 수는 없는 일이었다.

하지만 구조대의 임무는 은밀성과 시의(時宜)의 적절함을 최우선으로 해야 하는 것이었다.

그리고 출발 전부터 구조대에 혼선을 불러일으킬 수는 없는 일이기에, 위지호준은 공손도중의 방만함에 대해 괘씸하다는 생각을 다만 마음으로만 새기고 출발을 하였다.

천주봉으로 오르는 산야의 초입이 바라다 보이는 지점에 도달할 때까지, 구조대는 중도에 몇 차례 소규모 적의 무리를 발견하여 간단히 우회(迂廻)한 것을 제외하고는, 이렇다 할 적과의 조우없이 순탄하게 전진을 할 수 있었다.

적의 공격은 갑작스러웠다.

그 규모는 한눈에 보기에도 최소한 구조대의 배(倍)는 넘어 보였다.

그런데도 구조대에서는 사전에 조금도 기습의 기미를 읽지 못하였다.

또한 접전이 시작되자마자 적들이 곧바로 조직적인 기동과 진퇴로 구조대의 대열을 크게 흩뜨려 놓는 것을 보면, 적들은 미리 매복을 펼쳐 놓고서 구조대가 당도하기를 기다리고 있었던 것임에 틀림이 없었다.

치열한 난전이 벌어지고 있었다.

사방에서는 거친 함성과 병장기 부딪는 소리, 그리고 날카로운 호통 소리들이 정신없이 난무하였다.

"쳐라!"

챙!

채앵!

"활로를 뚫어라!"

"죽어라!"

구조대는 삼삼오오 흩어져서 적에 대항하고 있었으나, 이미 무너져 버린 대형으로는 압도적이고도 조직적인 적의 공격을 감당할 수가 없었다.

얼마 지나지 않아 여기저기서 산발적으로 처절한 비명들이 터져 나오면서 구조대는 속수무책으로 무너져 갔다.

"으악!"

"크악!"

그런 가운데 위지호준 역시 어떻게 조직을 정비해 볼 방도를 찾지 못하였고, 급기야는 그 자신마저도 아군의 대열로부터 격리되고 말았다.

그나마 다행인 것은 그의 주위에 작은 할아버지인 위지연(尉志硏)과 함께 십여 명의 위지가 직속의 무인들이 따르고 있다는 것이었다.

또한 그들 십여 명의 무인들은 기존의 무황성 비룡단의 핵심 무력이었던 금삼대(金杉隊) 소속이었기에, 위지호준이 당장의 위급을 면할 정도는 되었다.

죽고 죽이는 처절한 살육의 전장에 불쑥 공손도중이 나타난 것은, 위지호준 등이 적의 포위망 속에서 좌충우돌의 고전을 벌이고 있을 때였다.

공손도중은 천강과 열 구의 금강시(金剛屍)를 대동한 채였는데, 한

가지 달라진 것이 있다면 늘 그의 곁을 보좌하던 언검룡의 모습이 보이지 않는다는 점이었다.

그러나 지금의 상황에서 위지호준 등이 그러한 사소한 점에까지 유의할 여유란 조금도 없었다.

하물며 언가비전의 수법으로 제련된 금강시들을 언검룡도 없이 공손도중이 어떻게 통제할 수 있는지 하는 점에 대해서까지야 어찌 생각이 돌아갈 수 있었겠는가.

"공손 공자다!"

"금강시다!"

거듭되는 혈전에 이미 지칠 대로 지쳐 있던 금삼대원들이 위기의 순간에 때맞춰 나타나 준 강력한 구원군을 발견하고 환호성부터 터뜨렸다.

"공손 아우!"

위지호준 역시 크게 공손도중을 반겼다.

엄연히 구조대의 일원이면서 대열에서 무단으로 이탈과 합류를 제멋대로 하는 공손도중의 행위에 대해 따지는 것은 나중의 일이었다.

우선은 급박한 위기 때에 나타나 준 공손도중이 반갑기만 한 것이다.

그도 그럴 것이 공손도중과 천강, 그리고 십금강시라면 지금 구조대가 맞고 있는 위기의 상황에서 한숨을 돌리는 것은 물론이고, 나아가 능히 국면의 전환까지도 노려볼 수 있을 것이기 때문이었다.

위지호준이 바라던 위기 상황의 해소는 너무도 뜻밖으로, 또한 너무도 어이없게 이루어졌다.

공손도중이 나타나는 순간 그토록 집요하게 따라붙던 적들이 마치 그때를 기다리기라도 했다는 듯 썰물처럼 물러나 버린 것이다.

위지호준이 아연한 빛으로 물러가는 적들을 보고 있다가 문득 공손도중을 향해 급하게 재촉했다.

"공손 아우! 우리가 지금 이러고 있을 때가 아닐세. 구조대가 적의 매복에 걸려 심대한 타격을 받고서 사방으로 흩어져 버렸네. 그들을 구해야 하니 자네는 금강시들을 지휘하여 나를 따르도록 하게."

위지호준은 말과 동시에 신형을 날리려 하였다.

그러나 그는 이내 의아한 표정이 되어 제자리에 멈춰 서고 말았다.

공손도중이 전혀 움직일 기색 없이 그대로 우뚝 버티고 서 있었기 때문이다.

위지호준의 당황스러운 눈길을 느긋하게 받으며 공손도중은 천천히 입을 떼었다.

"그보다 급하게 처리해야 할 일이 있소."

공손도중의 느긋한 태도에서 약간은 미묘한 느낌을 받으면서 위지호준이 무겁게 말을 받았다.

"아우에게 현 상황을 타개할 방안이 달리 있다면 어서 말해보게."

그러자 공손도중이 문득 힐끗하고 위지호준을 흘겨보면서 입매를 한쪽으로 비틀어 올렸다.

"후후후! 늘 그런 식이었지요?"

느닷없는 소리에 위지호준이 미간을 좁히며 물었다.

"무슨 뜻인가?"

공손도중의 표정에 뚜렷하니 경멸이 담겨갔다.

"비룡단일 때부터, 탕마단, 그리고 지금의 구조대에 이르기까지 가문의 세를 빌어 늘 최고의 자리를 차지하면서도, 막상 조직을 지휘해야 할 긴박한 상황이 되면 언제나 남에게 기대기만 하는 그 무능력 말이오."

생각지도 못한 공손도중의 비난에 위지호준은 일시 어안이 벙벙한 표정이 되고 말았다.

이어 위지호준에게서 무거운 침음성이 흘러나왔다.

"으음!"

위지호준의 얼굴은 더할 수 없이 딱딱하게 굳어졌다.

그러나 공손도중은 상황을 즐기기라도 하듯 빙그레 웃는 얼굴로 말을 이었다.

"후후후! 지금 구조대의 대주는 어디까지나 호준 형이시니, 형의 생각을 한번 말씀해 보시오. 지금의 상황에서 어떻게 하는 것이 가장 효율적인 대응이 될 것인지에 대해 말이오?"

"공손 공자! 지금 이 무슨 망발인가?"

위지호준에 앞서 참지 못하고 노성을 터뜨려 낸 것은 바로 위지연이었다.

그러자 공손도중이 '훗!' 하고 가볍게 소리 내어 웃으며 눈길을 위지연에게로 돌렸다.

그런데 그 순간 위지연은 자신도 모르게 흠칫 어깨를 떨며 그만 뒤로 한 걸음을 물러서고 말았다.

공손도중의 웃는 얼굴에서 내밀(內密)하게 감도는 한가닥의 낯선 살기 때문이었다.

강렬하지는 않지만 형용 못할 차가움과 기이한 예기를 지니는 그런 살기였다.

마치 지옥의 근저(根底)에서 비롯되어 사람의 본능적인 두려움을 사정없이 파고들어서는 도저히 견딜 수 없도록 만드는, 그런 종류의 살기였다.

그러나 비록 얼떨결에 한 걸음을 물러나긴 했으나, 위지연은 이대무존가 중의 하나인 위지 가문의 핵심을 이루는 절정의 고수였다.

일순 공손도중의 살기에 반발이라도 하듯이 위지연에게서 한 무리의 맹렬한 기세가 확 하고 뿜어져 나왔다.

바로 그때 위지호준이 성큼 걸음을 옮겨 위지연의 앞을 막아섰다.

"좋네. 그간 내가 아우에게 섭섭하게 대했던 점들이 있다면, 그것에 대해서는 추후에 자세한 얘기를 나눈 연후 용서를 구하도록 하겠네."

비록 어조는 담담하였으나, 불끈 움켜쥔 위지호준의 양 주먹은 지금 미미하게 떨리고 있었다.

그러나 내심의 격분이 어떠하든 위지호준은 더욱 차분하게, 그리고 간절한 호소를 담아 말을 이었다.

"하지만 지금은 아우의 힘이 절대적으로 필요하네. 도와주게. 동지들을 구하는 데 힘을 보태주게. 그 이후라면 나는 아우의 어떠한 지적에 대해서라도 잘못을 인정하고 기꺼이 용서를 구할 용의가 있네."

한순간 공손도중의 입가에 떠올려진 미소가 약간의 비릿한 느낌으로 변했다.

"후훗! 제법 그럴듯하구려. 만약 전후의 사정을 모르는 사람이 지금의 이 광경을 보았다면, 과연 구조대의 대장다운 결의와 충정이라고 형을 높이 치켜세워 줄 만하오. 그러나 역시 지금은 그런 것을 따지는 것보다 더욱 급하게 처리해야 할 일이 따로 있소."

노골적이고도 거침없는 조롱에 위지호준의 얼굴이 다시금 딱딱하게 굳어졌다.

그러나 내쳐 참기로 작정을 한 듯, 위지호준이 어조에 약간의 다급함을 담아 물었다.

"음! 우리는 지금 이러고 있을 시간이 없네. 그래, 자네가 말한 그 중요한 일이란 것은 대체 무엇인가?"

그러나 공손도중은 조금도 급할 것이 없다는 투로 빙글거렸다.

"후훗! 본래 장수란 대를 위해 소를 희생할 줄 알아야 된다고 하지 않소? 구조대가 기왕에 커다란 타격을 받은 상태라면, 지금 그것에 연연한다는 것은 조금도 효율적이지 못한 행동일 뿐이오. 또한 당장 눈앞에 보이는 명백한 적은 크게 급하지 않다고 해야 하고, 오히려 명백하지 않고 잠재적인 적이야말로 진정으로 급한 적이니, 한 번 기회가 왔을 때는 전력을 기울여 반드시 멸(滅)해야만 하는 법이오."

빤히 위지호준을 바라보며 말하는 공손도중의 모습은 마치 병법에 갓 입문한 제자를 가르치는 노련한 교두(敎頭)와도 같아 보였다.

그때 위지호준은 공손도중의 말에 대해 언뜻 떠오르는 것이 있었는지 미간을 잔뜩 좁히며 물었다.

"자네는 설마 지금 이 시점에서 잠룡단을 멸하자는 얘기를 하고 있는 것인가?"

그러나 그 물음에 대해 공손도중은 부정도 시인도 하지 않는 묘한 표정으로 빙긋이 웃기만 하였다.

그러자 위지호준이 얼굴을 벌겋게 물들이다가 마침내는 격한 호통을 터뜨려 내고야 말았다.

"참으로 답답하네! 자네는 도대체 지금 그걸 말이라고 하는가? 우리가 무엇 때문에 적진을 뚫고 이곳까지 들어와 있는데, 자네는 지금 제정신으로 그런 말을 하는가 말이야?"

일순 공손도중의 얼굴에 한가닥의 음산한 냉기가 스멀거리며 번져 갔다.

"흐흐흐! 진정으로 답답한 것은 바로 당신이오. 자신을 둘러싼 주변의 형세가 어떻게 돌아가는지에 대해 어두워도 너무 어둡다는 말이오."

공손도중의 기색과 말투가 일변하였으나, 위지호준은 길게 한숨을 내쉬며 오히려 달래듯이 말을 꺼냈다.

"아우도 알다시피, 향후의 잠룡단이 우리에게 적대적인 세력이 될 것이라는 데 대해서는 나도 생각을 같이하고 있네. 하나 그것은 어디까지나 천마궁과의 전쟁이 종결되고 난 다음의 일일세. 지금의 잠룡단은 엄연히 아군이고, 더군다나 적에게 고립되어 있는 상황인데, 만약 우리가 역으로 그들을 친다면, 그것은 곧 적을 이롭게 하는 행위가 되지 않겠는가?"

그때 공손도중이 문득 위지호준과의 거리를 좁혀 바로 가까이로 다가섰다.

그리고 의미심장한 표정으로 마치 귓속말이라도 건넬 듯이 위지호준에게로 몸을 기울여 오는 것이었다.

순간 위지호준은 언뜻 느껴지는 한가닥의 음산한 기운에 대해 자신도 모르게 본능적인 경계심을 끌어올렸다.

그러나 바로 그때 공손도중이 내뱉은 나직한 한마디는 위지호준의 경계심을 찰나적으로 흩어버리는 것이었다.

"호준 형님!"

동시에 공손도중의 우장(右掌)이 가볍게, 그러나 눈에 보이지도 않는 번개 같은 속도로 뻗어 나왔다.

스팟!

공손도중의 우장은 오지(五指)를 꼿꼿이 편 채 그대로 위지호준의 왼쪽 가슴을 깊숙이 관통하였다.

"큭!"

짧은 신음성과 함께 화들짝 경련을 일으키는 위지호준의 몸을 공손도중이 왼손을 등 뒤로 돌려 끌어안았다.

그리고 위지호준의 귓가에다 나직이 속삭였다.

"내가 말한 그 잠재적인 적 중에는 당신도 포함되어 있소. 당신이 참으로 어리석다는 것은, 마지막 순간까지도 상황이 어떻게 돌아가는지 또 현재의 상황을 주도하고 있는 주체가 누구인지에 대해 눈치조차 채지 못하고 있다는 것이오. 그 우둔함이 당신의 죽음을 앞당겼소."

위지호준의 입가에서 핏기가 비치는가 했더니 이내 뭉클거리며 핏줄기로 뿜어졌다.

꾸르륵!

공손도중이 재빨리 뒤로 몸을 빼자, 이미 다리가 풀려 있던 위지호준의 몸은 그대로 앞으로 쓰러졌다.

쿵!

바닥에 엎어진 채로 위지호준에게서는 마지막 고통의 신음 소리가 새어 나왔다.

"끄으으윽!"

위지연은 두 눈으로 보면서도 도저히 믿지 못할 광경에 일시적으로 온몸이 경직되어 버렸다.

그가 겨우 막힌 목청을 뚫고 갈라 터진 고함을 내지르면서 공손도중을 향해 내달려 간 것은, 위지호준의 몸이 바닥으로 쓰러지는 것을 보고서였다.

"이노옴! 지금 무슨 짓을 한 것이냐!"

그러나 그는 공손도중에게 가까이 다가가기 전에, 불쑥 앞으로 마주 나온 천강에게 먼저 가로막혔다.

"카아아!"

듣는 것만으로도 전율을 불러일으키는 특유의 포효성을 흘리며 천강이 양손을 뻗어 위지연의 몸을 잡아왔다.

그냥 무작정으로 손에 걸리는 대로 움켜잡으려는 동작이었다.

"갈!"

위지연이 날카로운 호통을 내지르며 발검과 동시에 천강의 인후를 향해 검을 쭉 뻗어냈다.

팟!

그러나 섬뜩한 파공성을 흘리며 날카롭게 자신의 목을 찔러오는 그 한 자루 검에 대해 천강은 조금도 개의치 않는 모습이었다.

천강은 눈 한 번 깜빡하지 않고 그대로 손을 뻗어 위지연의 검을 움켜잡으려고 했다.

순간 위지연은 손목에 짧은 회전을 주었고, 그에 따라 그의 검은 미끄러지듯이 천강의 손을 비껴 나가면서 여전히 천강의 목을 찔러갔다.

핏!

그러나 그 순간 천강의 좌수가 눈으로 판별하기 어려울 정도의 미세한 떨림을 보였다.

그리고 다음 순간 위지연은 자신이 미처 알아채지도 못하는 순간에 자신의 검이 이미 천강의 손아귀에 잡혀 있는 것을 발견해야만 했다.

"이놈!"

위지연이 놀라 호통을 치는 한편, 쌍수(雙手)로 검병을 잡고 강하게 검신을 비틀어 버렸다.

천강의 손바닥을 헤집어놓은 다음 검을 빼려는 심산이었다.

그러나 바로 그때 천강은 검인(劍刃)을 움켜잡고 있던 좌수를 자신의 가슴 앞으로 쭉 끌어당겼다.

"어헛!"

거칠게 끌어당기는 그 엄청난 힘에 다시금 경악하며 위지연은 혼신의 힘으로 버티려 했다.

그러나 천강의 힘은 위지연이 항거할 수 있는 그런 정도가 결코 아니었다.

위지연은 결국 검을 버릴 수밖에 없겠다는 판단을 내렸으나, 그의 판단은 이미 늦은 감이 있었다.

바로 그 순간 위지연은 천강의 어깨가 자신의 가슴을 향해 부딪쳐 오는 것을 보았다.

그런데 천강이 펼친 그 한 수의 어깨 공격은 환상적이라고 할 수밖에 없는 빠르기에다, 거리마저 이미 지척지간이라 위지연은 자신의 두 눈으로 뻔히 보면서도 도저히 그것을 피해낼 수가 없었다.

와자작!

일단의 뼈 조각들이 무참하게 부러져 나가는 소리가 선명하게도 울렸다.

그리고 그것으로 끝이었다.

위지연은 비명도 내지르지 못하고서 이 장여를 튕겨져 나간 다음에, 모질게 바닥으로 내팽개쳐졌다.

그는 그대로 즉사를 하고 만 것이다.

챙!

차앙!

두 차례나 잇따라 벌어진 예기치 못한 참사에 십 인의 금삼대원들이 다급한 눈빛을 교환한 다음 일제히 발검을 하며 하나의 원진을 형성하였다.

바로 지난날 비룡단을 대표하던 검진인 오행무극검진(五行無極劍陣)이다.

그러나 지금 그들이 발동한 검진은 공손도중이나 천강을 목표로 한 것이 아니라, 차라리 그들 스스로를 방어하기 위한 것이었다.

금삼대원들의 눈빛에서는 이미 은은한 공포가 비치고 있었다.

너무도 어이없고 전율스러운 위지호준과 위지연의 잇따른 죽음 때문이었다.

특히 천강의 가공할 힘과 흉포성은 그들로 하여금 감히 검을 겨눌 엄두조차 내지 못하도록 만드는 것이었다.

게다가 지금 핏빛 안광을 내뿜으며 천천히 그들을 향해 다가들고 있는 열 구의 금강시는 그들을 질리도록 만들기에 충분하였다.

"모두 죽여라!"

공손도중의 냉혹한 명령이 있었다.

순간 금강시들은 일제히 소름 끼치는 기성을 지르며 금삼대의 오행무극검진을 향해 돌진하였다.

"끼아아아악!"

"카아아아아!"

열 구의 금강시들은 검진의 생문(生門)과 사문(死門)을 가릴 것도 없이 그냥 무작정으로 덮쳐들었다.

그 괴물들에게서는 오로지 눈앞에 보이는 목표물들을 발기발기 찢어놓고야 말겠다는 흉포성만이 흘러넘쳤다.

그것은 보는 것만으로도 전율스러운 공포였다.

원진의 앞쪽에 섰던 자가 떨리는 목소리로 외쳤다.

"개문(開門)!"

순간 검진의 전면이 활짝 열렸다.

금강시들은 조금의 멈칫거림도 없이 그대로 진 안으로 밀려들어 갔다.

이어 검진을 통제하는 나직한 호령 소리가 다시 울렸다.

"폐문(閉門)!"

"발진(發陣)!"

검진은 곧바로 맹렬한 속도로 회전하기 시작하였다.

뿌연 잔상의 벽을 형성한 채 돌아가는 검진 내에서 한순간 날카로운 금속성이 무차별적으로 터져 나왔다.

차차창!

차차차차창!

그리고 곧바로 당혹에 가득 찬 경호성들이 흘러나왔다.

"크으! 검이 통하지 않는다!"

"놈들은 도검불침이다!"

그때 진을 지휘하던 자의 호통이 있었다.

"침착하라! 각자의 방위를 고수하며 놈들의 약점을 찾는다! 일단은 놈들의 두 눈과 천돌혈(天突穴)을 집중적으로 노린다!"

그리고 다시 날카로운 검명과 흉성이 폭발한 듯한 금강시들의 포효성들이 뒤섞여 터져 나왔다.

칭!

치잉!

"키악!"

"키아악!"

그러나 그러한 혼전은 그다지 오래가지 않았다.

챙강!

탱!

검이 부러지는 소리가 잇따라 들리더니 연이어 처절한 비명 소리가 울려 퍼졌다.

"으악!"

"크악!"

검진의 회전은 일순간에 멈추었다.

그리고 연달아서 처절한 비명 소리들이 폭발적으로 터져 나왔다.

"으아악!"

"크아악!"

처참지경!

바닥에는 뜯겨진 채 제멋대로 나뒹구는 지체(肢體)와 메마른 바닥을 흥건하게 적시고도 모자라 여전히 뭉클거리며 쏟아져 나오고 있는 피, 그리고 허옇게 터져 사방으로 흩어진 뇌수 등으로, 차마 보지 못할 목불인견의 참상이 펼쳐져 있었다.

그리고 열 명의 금삼대원 중 두 발로 땅을 디디고 서 있는 자는 아무도 없었다.

위지호준의 몸뚱이는 미동도 없이 바닥에 엎어져 있었다.

그런 위지호준에게 다가간 공손도중은 마치 더러운 물건이라도 건드리는 양, 발끝으로 그 몸뚱이를 뒤집었다.

위지호준의 입과 코에서는 여전히 피가 흐르고 있었지만, 그 피는 이미 짙은 검붉은색으로 굳어져 가고 있었다.

위지호준의 시신은 두 눈을 부릅뜬 채였다.

공손도중이 잠시 그 모양을 내려다보고 있다가 문득 고개를 들며 나직한 웃음소리를 흘렸다.

"후후후! 그래도 한때는 본 공자와 함께 강호제일의 후기지수로서의 영명(英名)을 떨쳤던 자의 죽음치고는 너무나 초라하구나. 그러나 거듭 말하거니와 너는 언제나 상황에 대한 인식이 너무 늦은 것이 결점이었다. 그래서는 결코 상황을 주도할 수가 없는 법이지. 불행히도 지금은 난세다. 상황을 주도할 능력이 없는 자가 상황의 한가운데에 있다가는 죽음을 면치 못하는 난세란 말이다. 만약 본 공자가 아니었더라도, 너는 또 다른 누군가의 손에 죽었을 것이다. 그렇다면 본 공자의 손을 빌려 죽은 것이 네게는 차라리 다행일지도 모르는 일이다. 본 공자야말로 곧 무림천하의 주인이 될 사람이니 말이다. 흐흐흐!"

그리 멀지 않은 곳에서 치열하게 병장기 부딪치는 소리와 함께 호통, 비명 소리 등이 혼재되어 들려왔다.

천천히 그쪽을 바라보며 공손도중이 중얼거렸다.

"다음은 남궁위덕과 화인영이다. 특히 화인영은 반드시 죽여야 할 자다. 남궁위덕이 부러지기 전에 휘어질 줄 아는 자라면, 화인영은 끝까지 부러지는 쪽을 택할 자이다. 겉으로는 부드럽고 낙천적인 성격 같으나, 화인영이야말로 결코 남의 아래에 있는 것을 견디지 못할 자라는 것을 나는 안다. 그러기에 강호오공자 중에서도 나는 늘 그자를 가장 경계해 왔었다.”

공손도중은 천강과 십금강시를 이끌고 접전의 소음이 들려오는 곳을 향해 신형을 날려갔다.

산 자들이 모두 떠나고 간 그곳에는 이제 사자(死者)들만 남았다.

그중에는 한때 천하제일의 영웅이 되기를 꿈꾸던 위지호준의 처참한 주검 또한 허무하고도 쓸쓸하게 하늘을 향해 누워 있었다.

혈투(血鬪)

南궁위덕과 화인영이 이끄는 남궁세가와 무당파의 삼십여 무인들은 앞선 탕마단과는 다소 거리를 두고 뒤처져 있었던 덕분으로, 앞쪽의 탕마단이 매복에 걸린 징후를 미리 포착할 수 있었다.

그리하여 그들은 적을 만나기 전에 그나마 약간의 대비를 할 시간적 여유를 가질 수 있었다.

그러나 대비할 시간을 가졌다고 하더라도, 앞쪽의 탕마단을 구원하러 가는 것은 쉽게 엄두를 내지 못하였다.

그들이 탕마단과 거리를 두고 구조대의 후미를 맡게 된 것은 다만 지휘 체계상의 효율을 취하기 위해서였을 뿐이었다.

그들에게 딱히 구조대의 후미를 감당할 만한 전력이 있어서는 아닌 것이다.

앞쪽에서 벌어지고 있는 전투의 양상을 살펴보건대, 적의 규모는 자세히는 모르더라도 최소한 구조대를 압도하고 있는 것이 분명했다.

그 결과로 구조대는 풍비박산으로 뿔뿔이 흩어져 쫓기고 있는 중이었다.

남궁위덕이 낮게 외쳤다.

"전원 전투 전비!"

그 말에 따라 남궁세가와 무당의 삼십여 무인들이 동시에 검을 뽑아 들었다.

챙!

채앵!

남궁위덕이 전면을 주시하며 곁의 화인영에게 말했다.

"인영 아우! 나와 아우를 정점으로 하는 촉진(觸陣)으로써 적을 맞을 것이네. 아우와 무당이 왼쪽을 맡아주게."

화인영은 남궁위덕의 의중을 쉽게 알아들었다.

화인영은 곧 무당사협(武當四俠)을 필두로 하여 나머지 십여 명의 무당 제자들의 위치를 일일이 지정해 주었다.

그와 동시에 남궁위덕 역시 세가삼영(世家三英)을 기준으로 십여 명의 위치를 잡아주었다.

그렇게 하고 나서 다시 남궁위덕과 화인영은 다시 나란히 대열의 중심에 버티고 섰다.

그러자 그들이 형성한 대오의 전체적인 형상은 남궁위덕과 화인영을 정점으로 하는 완만한 화살촉의 모양이 되었다.

그와 같은 화살촉 형태의 진을 구축함으로써 남궁위덕이 노리는 바는, 이제 곧 앞쪽에서 탕마단을 추격해 올 적의 선봉을 가능한 저지해

보겠다는 것이었다.

비록 그들이 적을 저지할 수 있는 시간은 극히 잠깐의 시간밖에 되지 않을 것이었다.

그러나 그 잠깐의 시간 동안 탕마단은 전열을 가다듬을 여유를 벌수 있는 것이고, 그렇다면 적에 대해 반격을 가할 수 있는 전기를 마련할 수 있을 것이라는 심산이었다.

비록 매복을 당해 속수무책으로 쫓기고 있는 중이기는 하지만, 그래도 이백에 가까운 고수들로 이루어진 탕마단이었다.

물론 이미 다수의 희생자가 발생하였다고는 해도, 일단 전열을 가다듬기만 한다면 아직까지는 한 번의 반격을 노려볼 만한 것이다.

남궁위덕이 아는 한, 구조대의 대장인 위지호준이라면 그가 의도한 대로 그 잠깐의 여유를 결코 헛되이 하지 않고 능히 반격의 계기를 마련할 수 있는 인물이었다.

비록 위지호준이 다소간 자기중심적인 성격에다가 즉흥적인 일면을 가지고 있긴 하나, 그런 단점보다는 장점과 재능이 훨씬 더 많은 인물이라는 것을 남궁위덕은 잘 알고 있었다.

남궁위덕은 자신이 강호오공자의 한 사람이라는 사실에 대해 변함없는 자부심을 가지고 있었다.

그리고 역시 강호오공자의 한 사람인 위지호준에 대해서도, 그가 자신의 의도를 충분히 읽고 적절한 대응을 해줄 것이라고 믿는 마음이 있었다.

물론 남궁위덕은 지금 자신이 하려는 시도에 대해, 고작 삼십여 명의 인원으로 하기에는 지나치게 무모하다는 것을 분명히 알고 있었다.

그러나 현재의 상황에서는 이 시도가 그가 택할 수 있는 최선의 방법이라는 것 또한 분명하였다.

한편 남궁위덕이 그러한 선택을 하게 된 데에는 그 자신과 화인영의 역량을 믿는 외에도, 그들과 함께 한 무당사협과 세가삼영 등 무당파와 남궁세가의 정예고수들의 능력을 믿는 바도 있었다.

무당사협은 무당의 일대제자로 당금 장문인 현무 진인(玄武眞人)의 사제들이었다.

곧 당세(當世)의 무당을 대표하는 고수들이라고 할 수 있는 것이다.

그리고 세가삼영 역시 남궁위덕과는 각기 십여 년 이상씩 나이 차가 나는 손위 사촌형제들로, 남궁위덕과 함께 장차의 남궁세가를 이끌어 갈 영걸들이었다.

"앞쪽에 아군이다!"

"무당과 남궁세가가 왔다!"

남궁위덕 등이 대형을 갖추고 있는 것을 발견한 일단의 탕마단원들이 환호에 가까운 고함을 질렀다.

그러자 사방에서 고전을 치르며 쫓기고 있던 탕마단원들이 일제히 한쪽으로 방향을 정해 달려오기 시작했다.

물론 남궁위덕 등이 촉진으로 버티고 있는 쪽이었다.

"와아아!"

사지에서 한줄기 희망을 발견한 것처럼 탕마단들의 외침 소리가 여기저기에서 힘차게 일었다.

그러나 그것도 잠시, 적들 역시 한곳으로 집중하며 탕마단의 뒤를 추격하면서 일대에는 치열하게 병장기 부딪치는 소리와 함께 비명 소리들이 잇따라 울려 퍼졌다.

챙!

채앵!

"악!"

"으악!"

눈앞에서 탕마단의 무인들이 속속 쓰러져 갔지만, 남궁위덕은 냉정하게 제자리를 지키고 있었다.

이윽고 그들의 바로 앞에까지 쫓겨온 탕마단의 무사들이 촉진의 양 날개를 따라 좌우로 갈라지면서 촉진을 지나쳐 갔다.

그리고 적들이 그 뒤를 바짝 추격해 왔을 때, 마침내 남궁위덕이 내력을 실어 외쳤다.

"확진(擴陣)!"

다음 순간 촘촘히 붙어 서서 촉진을 이루고 있던 무당사협과 세가 삼영 등이 각자 간의 거리를 일 장 반이나 되도록 넓게 벌려 섰다.

그러자 삽시간에 그들의 대형은 마치 거대한 새가 양 날개를 활짝 펼친 것과 같이 되어 질주해 오는 적을 정면으로 가로막는 형태를 이루는 것이었다.

한순간 병장기 부딪치는 소리가 폭발적으로 울려 나왔다.

차차창!

차차차창!

남궁위덕 등이 이룬 촉진의 예상치 못했던 강력한 저항은 거칠 것 없이 밀고 들어오던 적의 기세를 일시 주춤거리게 만들기에 충분하였다.

그리고 그 남궁위덕이 의도하였던 대로 그 잠시간의 틈은, 매복에 당해 한순간에 대오가 무너진 채로 숨 돌릴 틈도 없이 쫓기기만 하였던 탕마단의 무사들에게 다시금 전열을 가다듬을 수 있는 잠깐의 시간적 여유를 주었다.

챙강!!

챙!

채앵!

그야말로 악전고투였다.

아무리 매복에 당했다고는 하나, 무황성의 전위대인 탕마단이 그처럼 속수무책으로 일패도지할 수밖에 없었을 만큼 적의 규모와 전력은 대단한 것이었다.

비록 일시지간은 적의 예봉을 저지할 수 있었지만, 그것은 그야말로 잠깐일 뿐이었다.

이미 각오를 한 바이기는 했지만, 전세는 금방 급박한 위기로 치닫고 있었다.

특히 무당사협이나 세가삼영 외에 상대적으로 무공이 처지는 자들은 벌써부터 견디지 못하고 비명을 지르며 하나둘씩 쓰러져 가고 있는 중이었다.

남궁위덕과 화인영이 다급한 시선을 뒤로 돌렸다.

탕마단의 반격이 있어야 할 시점이었다.

그런데 그 급한 시점에 탕마단에서 누군가 크게 외쳤다.

"위지호준 공자가 전사했다! 구조대는 전력을 다해 본진으로 퇴각한다!"

그리고 동시에 이십여 명의, 한눈에 보기에도 고수급의 신법을 발휘하는 인물들이 마치 탕마단을 이끌기라도 하듯이 앞쪽으로 질주해 가는 것이었다.

전장에서의 병력의 움직임은 흐름이라고 할 수 있다.

특하나 다급한 상황에서의 작은 흐름 하나는 곧 전체의 분위기를 결정해 버리고 만다.

그 한 번의 외침은 탕마단에게서 전열을 재정비하여 반격을 가할 의욕을 완전히 빼앗아 버렸으며, 또한 그 외침에 즉각적으로 동조하는 이십여 고수급들의 행동은 탕마단에게 다른 생각을 할 여지를 조금도 주지 않았다.

"와아아!"

그들은 옆의 동료에게 조금이라도 뒤처지지 않기 위해 일제히 고함을 지르며 앞으로 달려가기 시작했다.

"이런!"

화인영은 당황스러운 탄식을 내뱉고 말았다.

그러나 그때 이미 그들은 적들과 너무나 깊숙이 얽혀들어 있어서, 이제는 마음대로 몸을 빼내지도 못하는 상황에 처해 있었다.

게다가 그런 중에 또 하나의 묘한 상황이 벌어지고 있었다.

적들은 이제 도주하는 탕마단을 추격해 갈 의지가 전혀 없는 듯 보이는 것이었다.

오히려 이제 겨우 이십여 명도 채 남지 않은 무당과 남궁세가의 무인들을 목표로 하는 듯, 병력들을 몇 겹으로 중복하여 포위를 하는 것이었다.

채앵!

채챙!

"아악!"

"큭!"

피가 튀고 살이 베이는 악전고투가 이어졌다.

일각여 남짓한 시간이 마치 영겁처럼 느껴질 정도로 지옥 같은 전투였다.

남궁위덕과 화인영, 그리고 무당사협과 세가삼영 등 고수급들의 분전에도 불구하고 희생자는 늘어만 갔다.

포위한 적들의 숫자도 숫자였지만, 적들 중에는 남궁위덕이나 화인영, 그리고 무당사협 등이 일 대 일로 승부를 벌인다 하더라도 감히 그 결과를 장담하기 어려워 보이는 절정의 고수들이 포함되어 있었다.

남궁위덕은 이제 적들의 포위망을 벗어날 희망을 포기해 가고 있었다.

"으악!"

"크악!"

두 마디 처절한 비명 소리와 함께 무당파의 두 제자가 바닥으로 쓰러졌다.

그럼으로써 이제 포위망 안에 서 있는 사람은 남궁위덕과 화인영, 그리고 무당사협과 세가삼영뿐이었다.

바로 그때 뜻밖의 일이 일어났다.

이미 승기를 굳혔다는 판단에서일까?

적들이 돌연 포위망을 뒤로 물리며 느슨하게 간격을 벌리는 것이었다.

어쨌든 그 덕분으로 남궁위덕 등도 한숨을 돌리게 되었지만, 그 잠깐의 여유를 반기고 있을 수만은 없는 일이었다.

"으음!"

주변에 쓰러져 있는 동문들의 주검들을 둘러보던 화인영에게서 무거운 탄식이 새어 나왔다.

"한 방향을 택해서 전력으로 포위를 뚫고 나갑시다."

둥글게 서로 등을 마주 대고 잠시 숨을 고르고 있던 남궁위덕이 내놓은 말이었다.

그에 대해 일시 누구도 말을 꺼내지 않았으나, 잠시 후 화인영이 나직하게 물었다.

"어느 쪽이 좋겠습니까?"

남궁위덕이 고개를 돌려 화인영과 눈을 마주치며 짧게 대답했다.

"천주봉!"

무당사협과 세가삼영이 놀랄 틈도 주지 않고 화인영이 바로 말을 받았다.

"좋습니다. 역시 남궁 형다운 생각입니다. 이 상황에서 우리가 본진과는 반대쪽인 천주봉 방향으로 포위를 깨고 나간다면, 그것은 일단 적의 허를 찌르는 것이 될 것입니다. 그리고 현재 우리의 위치는 오히려 천주봉 쪽에 더 가까우니, 만약 포위를 뚫을 수만 있다면 우리는 이대로 천주봉으로 가서 잠룡단과 합류할 수도 있을 것입니다."

그들 두 청년은 서로의 생각이 일치되었다는 것이 만족스럽다는 듯 잠시 빙긋한 미소를 교환하였다.

무당사협과 세가삼영이 보기에 그들 두 청년의 생각은 아무래도 현실성이 없어 보이는 것이 사실이었지만, 일단 두 사람이 한마음으로 그렇게 방향을 결정한 이상 반대할 이유 또한 없었다.

뚜렷한 대안이 없다면 어느 쪽이든 한 방향으로 마음을 모으는 것이 곧 최선일 것이기 때문이었다.

"타앗!"

"차아앗!"

남궁위덕과 화인영이 동시에 힘차게 검을 떨치며 앞으로 짓쳐 나갔다.

잠시 느슨하게 거리를 두고 있던 적들이 급급히 맞아 나왔고, 이어 남궁위덕과 화인영의 검이 폭발적으로 검광을 토해냈다.

팟!

파앗!

잇따라 두어 마디의 짧은 비명성이 주변을 울렸다.

"큭!"

"악!"

그 서슬에 적들이 일시적으로 멈칫거렸고, 그 틈을 타 남궁위덕과 화인영은 곧장 적진 속으로 뚫고 들어갔다.

"비켜라!"

"앞을 막는 자는 죽는다!"

두 사람의 뒤에는 어느새 바짝 거리를 좁혀 따라붙은 무당사협과 세가삼영이 전력으로 검을 휘두르며 후미를 받쳤다.

주변 일대는 연이어 터져 나오는 날카로운 금속성들로 요란하였다.

카캉!

채채챙!

한곳으로 전력을 집중한 것이 적중하였는지, 혹은 천주봉 쪽으로 방향을 잡은 것이 과연 적의 허를 찌른 것인지, 적들에게서는 일시 당황하는 기미가 보였다.

어렵게 잡은 기선을 놓치지 않기 위해 남궁위덕과 화인영은 각기 최대한의 공력을 끌어올려 풍차처럼 검을 휘두르며 활로를 뚫었다.

차앙!

차차창!

그리고 한순간 마침내 포위망의 한 지점이 뚫렸고, 그 호기를 놓치지 않고 그들은 전력으로 질주하여 적의 포위를 빠져나갔다.

공손도중은 격전지에서 조금 떨어져 있는 작은 언덕 위에서 전체적인 상황을 보고 있었다.

그의 눈 아래 남궁위덕 등이 포위망을 벗어나 전력으로 질주하고 있는 장면이 펼쳐지고 있었다.

공손도중이 흐릿하게 미소를 떠올리며 중얼거렸다.

"천주봉 쪽으로 향한다? 후훗! 제법 머리들을 썼구나."

그러나 그의 얼굴은 곧 차갑게 변했다.

"남궁위덕, 그리고 화인영! 너희들이 나 아닌 다른 자들에게 죽음을 당하는 것은 내가 용납하지 못한다. 너희들이 그토록 가치없이 죽는다는 것은, 또한 강호오공자의 한 사람인 나에 대한 모욕이기도 하기 때문이지."

사실 공손도중의 마음은 그러했다.

지금 천하맹의 구조대를 일패도지시키고 무당과 남궁세가의 고수들을 포위 공격하였던 천마궁의 병력 중에는 천마이십팔숙에 속하는 초절정급의 고수들이 다수 포함되어 있었다.

그것은 곧 남궁위덕과 화인영이 아무리 전력을 다하고 기책(奇策)을 썼다 하더라도, 지금처럼 저렇게 수월하게는 그 포위망을 벗어나지 못했을 것이라는 의미가 된다.

결국은 공손도중 자신의 자존심을 세우기 위함이었다.

물론 공손도중은 이미 예전의 그가 아니었다.

강호오공자 중의 한 사람으로서 그들과 함께 평가되고 비교가 될 그런 입장이 아닌 것이다.

공손도중은 이제 강호오공자들 중의 누구라도, 아니, 그들을 다 합친다 하여도 그 자신과는 결코 비교할 만한 존재들이 되지 못함을 확신하고 있었다.

그러나 그럼에도 불구하고, 그에게는 분명히 해두고 싶은 것이 있었다.

그것은 바로 그와 함께 강호오공자로 불렸던 자들, 세상 사람들에게 천하에서 가장 뛰어난 기재들이라고 인정받았던 그들에게 분명히 해두고 싶은 것이었다.

한때 그 자신이 가지지 못했던 능력들을 가진 그들에 대해 부러움과 함께 열등감을 가졌던 만큼, 이제 그들에게 현재의 자신의 모습이, 그리고 능력이 어떻게 변해 있는지를 보여주고, 또한 인정받고 싶은 것이다.

그렇게 해서 자신이 사실은 그들보다 얼마나 더 월등하게 뛰어난 인물이었는지를 확연하게 깨닫게 해주고, 그런 다음에야 그들에게 최후를 맞게 해주고 싶은 욕망이었다.

지금 공손도중에게 있어 그 일은 다른 어떤 일보다도 더욱 가치있는 일이었다.

그 일은 결코 누구에게도 양보할 수 없는, 바로 그의 자존(自尊)에 관한 일이기 때문이다.

또한 그 최후의 순간이 그에게 부여해 줄 우월감은 곧 극치의 희열과 쾌감을 그에게 가져다줄 것이었다.

일행의 선두에 서서 근 반 각여를 전력으로 질주하던 남궁위덕이 문득 속도를 늦추었다.

좀 전부터 적이 추격하는 기미가 느껴지지 않고 있었다.

그에 뒤따라 일행이 멈추어 서서 잔뜩 거칠어진 호흡을 돌리고 있을 때, 화인영이 문득 나직이 가라앉은 목소리로 남궁위덕을 불렀다.

"남궁 형."

그런데 그 목소리에 석연치 않은 한가닥의 긴장감이 서려 있었기에 남궁위덕은 대답 대신 화인영의 시선이 향하고 있는 곳으로 눈길부터 주었다.

좌 전방 삼십여 장 지점에 십여 개의 인영이 모습을 드러내고 있었다.

그들은 천천히 이쪽을 향해 다가오고 있었는데, 두 인물이 선두에 서고 그 뒤로 십여 명이 제법 넓은 간격으로 일자로 늘어선 채 따르고 있었다.

그런데 그들이 나타난 방향이나 또 넓게 늘어선 모양에서는 남궁위덕의 일행이 천주봉으로 향하는 길을 차단하겠다는 의중이 노골적으로 드러나 있었다.

그러나 정작으로 화인영과 남궁위덕으로 하여금 긴장을 하도록 만드는 이유는 따로 있었다.

그 선두에 선 인물 중의 하나가 바로 공손도중이기 때문이었다.

그리고 그 옆에 선 자는 천강이었고, 뒤에서 따르는 것은 십금강시였다.

남궁위덕이 화인영을 보았다.

마침 화인영 또한 진중한 기색이 담긴 시선으로 남궁위덕을 보고 있는 중이었다.

구조대가 출발하기 전에 아무런 사전 기별도 없이 무단으로 대오를 이탈하였던 공손도중이었다.

그런 그가 뜻밖으로 지금 여기에 불쑥 나타났다는 것은 아무래도 뭔가 석연치 않은 내막이 있을 것이라는 데 두 사람은 공통의 교감을 나누고 있는 중이었다.

그도 그럴 것이 구조대는 이미 풍비박산이 나서 본진을 향해 퇴각을 하고 난 이후인데, 지금 공손도중이 적진의 한가운데인 이곳에, 더구나 천강과 십금강시만을 대동하고서 태연히 나타나야 할 이유가 있을 리 없는 것이었다.

"공손 아우가 어떻게 지금 여기에 있는가?"

남궁위덕의 물음에, 일행의 삼 장 앞까지 다가와 멈추어 선 공손도중이 다분히 느긋해 보이는 미소를 지으며 대답했다.

"남궁 형의 그 질문은 듣기에 다소 어색한 감이 있군요."

그때 화인영이 툭 던지듯이 한마디를 끼어들었다.

"그렇지 않은가? 오늘 새벽에 자네는 제멋대로 구조대를 이탈했었는데, 이제 갑자기 이곳에 나타났으니 자네의 행적에 대해 의문이 드는 것은 당연한 일이 아닌가?"

공손도중이 은근히 미간을 찡그리는데, 마침 남궁위덕이 화인영에 바로 이어 묻고 있었다.

"음! 그런데 자네는 구조대가 적에게 크게 당하여 이미 본진으로 퇴각했음을 알고 있는가?"

공손도중이 담담하게 대답했다.

"알고 있습니다."

그런데 공손도중의 그 대답이 너무도 태연해 보인 까닭에 남궁위덕과 화인영의 표정이 일시 묘하게 굳어졌다.

"혹시……?"

남궁위덕이 다시 뭔가를 물으려 하다가는 그만 입을 다물어 버렸다.

그가 물으려고 하는 내용이야말로 자칫 공손도중의 행적에 대해 너무 앞서서 지나치게 의심을 하는 말로 비칠 수 있다는 생각 때문이었다.

그러자 공손도중이 오히려 빙긋이 웃으며 반문하였다.

"혹시 무엇입니까?"

그에 대해 남궁위덕은 잠시 더 주저하는 기색이다가 결국에는 입을 열었다.

"혹시 자네는 위지 노제가 어찌 되었는지에 대해 아는 바가 있는가?"

남궁위덕은 좀 전 탕마단이 퇴각할 때 누군가가 위지호준이 전사하였다고 외친 것을 기억하였고, 문득 혹시나 하는 생각이 들어 그같이 묻게 된 것이었다.

다만 그런 중에도 만에 하나 공손도중이 그 사실에 대해 안다고 대답한다면, 그 의미를 어떻게 해석해야 할지에 대한 우려를 먼저 가지고서 한 질문이었다.

그것은 지금 공손도중과 그 일행의 너무나 멀쩡하고도 태연한 행색으로 미루어보아, 작금의 이 사태에 공손도중이 어떤 형태로든 좋지 않은 쪽으로 관련되었을 수도 있겠다는 불안하고도 불길한 추측이기도 했다.

그런데 원래 불길하다고 미리 추측한 일은 더 정확하게 잘 들어맞는 법인 모양이었다.

"후훗! 위지호준의 죽음에 관한 일 말이오?"

공손도중의 어찌 보면 능글맞아 보이기까지 하는 그 반문에 남궁위덕과 화인영은 거의 동시이다시피 묵직한 침음성을 흘리고 말았다.

"으!"

"으음!"

그것은 위지호준의 죽음이 사실이라는 데 대한 경악인 동시에, 그 충격적인 사실에 대해 공손도중이 보이는 너무나 태연자약하면서도 뭔가 이질적인 모습과 느낌 때문이었다.

그 이질적인 느낌의 정체를 구체화시켜 주기라도 하듯, 공손도중은 입가에다 한가닥 빙글거리는 미소를 떠올리며 태연히 말을 이었다.

"나는 바로 그 장소에 있었으므로 그의 최후를 비교적 자세히 볼 수 있었소."

그러자 화인영이 두 눈을 부릅뜨며 외쳤다.

"그 장소에 있었다고? 그의 최후를 자세히 보았다고? 그런데 어떻게……?"

공손도중이 여전히 느긋한 표정 중에 다소 차가워진 음색으로 반문했다.

"결국은 그의 운명이 거기까지였고 또한 그 스스로도 죽음을 자초한 부분도 없지 않았는데, 누가 무엇을 어떻게 할 수 있었겠소?"

화인영이 이윽고는 버럭 노성을 지르고 말았다.

"말이 지나치다! 그렇다면 위지 공자의 죽음을 네가 직접 결정하기라도 하였다는 말이냐?"

화인영의 말이 거기에까지 이르자 남궁위덕이 황급히 화인영의 말을 잘랐다.

"화 노제!!"

공손도중의 말과 태도가 아무리 지나친 것이라고 하더라도, 지금 화인영이 공손도중에게 '네가 직접 위지호준을 죽였느냐?'라는 의미의 말까지는 결코 해서는 안 되는 것이었다.

그러나 바로 다음 순간 남궁위덕은 그만 멍한 표정이 되고 말았다.

공손도중이 너무도 태연한 기색으로 화인영을 직시하며 또박또박 분명한 어조로 말하는 내용 때문이었다.

"그렇소! 당신의 말은 그다지 틀리지 않았소."

남궁위덕과 화인영은 일시 극도의 충격과 혼란 속으로 빠져들고 말았다.

그런 중에도 남궁위덕의 머릿속으로는 몇 가지의 추론들이 섬전처럼 스치고 있었다.

구조대가 매복에 걸려 퇴각하기까지의 일련의 과정을 포함한 지금까지의 모든 상황들이 공손도중 내지는 공손 가문에 의해 주도되었을 것이라는 추론.

그리고 지금 공손도중이 그 사실을 저런 정도로까지 터놓고 밝힌다는 것은, 반드시 이 자리에 있는 사람들의 입을 막을 자신이 있기 때문이라는 추론.

아마도 공손도중은 어떤 이유로 인해 자신을 제외한 강호오공자 모두를 죽이려 하는 것일지도 몰랐다.

당장에 그 이유를 짐작하기는 불가능했지만 말이다.

화인영의 시선은 빠르게 공손도중의 주변을 일별하고 있었다.

곁에 선 천강이라는 호위의 무력은 짐작하기가 어려웠다.

그러나 그 뒤로 서 있는 열 구의 금강시들만 하더라도 일행으로서는 감당할 자신을 가지기 어려운 존재들이었다.

물론 화인영이 강시에 대해서 아는 것이라고는, 다만 전해져 오는 말과 서책 등을 통해서 얻은 것이 전부였다.

그러나 본래 강시라는 이물(異物)의 위력은 무림의 절정고수라도 감당하기가 어려운 정도라고 하였다.

더욱이 지금 공손도중의 뒤에 도열한 강시들은 금강시라고 하여, 강시 제련의 종가라고 할 수 있는 진주언가에서 심혈을 기울여 제련해 낸 것이 아닌가.

그러니 금강시들의 위력에 대해서는 쉽게 짐작하기조차 어려운 일이었다.

또한 이 모든 일이 공손도중의 심계에서 나온 일이라면, 그 외에도 또 다른 보이지 않는 암계들이 있을 것을 예상해 두지 않을 수 없었다.

그러한 상황들로 미루어볼 때, 아무래도 오늘 그들은 흉험하고도 곤란한 처지에서 벗어나기가 힘들 듯했다.

남궁위덕은 이제 어느 정도의 평정을 되찾은 듯했다.

"허허! 알고 보니 자네는 무서운 사람이었군. 그런데 문득 궁금해져서 묻는 말이네만, 그 같은 사실을 굳이 우리에게 알려주는 이유는 무엇인가?"

남궁위덕은 공손도중에게 묻는 말이었지만, 문득 화인영이 그 특유의 해학적인 표정을 지어 보이며 끼어들었다.

"만약 우리가 오늘 자네의 손속에서 벗어나 살아 돌아간다면, 자네는 상당히 곤란해질 터인데……?"

공손도중이 남궁위덕을 바라보고 있다가 화인영에게로 시선을 돌리며 느긋하게 웃으며 말했다.

"훗! 역시 화 형이시오. 생각이 벌써 거기에까지 미쳐 있다니 말이오."

태연하게 던지는 말이었지만, 그 간단한 말속에는 은근한 조롱과 함께 오늘 남궁위덕과 화인영을 반드시 죽일 것이라는 섬뜩한 장담이 그대로 녹아 있었다.

이미 짐작이야 하고 있었지만, 공손도중의 그 노골적인 살의에 남궁위덕의 얼굴이 다시금 딱딱하게 굳어졌다.

그때 화인영이 아예 작정을 한 듯 다분히 비꼬는 어조로 말을 뱉었다.

"그런데 자네는 너무 자신에 넘쳐 있는 것이 아닌가? 사람의 일이란 모름지기 한 치 앞을 알 수 없는 것이라고 했는데, 그토록 자신만만해하다가 나중에 크게 후회할 일이 생기면 어쩌려고 그러나?"

그런데도 공손도중은 화를 내기는커녕 오히려 화인영과의 이런 대화가 자못 즐겁다는 모습이었다.

"하하하! 사실 형들께서 이 자리를 모면해서 천하에 나에 관한 일을 알린다고 해도, 그로 인해서 내가 곤란해질 일은 아마도 없을 것이오. 어차피 그때쯤이면 천하는 이미 내 손 안에 들어와 있을 테니 말입니다. 후후후! 그런데 조금 섭섭하기는 합니다. 다른 사람은 몰라도 화 형과 남궁 형만은 이 공손도중이 어떤 사람이라는 것에 대해서 능히 알아줄 것이라고 생각해 왔건만, 지금 화 형이 말씀하시는 것을 들어보니 사실은 그게 아니었던 모양입니다. 설마하니 이 공손도중이 그만한 심산과 안배, 그리고 확신도 없이 지금 이런 일을 도모하고 있을 것이라 생각을 한 것이오?"

공손도중의 말은 여유가 있었고 자못 친근하기까지 하였다.

하여 만약 앞뒤의 정황을 알지 못하는 사람이 지금 그의 말을 들었다면 아마도 서로 허물없이 친한 사이에 농담 정도를 섞어서 말을 하는 것으로 들을 수도 있을 정도였다.

그러나 지금 공손도중이 말하는 내용 중에는 짙은 살의와 함께, 당금 천하 정세의 향방을 크게 좌우할 수도 있는 중대한 내용들이 녹아 있었다.

화인영이 문득 미간을 잔뜩 좁히며 공손도중에게 물었다.

"자네 그것 아는가?"

"무엇을 말이오?"

화인영이 똑바로 공손도중을 응시하며 대답했다.

"자네가 많이 변했다는 것 말일세."

그 말에 공손도중의 안색이 변했다.

지금까지 공손도중은 시종 느긋하고 태연하기만 했었다.

그리고 은연중에 오만하기까지 한 도도한 자존심을 풍기며 어떤 일에도 조금의 흔들림도 없을 것 같았던 공손도중이었는데, 지금 화인영의 그 말에 대해서는 순간적으로 흠칫하는 기색을 보이고 마는 것이었다.

화인영이 차분한 어조로 다시금 말을 이었다.

"아마도 자네는 지금 우리에게 자네의 현재 모습과 입장을 과시하고 싶은 마음이 어느 정도는 있는 것 같은데, 과연 그러한가?"

공손도중이 잠시 묵묵히 화인영을 바라보고 있다가 느릿하게 대답했다.

"맞소. 세상에 인걸이 수없이 많으나, 그중에서 나와 수준과 격이 맞는 상대는 드물다고 해야 할 것이오. 그런 점에서 당신들은 바로 그 드문 상대들 중에 속하오. 솔직히 나는 당신들에게 내가 이룬 성취를, 그리고 이제부터 내가 이루어가게 될 것들의 가치에 대해 인정받고 싶었소. 조만간 세상은 이 공손도중의 위대함에 대해 마냥 환호하고 칭송하게 되겠지만, 그렇다고 그들이 그 가볍고도 천박한 식견들로 내가 이룬 것들이 정말로 얼마나 위대하고 가치가 있는 일인지 제대로 알아줄 것이라는 기대는 별로 가지지 않고 있소. 후후후! 어떻소? 화 형은, 그리고 남궁 형은 이런 나의 솔직한 심경에 대해 잘못되었다고 얘기할 것이오?"

화인영이 문득 빙그레 웃으며 나직이 말을 받았다.

"후훗! 그건 솔직함이 아닐세."

"호오? 솔직함이 아니다? 하면……?"

"그것은 다만 자네가 그만큼 조급해졌다는 것을 대변해 주는 것일 뿐이지. 스스로의 조그만 욕심과 욕망에 대해서도 참지 못하고 쉽게 집착해 버리고 말 만큼 말일세. 자네가 말한 그 위대하고도 가치가 있는 일이 무엇인지는 모르겠으나, 그것이 천하패업이나 그보다 더한 일이라고 하더라도, 분명한 것은 자네가 지금 본래의 자네 자신을 잃어가고 있는 과정에 있다는 것은 분명해 보이네."

공손도중의 표정이 문득 차가워졌다.

"흐흐흐! 다만 몇 마디의 말로써 나의 성취를 오히려 격하시켜 버리다니, 과연 화 형다운 교묘한 언변이오. 그러나 그것은 역시 패자의 궤변일 뿐이오. 또한 곧 사자(死者)의 망언에 불과하게 될 것이오. 어쨌든 화 형은 이 자리에서 죽게 될 것이고, 나는 정(正)과 마(魔)를 아우르

는 진정한 천하의 패자(覇者)가 되어, 무림의 영원한 지배자가 될 것이
니, 과연 이후에 세상 사람들은 누구를 두고 진정한 영웅이라고 부르겠
소."

잠시 무거운 기색이던 화인영이 문득 대소하였다.

"으하하하! 그러한 것이 진정 영웅이라면, 그 영웅은 역시 자네에게
나 걸맞다고 해야겠군. 남궁 형이나 나 같은 사람은 체질적으로 그런
영웅과는 어울리지를 않으니 말일세."

이어 화인영은 짐짓 장난기를 담아 남궁위덕에게 한쪽 눈을 깜빡여
보였다.

남궁위덕이 심각하게 두 사람의 대화를 지켜보고 있던 중에 화인영
의 그 같은 모습을 보고는 일시 긴장을 풀며 빙그레 웃고 말았다.

그 모습에 공손도중의 안색이 크게 변하였다.

급작스럽게 커다란 감정의 기복이 생긴 듯 공손도중이 날카롭게 외
쳤다.

"십혼(十魂)!"

무당사협과 세가삼영은 십 장여의 거리를 두고서 각기 무당검진과
창궁검진(蒼穹劍陣)을 펼쳤다.

그에 따라 금강시들 역시 자연히 두 무리로 나뉘었다.

이는 남궁위덕이 급히 강구한 방안으로, 무당과 남궁세가가 최대한
의 이점을 취하는 동시에 적의 전력은 분산시키고자 한 것이었다.

한편 남궁위덕과 화인영은 검진에 합류하자 한쪽으로 비켜나 있었
다.

두 검진의 형세를 보아가면서 위급한 쪽을 돌보는 한편, 공손도중과

천강에 대응하겠다는 의도였다.

그들의 이런 전략은 현재의 처지에서는 가장 득을 볼 수 있는 방안인 것 같았다.

그러나 두뇌의 명석함으로 따진다면 남궁위덕이나 화인영에 비해 결코 손색이 없다고 해야 할 공손도중인데, 그는 지금 전개되고 있는 상황에 대해서 그다지 관심이 없다는 듯 느긋한 시선으로 장중을 오시하고 있었다.

공손도중의 그 같은 오만한 여유는 남궁위덕에게 한가닥 불안감으로 와 닿는 것이었다.

전혀 예상치 못했던 경악스러운 광경이 벌어진 것은 순식간의 일이었다.

캉!

카캉!

무당검진과 창궁검진이 발동되는 즉시 둔탁한 금속성의 소리들이 잇따라 터져 나왔다.

그러나 검이 통하지 않는 도검불침의 괴물들에게 검진의 신묘한 변화란 애초부터 소용이 없었다.

금강시들의 위력이 그런 정도일 것이라고는 짐작조차 못한 무당사협과 세가삼영이었다.

도무지 검이 통하지 않는 상대에 대해 검진은 순간적으로 무너져 버렸고, 무당사협과 세가삼영은 육탄으로 덮쳐 오는 금강시들에 대응할 방도를 찾지 못하였다.

곧이어 몇 마디 처절한 비명성들이 터져 나왔다.

"으악!"

"크아악!"

금강시에게 잡힌 동문과 형제들의 어깨가 생으로 뜯겨 나가고 뇌수가 터지는 목불인견의 끔찍한 참변을 보고 화인영과 남궁위덕이 거의 동시이다시피 부르짖었다.

"안 돼!"

"멈춰!"

그리고 그들은 그대로 금강시들을 향해 신형을 쏘아갔다.

캉!

남궁위덕은 자신의 앞을 가로막으며 팔을 뻗어오는 한 구의 금강시를 향해 벼락같이 검을 내려쳤다.

그러나 그의 검은 금강시의 팔을 자르기는커녕 오히려 강력한 반탄력으로 되튕겨 오르고 마는 것이었다.

그 무거운 충격에 남궁위덕은 주춤거리며 두 걸음이나 밀려나고 말았다.

"크으! 어떻게 이럴 수가……?"

양팔은 물론 순간적으로 사고마저도 마비시켜 버리는 그 엄청난 충격에 남궁위덕은 제대로 말조차 잇지 못하였다.

그때였다.

세가삼영 중의 둘이 이미 처참한 시신으로 화해 있는 가운데, 오른쪽 어깨를 심하게 훼손당하여 고통스러운 신음 소리를 흘리며 바닥에 쓰러져 있던 세가삼영의 나머지 하나가 남궁위덕을 향해 힘겹게 소리쳤다.

"위덕 아우! 도검불침의 괴물들이네! 지금으로서는 상대할 방법이 없으니, 자네는 어서 이곳을 벗어나게!"

남궁위덕이 두 눈이 잔뜩 충혈된 채로 그를 향해 부르짖었다.

"상덕(常德) 형님! 조금만 참으십시오! 소제가 이 괴물들을 모조리 베어버리겠습니다!"

그때 조금 떨어져 있던 곳에 있던 금강시 한 구가 남궁위덕이 있는 쪽을 향해 성큼성큼 다가오고 있었다.

그런데 그 금강시가 막 곁을 지날 때, 남궁상덕이 갑자기 바닥을 구르더니 성한 왼쪽 팔로 금강시의 다리를 부여잡는 것이었다.

"위덕 아우! 어서 가라! 아우는 세가의 대를 이을 몸이니, 부디 목숨을 귀히 여기도록 하게!"

남궁위덕이 놀라 외쳤다.

"상덕 형님!"

그사이 한쪽 발목을 붙잡힌 금강시가 포악한 괴성을 흘리며 자유로운 다른 쪽의 발을 높이 치켜들었다.

"키악!"

"안 돼!"

남궁위덕이 다급하게 외치며 곧장 신검합일로 금강시를 향해 신형을 쏘아갔다.

그러나,

칭!

금강시의 가슴을 찌른 남궁위덕의 검은 부러질 듯 크게 휘었다가 기껏 금강시의 가슴을 얕게 베며 옆으로 미끄러져 나갔을 뿐이었다.

그리고 다음 순간 남궁위덕의 두 눈이 마치 찢어질 듯 부릅떠졌다.

그가 보고 있는 중에 금강시의 발에 짓밟힌 남궁상덕의 머리가 마치 수박통처럼 그대로 으스러져 나가고 있었기 때문이다.

파삭!

남궁상덕은 마지막 비명조차도 지르지 못하였다.

검붉은 핏물에 뒤섞인 희멀건 뇌수가 마치 폭죽처럼 허공으로 비산하였다.

"으아아아!"

처절한 울부짖음이었다.

남궁위덕은 본래 어떤 상황에서도 쉽게 흔들리지 않는 진중하고도 대범한 성격을 그 장점으로 하는 인물이었다.

그러나 지금의 그는 자신의 처지와 주변의 상황에 대해 그 어떤 것도 돌보지를 못하고 있었다.

남궁위덕의 붉게 충혈된 두 눈에서 흘러내리는 눈물은 마치 피눈물 같았다.

그는 지금 눈앞에서 자신과 피를 나눈 형제들이 처참하게 죽어가는 광경을 보고도 막상 어떻게 손을 쓰지 못하고 있는 자신의 무능함에 대해 통탄하고 있었다.

이를 악다물고 부르르 치를 떨던 남궁위덕이 돌연 한 구의 금강시를 향해 덮쳐 갔다.

전신의 모든 공력을 쏟아 부은 그의 검에서는 한 무더기의 파릇한 검기가 피어올랐다.

"죽어라!"

태앵!

격렬한 금속성이 울리며 남궁위덕의 일검을 맞은 금강시가 휘청하며 뒤로 한 걸음을 밀려났다.

그러고도 충격의 여파가 남은 듯 금강시는 잠시 멈칫거리고 있는 모습이었다.

그러나 그것은 잠시뿐이었다.

"키아아아악!"

오히려 더욱 흉성이 폭발한 듯, 금강시는 두 팔을 활짝 벌린 채 남궁위덕을 향해 날아왔다.

비록 뻣뻣하고 어색한 듯한 동작이었지만, 금강시의 움직임은 놀라울 정도로 빨랐다.

그 놀라운 속도와 검의 예리함을 전혀 두려워하지 않는 신체, 그리고 항거 불능의 엄청난 힘으로 인해 무당사협이나 세가삼영과 같은 절정의 고수급들도 속수무책으로 당할 수밖에 없었던 것이다.

그런데 정면으로 돌진해 오고 있는 한 구의 금강시 외에도, 어느덧 다가온 또 다른 세 구의 금강시가 남궁위덕의 주변을 포위해 들고 있는 중이었다.

위기의 순간,

"남궁 형!"

저쪽에서 화인영이 크게 외쳤다.

그러나 이미 스스로의 한계에 대한 자괴감과 격렬한 분노에 휩싸여 있는 남궁위덕은 아무것도 듣지를 못하였다.

그리고 화인영 또한 그때는 이미 무당사협을 모두 짓이겨 버린 여섯 구의 금강시들에 의해 포위를 당해 있는 처지였다.

"와라, 괴물들! 모조리 베어주마!"

남궁위덕이 이를 악물며 부르짖었다.

우우웅!

그의 검에서 뿜어지고 있던 검기가 일순 더욱 짙어지며 검이 부르르

진동하였다.

남궁세가의 절기 제왕검형(帝王劍形)이었다.

남궁위덕의 검이 종횡으로 흐릿한 검형을 남기며 사방의 공간을 장악해 나갔다.

쾅!

파파팡!

일순간에 기검(氣劍)이 금강시들을 베고 찌르는 데 따라 격렬한 충돌음들이 잇따라 터져 나왔다.

그러나 남궁위덕은 이내 자신의 무력함을 다시 한 번 절감할 수밖에 없었다.

제왕검형도, 아니, 자신이 펼쳐 낼 수 있는 그 어떤 무공도 금강시에게는 통하지를 않는 것이다.

남궁위덕의 가슴속에 쌓여가는 지독한 분노는 이제 그 스스로부터 태우고야 말 듯 극렬하게 타올랐다.

사실 그가 금강시들을 처단할 수 있는 방법을 아주 모르는 것은 아니었다.

그러나 그 방법을 알면서도 지금 자신의 능력으로 그것을 펼쳐 낼 수 없다는 것이 그를 더욱 미치도록 분노하게 만들고 있는 것이었다.

'아아! 나는 무공의 수련에 좀 더 각고매진했어야만 했다. 제왕무적검강만 펼칠 수 있다면… 그랬더라면 나는 오늘 이토록 무력하게 형제들의 죽음을 보고만 있지 않아도 좋았을 것이다. 아아! 이 모든 것이 나의 게으름과 무책임 때문이다. 만약 오늘 내가 목숨을 보전한다면, 그것은 두고두고 일생 동안 나를 부끄럽게 만드는 일이 되고 말 것이다.'

제왕무적검강은 명실 공히 남궁세가 최고의 절학이자, 초대 가주 이후로 그 누구도 완숙의 경지에 도달하지 못하였을 정도로 그 성취가 난해한 검공이었다.

　사실 지금 남궁위덕의 나이로 제왕무적검강의 입문 단계에 접어드는 성취를 이룬 것만으로도, 세가의 역사상 최초라고 해야 할 정도의 경이적인 성취였다.

　그리고 무공에 대한 남궁위덕의 그러한 열정과 천재성이야말로 남궁위덕이 세가의 후계자로 가문의 기대를 한 몸에 받게 된 이유이며, 또한 강호오공자의 한 사람에 포함되어 뭇 강호 청년들의 선망을 받게 된 까닭이 아니던가.

　그러나 지금 남궁위덕에게 자신이 받아왔던 그러한 기대와 선망은 조금도 위안이 되지 못했다.

　오히려 미칠 듯한 자괴감을 불러일으킬 뿐이었다.

　남궁위덕은 차라리 죽기를 작정했다.

　그리고 바로 그러한 절박한 각오가 그로 하여금 한 가지 커다란 위험과 무리를 감행하도록 만들었다.

　바로 제왕무적검강이었다.

　물론 남궁위덕은 자신의 현재 수준으로 제왕무적검강의 검결을 억지로 운용했다가는, 그 폭발적인 진기의 흐름을 감당하지 못하고 스스로를 파괴시키는 결과에 이르고 말 것이라는 사실을 누구보다도 잘 알고 있었다.

　그러나 남궁위덕은 지금의 이 미칠 듯한 분노와 자괴감에 스스로를 태우기보다는, 그리고 이대로 무기력하게 저 괴물들의 손에 사지를 찢겨 죽느니보다는, 차라리 스스로를 산화시켜 버리는 한이 있더라도 제왕무적검강을 시도라도 해보고 죽는 것이 백번 나으리라는 심정에 도달해 있었다.

검결에 따라 남궁위덕의 전신 혈맥을 폭발적으로 휘돈 전신 내력이 그대로 한바탕 폭풍의 기세로 검으로 밀려들어 갔다.

콰우우우우!

남궁위덕의 검에서 한줄기 찬란한 백색 검강이 쭉 뻗어나가면서 일시 주변의 대기를 강력하게 압축시켰다.

바로 제왕무적검강이었다.

그 위력은 과연 대단했다.

쿠아앙!

마른하늘에 벼락 치는 소리와 함께 백색 검강에 격중당한 금강시 하나가 펄쩍 튀어 오르더니 그대로 그 자리에 멈추어 서는 것이었다.

그러나 그토록 강력한 제왕무적검강으로도 여전히 금강시의 도검불침을 깨지는 못한 모양이었다.

비록 일시지간 강한 충격으로 인해 멈추어 서 있기는 하였으나, 금강시는 멀쩡하였으니까.

'아아! 역시 안 되는구나.'

남궁위덕은 제왕무적검강의 검결을 운용할 때 이미 전신 혈맥이 뒤틀리고 기혈이 심하게 뒤엉키면서 극심한 내상을 입은 상태였다.

목을 타고 넘어오는 비릿한 선혈을 억지로 누르고 있던 남궁위덕이 급기야는 참지 못하고 한 모금의 피를 세차게 토해내고 말았다.

푸학!

그리고 그는 더 이상은 버티지 못하고 힘없이 무너지고 말았다.

바닥에 무릎을 꿇은 남궁위덕의 얼굴로 절망과 함께 짙은 체념이 스치고 지나갔다.

그런데 바로 그때였다.

좀 전에 제왕무적검강에 격중당하고 멈추어 서 있던 그 금강시가 그대로 바닥으로 넘어가는 것이 아닌가.

쿵!

금강시는 다시 몸을 일으켜 세우려는 듯 기성을 지르며 발버둥을 쳤다.

"끄으으으!"

그러나 누운 채 사지를 버둥대기만 할 뿐 일어나지는 못하였고, 그나마 그 발버둥마저도 미약하기만 하였다.

제왕무적검강이 진정으로 무서운 점은 바로 그 파괴의 형태가 여타의 검강과 같이 무차별적으로 자르고 갈라내는 데 있는 것이 아니라, 타격하는 물체의 내부를 파괴하여 아예 가루로 만들어 버린다는 데 있었다.

남궁위덕이 펼친 제왕무적검강이 완전하지 못하였다는 것은 분명한 사실이었다.

하여 그 본래의 위력이 얼마만큼이나 발휘되었는지 또한 알 수가 없었다.

그러나 지금 바닥에 쓰러져 버둥대고 있는 금강시가 겉보기에는 멀쩡해도, 그 내부의 어딘가는 심하게 손상되었음이 분명해 보이는 것이었다.

남궁위덕은 환하게 웃었다.

턱없이 부족하고 무리한 시전이었다.

그리고 그의 짧은 인생에서 마지막이 될 단 한 번의 순간이었다.

그러나 그는 마침내 제왕무적검강을 펼쳐 내는 데 성공한 것이다.

비록 단 한 구에 불과하지만, 그래도 형제들을 무참히 짓이겨 버린 금강시를 그의 손으로 처단한 것이다.

그러기에 다른 세 구의 금강시들이 그의 머리와 어깨 등을 향해 거무튀튀한 색의 징그러운 손을 뻗어오는 것을 보고도 남궁위덕은 미소를 떠올릴 수 있었다.

다만 그런 중에도 한가닥 허탈한 감회는 어쩔 수가 없었다.

'아아! 이대로 끝인가? 이 남궁위덕의 일생이 이렇게 끝이 나는 것인가?'

바로 그때였다.

남궁위덕은 자신을 향해 엄청난 속도로 폭사되어 오는 한줄기의 휘황한 빛줄기를 보았다.

그 눈부신 빛줄기는 찰나간에 허공을 단축하여 그의 주변을 한 바퀴 휘돌았다.

그리고 다음 순간 남궁위덕은 믿지 못할 광경에 두 눈을 부릅뜨고 말았다.

서걱!

서걱!

그 눈부신 빛줄기가 남궁위덕 주변의 세 금강시를 휘도는 순간, 마치 환상처럼 금강시들의 머리가 동체로부터 분리되어 땅으로 굴러 떨어지고 있었던 것이다.

그 빛은 형언할 수 없을 정도로 빨랐음에도 불구하고 남궁위덕에게 그 모든 장면은 이상하게도 느리고도 선명하게 보였다.

또한 잔인하고 역겨운 장면임에도 불구하고 그의 마음은 편안하게 진정되어 있었다.

한순간 그 빛줄기는 마치 환상처럼 검을 가슴에 안은 화인영의 모습으로 화하고 있었다.

화인영은 목이 사라진 채 동체만으로 우뚝 버티고 서 있는 금강시들을 밀어내며 남궁위덕의 곁으로 다가섰다.

그 순간에도 남궁위덕은 화인영이 가슴에 품고 있는 검에 은은하게 감돌고 있는 한 무리 환한 빛의 여운에서 눈을 떼지 못하고 있었다.

긴박한 한순간이 더 지나고 나서야 비로소 남궁위덕은 나지막한 부르짖음을 토해낼 수 있었다.

"아아! 태극혜검(太極慧劍)이로구나! 화 노제는 태극혜검을 완성한 것이로구나!"

태극혜검은 두말할 필요 없이 무당검공의 최고봉에 올라 있는 광세 검학이었다.

그것은 달리 광검(光劍)이라고 불릴 만큼, 천하에서 가장 쾌속하며 또한 천하에서 가장 강력한 빛의 무공이었다.

또한 그 빛은 광명정대하기 이를 데 없어, 천하의 모든 사마(邪魔)에 대해 상극으로 작용한다고 하였다.

그래서 그런 것일까?

화인영은 좀 전에 태극혜검을 발하여 먼저 자신을 둘러싸고 있던 여섯 구의 금강시들 중에서 두 구를 베고 나서 남궁위덕의 위급을 구하기 위해 이쪽으로 날아왔었는데, 지금 그쪽에 남은 네 구의 금강시들은 아직도 화인영에 대해 어떤 본능적인 거부감과 두려움을 느끼고 있는 것인지, 선뜻 이쪽으로 달려오지 못하고 그 자리에서 울부짖기만 하고 있는 중이었다.

"카아아아악!"

"끼아아아악!"

한가닥 날카로운 휘파람 소리가 길게 울려 퍼졌다.

삐이이익!

바로 거리를 두고 한쪽에 떨어져서 지켜보고 있던 공손도중이 금강시들을 독촉하는 신호였다.

그러자 금강시들은 금방 두려움을 극복하였는지 다시금 흉성을 폭발시키는 모습들이었다.

"크아아아아!"

"끼아아아아!"

그것을 보면서 화인영의 안색은 금방 창백해졌다.

남궁위덕을 부축해 일으키며 화인영이 급하게 물었다.

"남궁 형! 운기는 가능합니까?"

남궁위덕은 덤덤하게 고개를 끄덕였다.

내부의 기혈이 한번 거세게 뒤엉켜 버린 그의 내상의 정도는 극심하다고 해야만 하는 것이었으나, 이미 한 번 죽었다고 생각하는 남궁위덕이었다.

그리고 지금 화인영의 다급함이 어디로부터 기인하는 것인지 모르지도 않았다.

화인영이 다시 빠르게 속삭였다.

"그렇다면 소제가 다시 한 번 금강시들을 향해 공세를 펼칠 때, 형은 전력으로 이곳을 벗어나십시오."

남궁위덕이 문득 두 눈을 부릅뜨며 강하게 고개를 저었다.

그러자 화인영의 두 눈에 강한 빛이 실렸다.

"그렇게 하십시오. 남궁 형과 제가 함께 살 수 있는 유일한 길입니다. 짐작하셨겠지만, 저의 태극혜검은 크게 부족합니다. 방금 전 한 번의 시전에서 저의 내력은 이미 거의 다 소모됐습니다. 하니 아무리 무리를 한다고 하더라도 다시 한 번 더 태극혜검을 펼칠 수 있으리라고는 감히 자신할 수가 없습니다. 그러나 강시들은 아직도 넷이나 남아 있고, 상황으로 보아 공손도중과 천강이라는 자의 무위는 금강시보다 오히려 더욱 위협적일 것이 분명합니다. 한순간의 분노나 의리의 감정으로 이 자리에서 저들에게 죽임을 당하고 만다면, 그것이야말로 개죽음에 지나지 않을 것입니다. 남궁 형이 먼저 가십시오. 그래야 소제도 갈 수가 있습니다."

화인영의 말에 대해 남궁위덕이 뭐라고 말을 받아 하려는 순간, 저쪽에서 네 구의 금강시들이 일제히 도약하며 허공으로 몸을 솟구치고 있었다.

화인영이 더욱 다급하게 재촉했다.

"제가 저들을 막을 테니, 남궁 형은 즉시 이곳을 벗어나 전력으로 천주봉으로 향하십시오. 잠시 시차를 두고 저는 반대쪽으로 몸을 피하겠습니다. 그리하면 잠시나마 저들에게 혼란을 줄 수 있을 것입니다."

그리고 곧바로 화인영의 검에서는 한 무리의 환한 빛이 일어나기 시작하더니 금방 검과 그의 몸 전체가 한줄기 눈부신 빛줄기로 화했다.

고오오오오!

이어 들릴 듯 말 듯 가느다란 진동음을 동반하며 그 눈부신 빛줄기는 허공을 단축하며 덮쳐 오는 금강시들을 향해 마주쳐 갔다.

"어서 가시오, 남궁 형!"

허공에 남겨진 화인영의 목소리에 남궁위덕이 더는 지체하지 못하고 남은 진력을 다해 허공으로 신형을 뽑아 올렸다.

그리고 그의 신형은 곧바로 서쪽을 향해 쾌속하게 쏘아져 나갔다.

그 방향은 바로 천주봉이 보이는 쪽이었다.

그의 뒤로 허공을 갈기갈기 찢어놓는 듯한 한가닥 처절한 괴성이 울려 퍼지고 있었다.

"끼아아아아악!"

몸을 빼 장내를 빠져나가는 남궁위덕을 보며 공손도중의 얼굴로는 뜻밖이라는 듯한 기색이 어렸다.

그러나 그는 곧 느긋한 웃음소리를 흘렸다.

자못 통쾌하다는 심정이 그대로 녹아 있는 웃음이었다.

"흐흐흐! 도망을 치겠다는 건가? 다른 사람도 아닌 남궁위덕이? 천하의 호한이라던 남궁위덕도 죽음 앞에서는 결국은 평범한 사내에 불과하단 말이지? 자신의 한 목숨을 보존하려고 사지(死地)에다 동지를 홀로 남겨놓은 채 저 혼자서 적에게 등을 보이고 줄행랑을 친단 말이지? 으하하하하하!"

공손도중은 마음껏, 차라리 미친 듯이 웃어 젖혔다.

그의 웃음 속에는 비록 지금까지 단 한 번도 인정한 바는 없었으나 역시 그가 도저히 따라갈 수 없었던 남궁위덕의 호협하고 넓었던 대인기질에 대한 열등감을 훌훌 털어버리고, 오히려 그의 위선을 마음껏 조롱하는 통쾌함이 있었다.

그사이 남궁위덕의 신형은 까마득히 멀어지고 있었다.

그러나 한참이 지난 뒤에야 겨우 웃음을 그친 공손도중은 여전히 느긋한 기색이었다.

"훗! 천주봉으로 가겠다는 건가? 그렇다면 급할 것도 없겠지. 그렇지 않아도 그곳에 숨어 있는 머리 잃은 오합지졸들 역시 정리를 해버릴 참이었으니, 이참에 한꺼번에 처리를 하는 것도 나쁘지는 않은 일이지."

과연 불세출의 검학 태극혜검이었다.

비록 진력이 이어지지 않아 중도에 그 위력이 거의 소멸되긴 했지만, 그래도 네 구의 금강시는 상당한 타격을 입은 모습들이었다.

두 구의 금강시는 반이나 베어진 목이 동체에 위태롭게 매달려 건들거리고 있었다.

"크르르르르!"

놈들은 제대로 움직이지도 못하면서 비명 소리인지, 혹은 여전히 살의를 주체하지 못하는 으르렁거림인지 구분하기 힘든 괴성들을 연신 흘려내고 있었다.

나머지 두 구의 금강시 역시 목의 앞부분이 한 치 깊이로 길게 베여 그 부위의 피부가 쩍 벌어져 있었으나, 별 타격을 받지는 않은 듯했다.

"끄아아아!"

"크으으으!"

두 구의 금강시가 다시금 화인영을 향해 덮쳐 왔다.

화인영은 이제 마지막 한 모금의 진기만을 남겨놓고 있었다.

이 상태에서 다시 태극혜검을 펼친다는 것은 어림도 없는 노릇이었다.

다만 한 번 몸을 솟구쳐 검을 휘두를 정도의 진기일 뿐이었다.

물론 그것으로는 금강시에게 조금의 충격도 줄 수 없을 것이었다.

그때 화인영의 시선은 자신을 향해 덮쳐 오고 있는 금강시가 아니라, 한쪽에서 느긋한 기색으로 이 모든 광경을 줄곧 지켜보고 있는 공손도중에게로 향하고 있었다.

공손도중이야말로 지금 벌어지고 있는 이 모든 상황들의 중심이요, 근원이었다.

그를 없앤다면 금강시를 포함한 모든 것들은 마치 한줄기 허상처럼 그대로 꺼지고 말 것이 분명하였다.

"차아앗!"

순간 화인영의 신형은 일학충천의 신법으로 도약해 올랐다가 허공에서 그대로 꺾어지며 공손도중을 향해 쏘아져 갔다.

마지막 남은 한 줌의 진력을 모조리 쏟아 부은 최후의 일격이었으나, 공손도중에게 도달하기도 전에 그 한 줌의 진력은 완전히 고갈되고 말지도 몰랐다.

어쩌면 지금 화인영이 공손도중에게 일검을 가하고자 하는 것은, 이미 그의 육신의 한계를 벗어나 다만 그의 의지에 불과할 뿐인지도 몰랐다.

공손도중은 허공에서 방향을 꺾어 자신을 향해 쏘아져 오는 화인영을 느긋하게 보고 있었다.

화인영이 이미 마지막 한 줌의 진력까지 거의 다 소진한 상태라는 것은 공손도중 역시도 익히 알아볼 수가 있었다.

공손도중이 문득 감탄인지 조롱인지 모를 중얼거림을 흘려냈다.

"과연 화인영이다. 무당의 역사를 통틀어 지난 사백 년 이래 성취를

본 자가 없다던 태극혜검을 시전해 내다니… 흐흐흐! 좋군. 그 정도는
되어야 강호오공자 중에서도 유독 나와 더불어 비교가 되곤 했던 화인
영이라고 할 수 있지."

　공손도중은 이어 곁의 천강을 향해 냉랭한 목소리로 명령을 내렸다.

　"가라! 천강! 가서 놈이 섭섭해하지 않도록 가장 멋진 최후를 선사해
주어라."

　천강이 곧바로 흉포하기 이를 데 없는 포효성을 지르며 꼿꼿하게 선
자세 그대로 도약해서는 허공의 화인영을 향해 마주 쏘아갔다.

　"크아아아아!"

　화인영은 허공에 뜬 채로 마지막 힘을 다해 검을 앞으로 찔러냈다.

　검은 천강의 가슴을 향해 곧장 찔러 들어갔으나, 이내 어떤 강력한
힘에 저지를 당하며 여린 검명을 토해냈다.

　치잉!

　화인영의 검은 천강의 두 손바닥 사이에 온전히 잡혀 있었다.

　그리고 두 사람은 그 자세 그대로 지면을 향해 떨어져 내렸다.

　쿵!

　이미 진력이 완전히 고갈되어 버린 상태의 화인영인지라, 검을 마주
잡고 있는 천강의 힘에 의지하여 바닥에 내려서면서 둔탁한 소리가 났
다.

　그리고 그 충격이 고스란히 내부로 전해졌는지 화인영은 고통스러
운 신음을 흘리고 말았다.

　"크윽!"

　회인영의 입가로 한줄기의 선혈이 비치고 있었다.

　그러나 그의 얼굴에는 엷게 미소가 드리워져 있었다.

모든 것을 체념한 자의 편안함이 감도는 미소였다.

붉은 혈광으로 잔혹스럽게 번뜩이는 천강의 두 눈이 바로 근접한 위쪽에서 화인영을 내려다보고 있었다.

순간 화인영의 얼굴로 짧은 경악이 스쳤다.

천강에게서 뿜어지는 기(氣)는 화인영이 미처 상상하지 못했을 정도의 엄청난 것이었다.

그 기운의 엄청남이란 것은 화인영이 전력을 다해 태극혜검을 펼쳐서야 겨우 제거할 수 있었던 금강시와도 감히 비교할 만한 것이 아니었다.

지금 화인영을 내려다보고 있는 이 천강이라는 자야말로 금강시를 훨씬 초월하는 또 하나의 괴물이었던 것이다.

화인영은 자신이 다시금 태극혜검을 펼쳐 낼 수가 있다고 해도, 이 천강이라는 괴물을 처단할 수 있으리라는 자신이 들지 않았다.

아니, 그 정도가 아니라 그의 불완전한 태극혜검이 만약에 극성의 수준까지 도달한다고 쳐도, 그때에도 과연 천강과 대등하게 겨룰 수 있으리라는 자신을 하기는 어렵겠다는 생각마저 드는 정도였다.

바로 지척지간에서, 그리고 마주 잡은 한 자루 검을 통해 느껴지고 전해져 오는 천강의 기운은 그런 정도로 가히 절대라는 말 외에는 달리 표현을 할 수 없는 것이었다.

'모르긴 몰라도, 이자의 무공은 최소한 무황성주의 아래가 아닐 것이다.'

그리고 화인영은 그런 생각을 하고 있는 스스로에 대해 새삼 경악하고 말았다.

'아아! 이자의 정체는 도대체……?'

한순간 문득 전해져 오는 강렬무비하면서도 왠지 모르게 익숙함이 느껴지는 한가닥 진기에, 화인영은 너무도 경악한 나머지 자신도 모르게 소리 내어 중얼거리고 말았다.

"이것은… 아아! 이것은 천마진기(天魔眞氣)다. 그렇다면… 그렇다면 당신은 바로……?"

그러나 이미 몸속을 마구 헤집고 있는 한 무리 항거 불능의 진기로 인해 화인영의 그 중얼거림은 다만 그의 입속에서만 웅얼거리며 맴돌고 있을 뿐이었다.

각성(覺醒)

천마진기라는 것은 어느 시대를 막론하고 당대(當代)에는 천하에서 단 두 사람만이 가질 수 있는 것이었다.

그것은 지난 천 년간 단 한 번의 예외도 없이 지켜져 온 하나의 절대 불변의 율법이었다.

그리고 그 두 사람 모두는 반드시 천마(天魔)의 후예여야만 했다.

천마진기야말로 바로 천마무공의 근간이자 상징이 되는 것이기 때문이다.

두 사람 중 한 사람은 당대에 천마의 종통을 이은 자요, 나머지 한 사람은 차대(次代)에 천마의 종통을 이을 자였다.

화인영과 천마궁주의 인연은 화인영의 의지와는 전혀 무관하게 이어진 것이었다.

그러하기에 화인영은 철이 들고 난 이후부터는 그 인연을 악연이라고 여겼고, 스스로의 기억 속에서 밀어내고자 늘 노력해 왔었다.

그리고 언제부터인가는 잊었다고 여겼다.

아니, 완전히 잊지는 못했더라도, 적어도 그러한 악연에 대해서 초연해졌다고는 자신했다.

그러나 지금 이 순간 화인영은 자신이 그 악연의 기억에서 조금도 벗어나지 못하고 있었다는 것을 확연히 깨달을 수밖에 없었다.

그의 내부는 지금 격렬하게 반응하고 있는 중이었다.

몸 안의 대맥을 질주하고 있는 천강, 아니, 천마궁주의 천마진기에 반응하여 그의 내부에서 거칠게 일어나는 한가닥의 기운은 바로 또 다른 천마진기였다.

화인영이 그토록 부정하고자 했던 천마진기, 아니, 정확하게는 천마종혈진기(天魔宗血眞氣)는 화인영 자신도 알지 못하는 그의 내부 어느 깊숙한 곳에 존재하고 있다가, 이제 천마궁주의 천마진기에 반응하여 그 깊은 잠에서 깨어난 듯 거센 태동을 하고 있는 것이었다.

천마진기는 인체의 잠력을 근간으로 하는 까닭에 일반의 내공진기와는 완전히 다른 개념과 체계를 가지는 진기였다.

인체는 그 자체로 하나의 소우주라고 불리는 만큼 그것이 품고 있는 잠재력, 즉 잠력은 실로 무한대의 힘이라고 할 수 있는 것이었다.

다만 그 잠력이 육체적인 힘과 정신적인 한계를 넘어서는, 소위 무의식 세계와 주로 연계가 되기 때문에 보통의 사람이 잠력의 다만 일부분이라도 꺼내어 쓴다는 것은 거의 불가능한 일이라고 해야만 했다.

천마진기는 바로 그 잠력을 일깨우고 극대화함으로써, 인간의 한계를 넘어서는 내공의 성취와 금강불괴의 신체를 이루도록 해준다.

그러나 천마진기가 그처럼 고금천하에 독보적이라고 할 수 있는 절대의 무공임에는 분명하나, 막상 천마진기를 연성하는 데에는 커다란 제약들이 존재했다.

그러한 제약들이 바로 '천마진기를 지니는 자는 당대에 오직 둘뿐이어야 한다'는 절대의 율법을 천여 년간이나 이어져 내려오게 만든 이유이기도 했다.

역대로 천마의 후예들은 천마진기를 연성하기에 적합한 선천적인 체질과 자질을 타고난 전인을 발굴하는 데 상당한 시간과 노력을 투자하여야만 했다.

천마의 후예로서 그 어떤 소명보다도 중요한 소명이 바로 천마의 대가 끊어지지 않도록 하는 것이었기 때문이다.

적합한 전인을 만나게 되었을 때, 그들은 전인에게 천마환혼대법(天魔還魂大法)을 베풀게 된다.

즉, 전인의 내부에 천마종혈진기를 심고, 그 무의식의 세계에 천마요결(天魔要訣)을 각인시키는 것이다.

천마종혈진기 역시 기실은 한 줌의 진기일진대, 그것에 대해 종혈이라는 이름을 붙인 것은, 그것이 초대 천마궁주인 천마로부터 시작되어 대를 이어가며 오로지 일인전승으로만 이어져 왔기 때문이다.

천마종혈진기의 특별한 점은 그것이 인체의 잠력을 일깨우는 일종의 촉발제라는 것이다.

또 하나의 특별한 점은 마성이 강한 천마무학을 마성에 지배됨 없이 극성까지 익힐 수 있게 해준다는 점이다.

동시에 천마진기를 익힌 자는 천하의 모든 마기를 지배하는 무형의 위력을 가지게 된다.

무릇 마공을 익힌 자들은 천마진기의 주인에 대해 자신의 의지로는 거부하기 어려운 지극한 위엄을 느끼게 되어, 은연중에 머리를 조아리게 되는 것이다.

　일단 후대에게 이어진 다음에 원래의 소유자에게서는 천마종혈진기가 완전히 사라진다.

　그런 점에서 천마종혈진기는 그야말로 혈통의 전수, 피의 계승과도 같은 의미가 있다고 할 것이었다.

　이후로 천마종혈진기를 전수받은 자의 자질에 따라 차이는 있으나, 대략 이십 년에서 삼십 년에 달하는 세월 동안 천마종혈진기는 전인의 체내에 잠복하며 무의식에 각인된 천마요결에 의해 스스로 키워지고, 이윽고는 서서히 천마진기를 이루게 된다.

　그로 인해 천마종혈진기가 천마진기로 성숙해 가는 과정에는 어떠한 인위적인 노력도, 또는 가르침도 필요가 없었다.

　물론 그 기간이 자그마치 수십 년이니만큼, 그 기간 동안에 전인은 천마의 후예로서 갖추어야 할 소양과 천마무학들을 익히고 천마궁주로서의 위치를 굳혀가게 되는 것이다.

　그러나 결국은 천마종혈진기가 천마진기로 완성이 되어야만 천마무학의 극성에 이를 수 있으며, 또한 진정한 천마의 후예로 인정받을 수 있었다.

　화인영이 천마궁주에 의해 전인으로 선택을 받아 천마환혼대법을 시술받은 것은 그의 나이 세 살 때의 일이었다.

　물론 천마궁주의 일방적인 선택이요, 시술이었다.

　당시의 천마궁은 오랫동안 무림천하의 패권을 잡고 있는 중이었고, 천마궁주야말로 천하제일인, 나아가 천 년 전의 천마와도 비견되며 고금제일인의 소리까지 듣는, 그야말로 독보적인 절대자였다.

그러나 화인영의 가문은 그런 천마궁주로서도 함부로 대하기 어려운 곳이었다.

화인영이야말로 누대의 명문 산서화가(山西華家)의 후손이었고, 그의 조부 화능운(華綾運)은 선황(先皇) 때 오래도록 태사(太師)를 지낸 바 있는 당대의 거유(巨儒)로 대쪽같이 강직한 성품으로 이름을 떨친 바 있었다.

하니 단칼에 그의 목을 베어버리는 것은 조금도 어렵지 않은 일이었으나, 화인영을 천마의 전인으로 허락받는 일은 결코 가능해 보이는 일이 아니었던 것이다.

하여 천마궁주는 일단 천마환혼대법부터 시술하고 난 다음에 후일을 기약하기로 했다.

그때는 무황 등 정파의 세력들이 막 세력을 확장하며 천마궁 천하에 대해 본격적으로 반기를 드는 어수선한 시기이기도 하였고, 또한 일단 천마환혼대법을 시술하고 난 다음에는 어차피 그 뒤로는 천마진기가 완성될 때까지 이십 년 이상의 시간이 소요될 것이니, 시간과 끈기를 가지고 산서화가의 깐깐한 가풍과 밀고 당기기를 해볼 참이었다.

하지만 천마궁주의 그 느긋한 여유에도 불구하고, 그는 이후로 이십 년이 훌쩍 넘도록 자신이 선택하여 천마종혈진기를 물려준 전인을 다시 찾아보지 못했다.

그동안 세상에서 그는 이미 죽은 사람이었다.

이후 화인영은 나이 아홉에 다시 새로운 인연을 맺게 된다.

바로 조부 화능운과 친분이 있던 무당파의 전전대 장문인 무우자(無憂子)와의 인연이었다.

천하를 주유하던 중 며칠 화가(華家)에 머물게 된 무우자는 어린 화인영이 지나치게 강한 기질을 지닌 것을 발견하였다.

산서화가의 후예로서 향후 빼어난 문인(文人)의 길을 가야 할 화인영이었기에, 무우자는 화인영의 기질 완화와 건강을 위해 무당의 기본 심공인 소청심공(小淸心功)을 전수하기에 이른다.

그런데 마치 마른 솜이 물을 빨아들이듯 하는 화인영의 경인할 무학적 자질에 무우자는 그만 매료당하고 말았다.

이제 우화(羽化)할 날이 얼마 남지 않았으나, 문파 중진들의 끈질긴 소청에도 불구하고 딱히 자신의 평생 무학 결실을 세상에 남길 의욕이 없던 무우자였었다.

그러나 화인영의 그 빛나는 절세의 재지를 보는 순간, 그만 욕심이 생겨 버린 것이었다.

한편으로 그동안 기여한 것도 없이 원로의 직함만 차고 있었던 터라 미안한 마음이 없지 않았던 무당파를 위해서도 마지막으로 좋은 인연을 하나 남기고픈 욕심이 있기도 했다.

그렇게 하여 화인영은 무당파 최고의 신공인 양의태청심공(兩意太淸心功)과 무우자가 평생 각고하여 체득한 무당검학의 진수를 전수받게 되었던 것이다.

이후 화인영은 눈부신 속도로 무공을 이루어갔다.

낭중지추(囊中之錐)라 하였던가?

무우자는 무당의 몇몇 중진들에게 외에는 화인영의 존재에 대해 일체 발설하지 않았고, 화인영 또한 자신의 무공에 대해 굳이 과시하려 하지 않았다.

또한 화인영의 가문의 특성상 문이 아닌 무로써 외부에 알려질 기회도 없었건만, 언제부터인가 산서화가에 잠룡 한 마리가 승천을 기다리고 있다는 소문은 저절로 무림천하 전역으로 퍼져 나갔다.

그러던 차에 무황의 후계자 선정이 있었고, 화인영은 무당파의 강력한 추천으로 강호오공자의 일인이 되었다.

그것이 그가 본격적으로 무인의 길을 걷게 된 계기였다.

이후 점차로 세상과 강호를 알아가면서 화인영은 무공과 힘의 가치 기준에 대해 나름대로의 인식을 설정하게 되었다.

천마와 무당, 즉 정과 마의 최고무공을 한 몸에 지니고 있는 탓인지, 선과 악, 정과 마에 대한 화인영의 정의는 처음부터 다른 정파의 후기 지수들에 비하면 파격적이라고 할 만큼 꽤나 자유로운 편이었다.

선악과 정마는 익히는 무공의 종류가 아니라, 결국은 그 무공을 사용하는 사람의 마음에 의해 결정된다는, 지극히 현실적이면서도 자유로운 사상이 그에게는 있었던 것이다.

비록 그러한 자신의 신념과 사상을 구태여 강하게 표출하지는 않았지만, 사람들은 그런 화인영에 대해 세상의 규범에 구애받기 싫어하는 낙천적이면서도 주체성이 강한 성격으로 평가하곤 하였다.

화인영의 몸속에서는 거대한 태풍이 일어나고 있었다.

처음에는 천강에게서 비롯된 천마진기가 광란을 일으키자, 그것에 반응하여 화인영의 내부에서도 또 하나의 천마진기가 깨어났다.

그러다 이윽고는 같은 속성이면서도 엄연히 다른 두 가닥의 천마진기가 서로 어울려 태풍을 일으킨 것이었다.

모든 것을 쓸어버리는 태풍이었다.

기존의 길과 체계들을 한순간에 모조리 무너뜨려 버리고, 무한히 넓고도 굳건하기 이를 데 없는 새로운 길과 체계들을 순식간에 구축해버리는 태풍이었다.

그 엄청난 격변의 충격에 화인영의 의식은 끝내 견디지를 못했다.

그런데 화인영이 막 의식의 끈을 놓으려는 찰나, 그의 뇌리에 하나의 빛이 다가와 마치 각인처럼 새겨졌다.

바로 천강, 천마궁주의 눈빛이었다.

혈광으로 번들거리던 그의 눈은 바로 그 순간, 찰나적으로 극히 맑아진 것 같았다.

그리고 화인영은 꿈결처럼 보았다. 천마궁주의 그 눈이 희미하게 웃고 있는 것을.

그 웃음은 만족과 희열로 가득 차 있었다.

그때 가물거리는 의식 속에서 화인영은 한가닥 날카로운 휘파람 소리를 들은 것 같았다.

삐이이익!

그리고 그 순간 천마궁주의 눈빛은 다시 원래의 핏빛 잔혹한 혈광으로 돌아가고 있었다.

그리고는 암흑이었다.

화인영은 완전히 의식의 끈을 놓아버렸다.

공손도중은 뭔가 개운치 않은 느낌을 받고 있었다.

원래 천강은 화인영의 검을 두 손바닥 사이에 끼워서 가두었었다.

천강의 경천동지할 힘이라면 그대로 검을 거꾸로 밀어 화인영의 가슴을 뚫어버리든지, 아니면 최소한 검을 비틀어 부러뜨리려는 놓았어야 하는 것이었다.

그런데 그들 둘은 한동안이나 검을 마주 잡고 있는 자세를 그대로 유지하고 있는 것이었다.

　둘은 그 자세 그대로 굳어버린 듯도 했고, 혹은 검과 그들의 몸이 마치 강력한 자석이라도 되어서 서로 떨어지지 못하고 있는 듯 보이기도 하는 광경이었다.

　이윽고 공손도중은 미간을 잔뜩 찌푸리며 천천히 천강을 향해 걸어갔다.

　그리고,

　삐이이익!

　그의 입에서는 듣는 이의 고막을 사정없이 파고드는 지독히도 날카로운 휘파람 소리가 울려 나왔다.

　마치 그 소리에 화들짝 깨기라도 한 것처럼, 천강은 흠칫하며 전신을 떨었다.

　"죽여라!"

　공손도중이 짧고 강하게 명령했다.

　다음 순간 천강은 두 손바닥으로 잡고 있던 검을 놓는 동시에 쌍장을 후려쳤다.

　그때 화인영은 이미 혼절해 있는 상태였으니, 무방비 상태에서 정통으로 가슴을 가격당하고 말았다.

　쾅!

　벼락 치는 소리가 나며 화인영의 신형이 공중으로 붕 뜨더니 그대로 십여 장 바깥으로 날아갔다.

　비명 소리도 없이 화인영의 몸이 날아가고 난 다음에야, 허공에서는 그가 내뿜은 피가 점점이 바닥으로 뿌려지고 있었다.

다 모은다면 한 사발은 족히 넘을 것 같은 거무죽죽하게 죽은 피였다.

공손도중에게서는 못마땅한 기색이 사라지지 않고 있었다.

오늘따라 천강의 하는 짓이 영 마땅치를 않은 것이다.

물론 천강의 하는 짓이래야 모두가 다 공손도중 자신의 의지와 명령에 의해 이루어지는 것이니, 누구를 질책할 사항은 아니었다.

다만 못마땅하다는 것은, 자신이 죽이라고 했으니 천강은 당연히 보다 확실한 방법으로 화인영을 죽였어야만 했었다는 데 대한 것이었다.

이전까지 천강이 보여왔던 방법으로 보았을 때는, 화인영의 경우에도 머리나 가슴을 아예 부숴놓거나, 아니면 그대로 사지를 찢어놓아야만 하는 것인데, 왜 쌍장으로 후려 패서 멀리 날려 버렸는가 하는 점이었다.

또한 십여 장의 허공을 날아간 화인영의 몸이 왜 하필이면 키 큰 잡초와 넝쿨이 우거진 산비탈 아래로 굴러 떨어졌는가 하는 점도 지금 공손도중을 영 석연치 않게 만들고 있는 점들 중의 하나였다.

물론 방금 전 천강의 쌍장에 실렸던 힘이라면, 화인영의 내부를 가루로 만들기에 충분하고도 남음이 있다는 것을 공손도중도 모르지는 않았다.

그러기에 공손도중은 굳이 잡목과 수풀을 헤치고 언덕 아래로 내려가서까지 화인영의 죽음을 확인해 볼 생각은 하지 않았다.

그렇게까지 한다는 것은, 그의 자존심이 용납하지 못하는 일이기도 했다.

공손도중이 차갑게 외쳤다.

"가자. 천주봉으로 간다. 그전에 저 쓸모없는 언가의 강시들은 모조리 쓸어버려라."

그 명령에 천강이 잔혹스러운 괴성을 토해냈다.

"끄아아아아!"

그리고는 그대로 금강시들을 향해 신형을 쏘아갔다.

천강이 양 손바닥을 빳빳하게 편 채 팔을 마치 검처럼 세워 가로로 그었다.

번쩍!

놀랍게도 그의 팔은 진정 한 자루 검이라도 되는 듯, 은은한 홍광(紅光)을 뿌리며 공간을 베어나가는 것이었다.

아아! 그것은 진정 엄청난 광경이었다.

천강에게서 펼쳐지는 그 한 무리의 홍광은 무한히 넓은 면을 가지는 거대한 검이었다.

또한 부딪치는 그 어떤 것이라도 베어버리고야 마는 절대극강의 검이었다.

우두커니 서 있던 네 구의 금강시가 비명도 없이 일제히 두 동강이 나며 바닥으로 무너져 내렸다.

천강은 단 일수에 도검불침의 금강시 네 구를 그대로 양단해 버린 것이었다.

마치 흙으로 만든 장난감을 부숴 버리듯 금강시들을 부숴 버리는 천강의 모습은 괴물 이상의 괴물이었다.

잠시 후,

"우우우우우!"

장쾌한 장소성을 길게 남기며 공손도중과 천강의 신형은 서쪽을 향해 무서운 속도로 쏘아져 나갔다.

第六章

구원(救援)

천주봉 정상에는 한낮을 향해가는 눈부신 햇살이 가득하였다.

그러나 환한 햇살이 무색하리만치 분지에는 소리없는 불안감이 무겁게 내려앉아 있었다.

고대룡이 어젯밤 천주봉을 떠나 아직까지 귀환하지 않고 있다는 사실은 이제 잠룡단 모두가 알고 있었다.

그 불안감에 대해 가장 먼저 직접적인 반응을 보인 것은 흑요였다.

"아무래도 안 되겠어요. 제가 내려가 봐야겠어요."

흑요가 자리를 털고 일어서자 등평이 엄격한 표정으로 만류했다.

"돌아올 때까지 무조건 기다리라는 단주님의 엄명이 있었소."

흑요의 행동이 곧 잠룡단 전체의 동요로 이어질 것을 경계하는 말이었다.

그러나 흑요 또한 한 번 굳힌 생각을 접을 생각이 전혀 없는 듯했다.

흑요는 곧바로 몸을 날릴 기세로 분지의 가장자리를 향해 성큼성큼 걸음을 옮겼다.

그 막무가내의 기세에 등평이 나직이 한숨을 내쉬고 말았다.

지금 고대릉의 안위가 확인되지 않고 있는 상황에서, 흑요가 그 누구의 말도 듣지 않을 것이라는 점에 대해서는 등평도 능히 예상하고 있는 일이었다.

흑요가 잠룡단의 서위호법(西位護法)이기는 하지만, 그 이전에 그녀는 바로 무영가의 예호원주가 아니던가?

이윽고 어쩔 수 없다는 듯 등평이 무거운 목소리로 말했다.

"정히 그렇다면 주변의 정황도 살필 겸 천주봉 주변 일대를 한번 살펴보는 것으로 합시다. 태상호법님과 악 장로님, 그리고 독고 호법이 함께 가도록 하십시오. 단, 어떤 경우에도 천주봉에서 방원 십 리 바깥으로는 벗어나지 말아야 합니다. 이것은 명령입니다. 단주께서는 돌아오실 때까지 모든 권한과 책임을 제게 위임하신 바 있으니, 지금 저의 말은 곧 단주님의 명령입니다. 또한 지금 우리가 처해 있는 상황에서 각자의 개별적인 행동은 곧 잠룡단 전체의 안전과 직결된다는 것을 명심하여야만 할 것입니다."

무거운 표정으로 등평의 말을 듣고 있던 허종과 악청, 그리고 독고자강이 천천히 걸음을 옮겨 흑요에게로 다가갔다.

그때 좌룡이 엉거주춤 함께 따라나설 채비를 하며 등평에게 말했다.

"네 사람만으로는 아무래도 손이 달릴 수 있으니 저도 함께 가겠습니다."

그러나 등평은 좌룡에게는 눈길조차 주지 않고 짐짓 엄하게 말을 뱉었다.

"이곳에서도 대비해야 할 일은 많으니, 좌 호법은 자리를 지키도록 하시오."

*　　　*　　　*

남궁위덕은 진기의 흐름이 완전히 끊어짐을 느끼고 있었다.

그의 진력은 이제 완전히 고갈된 것이다.

제왕무적검강을 무리하게 시도하면서 입은 내상은 생각보다도 더욱 엄중하였다.

그런 터에 긴급한 요상 조치를 할 틈도 없이 줄곧 전력을 다하여 경공을 전개해 왔으니, 진기의 고갈뿐만이 아니라 내부의 혈맥들은 어쩌면 회복이 불가능할 정도로 엉망이 되어버렸을지도 모를 일이었다.

이제 천주봉까지는 기껏 삼백여 장 남짓이어서, 고개를 한껏 치켜들면 그 봉우리의 정상이 보일 정도였다.

그러나 상처 입고 지친 몸으로는 그 정도의 거리를 가는 것도 결코 쉽지 않은 일이었다.

더군다나 수직의 암벽으로 이루어진 봉우리를 오른다는 것은 도저히 가능한 일이 아닐 것 같았다.

"휴우!"

남궁위덕은 무거운 한숨을 토해내며 잠시 멈추었던 걸음을 다시 힘겹게 떼었다.

"우우우우우!"

멀지 않은 곳에서 들려오는 한가닥 긴 장소 소리에 남궁위덕의 안색이 대번에 흐려졌다.

"공손도중이로구나."

남궁위덕의 표정으로 찰나간 많은 의미들이 스쳐 갔다.

이제는 진정으로 마지막에까지 몰려 버린 자신의 처지와 화인영의 안위에 대한 궁금함과 안타까움, 그리고 뒤에 남을 부친과 가문 혈족들의 슬픔과 낙담까지.

그러나 한순간의 격동이 스치고 지나간 다음, 이내 남궁위덕은 한가닥 허탈한 미소를 떠올리고 있었다.

체념이었다.

그러나 암울하지만은 않은, 담담하기까지 한 체념이었다.

상황은 이제 그의 힘으로서는 더 이상, 도저히 어떻게 해볼 수 없는 지경에 이른 것이다.

그러니 그저 체념하고 담담히 받아들이는 수밖에는 다른 도리가 없는 것이었다.

파앗!

팟!

두 줄기의 인영이 허공에서 떨어져 내리며 남궁위덕의 십여 걸음 앞으로 내려섰다.

"후후후! 천하제일의 호남아 남궁위덕이 오늘 이 황량한 벌판에서 이런 초라한 처지가 되리라고 강호의 그 누가 상상이나 하였겠는가?"

공손도중이 낭랑하게 일갈하였다.

남궁위덕이 허리를 꼿꼿이 세워 서며 담담하게 웃으면서 말을 받았다.

"하하하! 마지막 순간까지 자네가 나에 대해 그처럼 높이 알아주니, 그나마 위안이 되는 바이네. 그리고 오늘 이 남궁모의 명이 다하는 것은 스스로의 능력이 모자란 탓이니, 그다지 억울할 것도 없는 일일세. 다만 자네에게 한 가지 일깨워 주고 싶은 것은, 자네 또한 이 못난 남궁모에 비해 그다지 많이 뛰어난 편은 아니니 스스로에 대해 지나친 과신은 하지 말 것이며, 더욱이 헛된 망상은 가지지 말기를 바란다는 것일세."

공손도중이 빙그레 웃으며 말을 받았다.

"후훗! 끝까지 그 알량한 자존심을 세우겠다는 것이오?"

그러나 남궁위덕은 오히려 느긋한 기색이 되었다.

"사별삼일(士別三日)이면 괄목상대(刮目相對)라는 말이 있더니, 자네가 짧은 시간 동안에 이토록 경이롭도록 강해졌다는 것은 인정하네. 그러나 말일세?"

남궁위덕이 그렇게 말을 얼버무리자 공손도중으로서도 약간의 조급증이 나는 모양이었다.

"그러나 무엇이란 말이오?"

이 같은 조급증은 공손도중이 스스로 인식하고 있든 그렇지 못하든 간에, 그의 의식 깊숙한 곳에 지금의 자신의 능력을 남궁위덕에게 인정받고 싶어하는 욕망이 여전하기 때문이리라.

남궁위덕이 빙그레 미소를 띠며 말을 이었다.

"이미 화 노제가 지적한 바 있듯이, 내가 보기에도 지금 자네의 모습은 결코 정상적이라고 할 수 없는 것이네. 그것은 곧 지금 자네의 그 놀라운 성취가 결코 온당한 방법에 의해서 얻어진 것이 아님을 말해주는 것이 아니겠는가?"

순간 공손도중은 자신도 모르게 어깨를 흠칫하고 말았다.

그러나 그는 이내 차갑게 대꾸했다.

"역시 패자(敗者)들은 언제나 비루한 변명거리부터 만드는 법인가 보군."

그러나 남궁위덕은 오히려 웃었다.

"후후후! 이제 나는 자네에게 죽을 수밖에 없는 처지이겠지."

공손도중이 코웃음 치며 빈정거렸다.

"흥! 이제야 현실을 제대로 보는군."

"그러나 오늘 내가 자네의 손에 죽임을 당한다고 해도, 자네가 진정한 강자라고는 결코 인정하지 않을 것이네. 그리고 이미 말한 바대로, 앞으로도 자네가 결코 천하제일의 자리에 서지 못할 것이라는 것을 장담할 수 있네."

그러자 공손도중이 얼굴을 와락 일그러뜨리며 마치 반발이라도 하듯이 신경질적으로 외쳤다.

"인정하지 않겠다고? 내가 결코 천하제일이 되지 못할 것이라고? 왜? 왜인가? 흐흐흐! 구파일방과 너희 오대세가가 마도에 의해 굴욕을 당할 때마다 스스로를 위안하기 위해 지껄여 대는, 그 잘난 사불승정(邪不勝正)의 논리를 지금 다시 앵무새처럼 되풀이하는 것인가?"

남궁위덕이 묵묵히 공손도중의 격동을 지켜보고 있다가 문득 가볍게 웃으며 말했다.

"하하하! 그럴지도 모르겠군. 그러나 사불승정은 한낱 논리 따위가 아니라 결코 거스를 수 없는 순리(順理)이니, 만약 자네가 스스로를 사(邪)로 자인한다면, 끝내는 사불승정의 순리 그대로 되고 말 것일세. 그러나 내가 장담하는 것은 보다 구체적인 이유 때문이지. 바로 당금 강호에 자네가 넘을 수 없는 벽들이 이미 존재하고 있다는 것일세. 나는 이미 그 벽들 중의 하나를 분명히 알고 있네. 지금의 자네가 아무리 강해졌다 해도, 내가 아는 그 벽만큼은 자네가 결코 넘어설 수 없을 것이라고 나는 장담하는 바이네."

남궁위덕의 얼굴에 맺힌 미소가 더욱 짙어졌다.

그 미소에는 따뜻한 정감과 함께 굳건한 신뢰가 녹아 있었다.

물론 눈앞의 공손도중을 향한 미소는 아니었다.

공손도중의 미소 역시 짙어져 있었다.

그러나 잔뜩 비틀린 미소였다.

"호오? 본 공자가 결코 넘을 수 없는 벽이라……? 그래, 누구를 말하는 것이냐?"

비록 되묻고 있었지만, 공손도중은 남궁위덕이 말하는 그 벽이 누구를 두고 하는 말인지 이미 알고 있는 듯했다.

사실 그 인물은 공손도중 자신 또한 경멸하고 조롱하면서도 동시에 치열한 경쟁심과 경계심을 느꼈었던 인물이었다.

그러나 그 인물은 이미 과거의 인물이었기에, 더 이상 그가 경계할 필요가 없어진 인물이었기에, 그는 지금 잔뜩 조롱하는 기분으로 남궁위덕에게 그같이 되묻고 있는 것이었다.

남궁위덕은 대답하지 않았다.

그는 다만 고개를 들어 눈앞에 우뚝 치솟아 있는 천주봉의 정상을 올려다보았다.

공손도중이 남궁위덕을 따라 시선을 던지고 있다가 문득 잔혹스러운 냉소를 흘렸다.

"흐흐흐! 혹시 그 벽이 바로 고가(高家), 그 어린 애송이를 말하는 것이라면 너의 말은 틀렸다. 물론 앞으로도 그 말이 맞아지는 일은 결코 없을 것이다."

순간 남궁위덕의 안색이 확연히 굳어졌다.

"지금 그 말, 무슨 의미냐?"

공손도중이 통쾌하게 대소하며 들뜬 듯이 외쳤다.

"으하하하하! 그 애송이는 이미 이 세상에 존재하지 않는다는 말이다. 본 공자의 손으로 직접 저승으로 보내준 지 이미 꽤 오래되었다는 말이다."

분노와 격동, 그리고 애통함으로 남궁위덕의 얼굴은 금세 창백하게 변해 버렸다.

믿고 싶지 않은 말이나 공손도중의 말은 결코 거짓이 아닐 것이었다.

공손도중의 성격에 그 같은 거짓을 말하는 것은 그 스스로의 자존심이 결코 용납하지 못할 것이기 때문이었다.

그러나 이내 남궁위덕의 안색은 다시금 차가운 평정을 되찾았다.

"그랬었군. 너의 이 음모는 위지 노제, 그리고 나와 화 노제에게만이 아니라, 이미 대릉 아우에게까지 미쳤던 것이로구나. 과연 너다운 치밀함이다. 그러나 여전히 한 가지에 대해서만큼은 나는 감히 단언할 수 있다."

공손도중이 짐짓 궁금하다는 듯 어깨를 으쓱해 보였다.

"호오?"

"보지 않았으나 나는 확신할 수 있다. 대릉 아우가 네 손에 당했다 하더라도, 그것이 결코 그의 능력이 너만 못해서는 아니었으리라는 것을."

공손도중의 얼굴이 다시금 와락 일그러졌다.

남궁위덕은 지금 공손도중의 역린을 건드리고 있는 중이었다.

일단 스치기라도 하면 도저히 견디지 못하는 역린을.

갑작스럽게 치솟아오르는 분노를 참기 힘든지 공손도중의 악다문 이빨 사이로 억눌린 신음 소리가 새어 나왔다.

"으으음!"

그러나 남궁위덕은 은은히 혈광이 감돌기 시작하는 공손도중의 눈을 똑바로 보며 천천히 말을 이었다.

"아마도 너는 분명, 어떤 비겁한 암수를 썼거나, 그렇지 않으면 오늘 나와 화 노제에게 한 것처럼 금강시들이나 또 다른 방수들을 동원했겠지? 그렇지 않고서 만약 진정한 무인으로서의 정당한 승부를 펼쳤다면 너는 결코 대릉 아우를 감당하지 못했을 것이다."

일순 공손도중의 두 눈에서 진한 혈광이 쭉 하고 솟구쳤다.

그는 마침내 견디지 못하고 내심의 흉성을 발작시키고야 만 것이다.

그 흉성은 그가 가진 절대적인 힘의 근원이 되는 것이기도 하지만, 한편으로는 그가 스스로를 통제할 수 없게 되는 한계가 되기도 하여서, 평상시에는 남에게 숨겨야 할 치부(恥部)가 되는 것이었다.

"크아아아! 죽인다! 남궁위덕! 내 손으로 너를 직접 찢어 죽이고야 말겠다! 그리하여 본 공자의 능력이 과연 어떠하다는 것을 구천에서도 잊지 못하도록 네 영혼에다 영원히 각인시켜 놓으리라!"

그리고 공손도중은 곧바로 남궁위덕을 향하지 않고 그대로 허공을 향해 신형을 솟구치고 있었다.

허공을 거슬러 치솟는 동안 공손도중의 신형은 거세게 일렁이는 짙은 혈광으로 감싸여서 마치 이글거리는 거대한 불꽃의 덩어리가 허공을 장악하고 있는 것 같았다.

그 혈광의 무리는 대낮의 햇빛마저도 무색하게 만드는 데가 있어서,

보는 사람으로 하여금 참기 어려운 불안과 공포를 느끼도록 만드는 것이었다.

허공 높은 곳까지 솟구쳐 일시 정지한 그 거대하고도 맹렬하게 불타오르는 불덩어리는 한순간 남궁위덕의 머리 위를 향해 급전직하의 기세로 쏟아져 내려왔다.

파아아아앗!

남궁위덕은 차라리 눈을 감아버렸다.

백여 장 떨어진 곳에서 한가닥의 급한 호통 소리가 들려왔다.

"손을 멈춰라!"

호통 소리는 나직하였으나 기이한 위엄이 배어 있었다.

또한 그 호통 소리의 주인은 마치 공간을 단축하여 오는 듯, 짧은 외침 소리의 시작과 끝나는 지점의 거리 차이가 확연히 느껴질 정도였다.

남궁위덕은 부지불식간에 눈을 떴다.

그리고 그 순간 자신을 향해 엄청난 속도로 쏟아져 오는 한가닥의 웅혼하기 이를 데 없는 빛줄기를 볼 수 있었다.

빛줄기가 목표하는 곳은 바로 그의 머리 위 허공이었다.

바로 공손도중을 향해 쏟아져 가는 것이었다.

콰콰쾅!

한바탕의 거창한 폭음이 주변 허공을 거칠게 뒤흔들었다.

이어 한가닥 답답한 신음 소리가 희미하게 들렸다.

"으음!"

남궁위덕은 그 신음 소리가 자신으로부터 십 장여 떨어진 곳에 막 모습을 드러내고 있는 허름한 도사복의 노인에게서 나왔다는 것을 알았다.

그리고 그 순간 바로 자신의 머리 위 허공에 전체적으로 은은한 백색의 빛으로 감싸인 검 한 자루가 심하게 흔들리며 떠 있는 모습을 볼 수 있었다.

잠시 후 검은 겨우 안정되며 크게 허공을 한 바퀴 휘돌아서는 그 도사풍의 노인에게로 날아가는 것이었다.

순간 남궁위덕은 지금 자신이 처해 있는 처지도 잊어버리고서 놀라움과 감탄에 가득 찬 목소리를 내뱉고 말았다.

"이기어검(以氣馭劍)……?"

도사복의 노인에 뒤이어 세 사람이 장내에 모습을 드러내고 있었다.

도사복의 노인은 바로 악청이었고, 뒤이어 나타난 세 사람은 허종과 독고자강, 그리고 흑요였다.

그들은 이제 막 천주봉에서 내려오는 길이었다.

그런데 마침 악청이 백여 장 바깥의 허공에서 한줄기 강력한 사기(邪氣)가 아래쪽으로 내리꽂히는 것을 보았기에, 이런저런 생각을 할 겨를도 없이 일갈하며 이기어검의 수법으로 검을 쏘아낸 것이었다.

악청은 근래에 이르러 그간 정체되었던 경지의 벽을 깨고 새롭게 검의 경지를 개척해 나가고 있는 중이었는데, 이제 그의 검은 이미 그런 지경에 도달해 있었던 것이다.

한 번의 대격돌 이후 공손도중과 악청은 십오 장여의 거리를 두고서 잠시 서로를 살피며 견제하고 있는 중이었다.

두 사람은 서로 상대의 경지에 대해 놀라고 있었으며, 그중에서도 공손도중의 가공할 절대무력을 접한 악청의 놀라움은 더욱 큰 것이었다.

내색하지 않고 있었지만, 악청은 방금의 격돌에서 결코 가볍지 않은 충격을 받은 상태였다.

따라서 지금 그에게는 흔들린 혈맥과 엉킨 기혈을 다스리기 위한 최소한의 운기가 절실하였고, 함부로 움직일 수 없는 상황이었다.

그들 두 사람이 대치하는 사이에 급히 남궁위덕의 곁으로 다가간 독고자강이 한눈에 남궁위덕의 상태를 살피며 무겁게 물었다.

"어찌 된 일이오, 남궁 공자?"

그렇게 묻는 독고자강의 표정에는 의혹과 함께 약간의 혼란스러움이 묻어 있었다.

바로 그때 악청의 나직한 외침이 있었다.

"조심하라!"

반사적으로 고개를 돌린 독고자강의 시선에 기척도 없이 이쪽을 향해 날아오고 있는 공손도중의 신형이 잡혔다.

그리고 공손도중에게서 번쩍하며 한줄기의 혈광이 솟구치더니 찰나지간에 허공을 단축하며 곧바로 눈앞으로 쇄도해 오는 것이었다.

바로 남궁위덕을 향한 것이었다.

"갈!"

독고자강이 노갈을 터뜨리며 혈광에 대해 그대로 일장을 마주 쪼개 갔다.

동시에 두 마디의 경고성이 급하게 터졌다.

"그를 조심하시오."

남궁위덕의 힘없는 목소리가 있었고, 또 하나는,

"정면으로 맞받지 말게."

운기요상(運氣療傷) 중에 말을 뱉는 탓에 가늘면서도 무겁게 가라앉은 악청의 목소리였다.

그러나 독고자강으로서는 당장에 맞받는 것 외에는 달리 대안이 없는 상황이었다.

공손도중이 노리는 목표가 자신이 아닌 바로 남궁위덕이었기에 격돌을 피할 수도 없는 노릇이기 때문이었다.

콰아앙!

한 소리 거대한 폭음과 함께 독고자강은 정신없이 대여섯 걸음을 밀려나고 말았다.

그러고도 경악이 지나쳤는지 독고자강은 일시 멍한 기색이 되어 있었다.

아무리 창졸지간이었다고는 하나, 그리고 검이 아닌 육장(肉掌)으로 맞받았다고는 하나, 이미 제왕무적공(帝王無敵功)의 경지가 본궤도에 올라 있는 독고자강이었다.

천하가 아무리 넓다 하나, 이처럼 단 일장으로 자신을 튕겨내 버릴 인물이 있으리라고는 꿈에도 생각해 보지 못했던 것이다.

그러나 현실은 현실이었다.

방금의 격돌에서 조금도 충격을 받지 않은 듯 공손도중이 남궁위덕의 앞으로 내려서면서 가볍게 한 주먹을 앞으로 뻗어내고 있었다.

가볍다고는 하나 그대로 남궁위덕의 머리통을 박살 내버릴 무형의 기세가 실린 주먹이었다.

"멈춰!"

독고자강이 외쳤지만, 역불급(力不及)이라 그로서는 도저히 어찌해 볼 수가 없는 상황이었다.

독고자강의 두 눈이 부릅떠지는 순간, 남궁위덕의 바로 뒤쪽 허공에서 불쑥 한마디의 허허로운 목소리가 울렸다.

"어허! 독랄하구나."

동시에 남궁위덕의 신형이 마치 바닥을 미끄러지기라도 하듯 옆으로 오 장여를 쭉 미끄러지고 있었다.

쾅!

폭음과 함께 미처 사라지지 못한 남궁위덕의 잔상(殘像)이 공손도중의 장력에 의해 산산조각으로 흩어졌다.

뒤이어 흙과 부서진 돌 조각들이 사방으로 비산하며 주변 일대를 뒤덮었다.

그리고 그때쯤에 독고자강의 신형이 공손도중을 향해 쏘아졌고, 그것을 보고 급하게 일주천의 운기를 마친 악청 또한 몸을 날렸다.

채앵!

허공중에서 뽑힌 독고자강의 검이 곧장 공손도중을 향했다.

그러나 바로 그때 울린 악청의 나직한 한마디가 독고자강을 멈춰 세웠다.

"조급하게 굴지 말고 침착하게!"

이어 반대편으로 내려선 악청으로 인해 독고자강과 악청은 자연스럽게 공손도중을 가운데에 두게 되었다.

그러나 독고자강이나 악청 중의 누구도 공손도중에 대해 합공을 펼치겠다는 생각을 하지는 않았다.

악청과 독고자강이 공손도중의 놀라운 무위를 이미 한차례씩 견식한 바 있으나, 지금에 이르러 도달해 있는 그들의 검의 경지 역시 가히 절대라고 해야 할 것들이었다.

하니 그 자부심이 또한 어찌 가볍다 하겠는가.

그러나 그들 세 사람 사이에서는 저절로 치열한 기세의 대립이 이루어지고 있어서, 일시 어느 쪽도 함부로 몸을 움직이기 어려운 형국으로 접어들고 있는 듯했다.

그때보다 멀찍한 곳으로 물러서 있는 남궁위덕의 곁에서 허종이 설레설레 고개를 젓고 있었다.

허종은 지금 자신의 두 눈으로 보고 있는 인물이 바로 얼마 전까지 그가 알고 있던 공손도중이라는 사실을 도저히 인정할 수가 없는 심정이었다.

한편 흑요는 맞은편의 십여 장쯤 떨어진 곳에 우두커니 서 있는 천강을 주시하고 있었다.

천강은 장내에서 벌어지고 있는 상황들과는 전혀 무관한 듯 무심히 서 있기만 하였다.

그러나 그 무심함 속에 녹아 있는 처절한 살기를 흑요는 처음부터 느끼고 있는 중이었다.

천강의 움직임은 발작적이었다.

"크아아아아!"

한순간 무언가에 지독한 자극이라도 받은 듯 소름 끼치는 괴성으로 포효하며 천강의 신형이 허공으로 솟구쳤다.

그 방향은 바로 공손도중이 독고자강과 악청의 사이에서 치열한 대치를 보이고 있는 곳이었다.

그리고 동시에 흑요의 신형 또한 땅을 박차고 쏘아나갔다.

치이이잉!

휘류류류류!

교태를 부리는 듯한 독특한 검의 울음소리와 함께 흑요의 혈요검이 유려한 몸짓으로 허공에다 그 요염하고도 기다란 궤적을 뿌렸다.

그리고 다음 순간 혈요는 화려하게 허공을 난자하며 천강을 휘감아 나갔다.

그런 혈요의 움직임에서는 은은한 우레성과 강력한 뇌기가 동반되고 있었다.

우르르릉!

짜자자작!

혈요에 주입된 극성의 분뢰자전마공(分雷紫電魔功)이 천강을 향해 선명하도록 붉은 뇌기를 폭사시켰다.

천강은 허공을 휘감아드는 혈요를 온몸으로 감당하며 그대로 흑요를 향해 덮쳐들었다.

콰콰콰쾅!

한순간 마치 수십 개의 벼락이 한꺼번에 떨어지는 듯한 한 무더기의 폭음이 주변 사방을 통렬하게 떨어 울렸다.

그리고 자욱한 흙먼지가 솟아오르는 가운데 하나의 인영이 뒤로 쭉 미끄러져 나가고 있었다.

파바바박!

그 인영이 미끄러져 나가는 궤적을 따라서 한가닥 긴 고랑이 깊숙하게 파이며 땅 거죽이 거세게 뒤집어지고 있었다.

흑요였다.

허리가 한껏 뒤로 젖혀진 채 바닥을 끌며 밀려나던 그녀는 근 사 장여를 속수무책으로 밀려나고 나서야 겨우 자세를 바로잡고 멈추어 설 수 있었다.

극강한 위력에 있어서만큼은 천하의 그 어떤 무공과 겨루어서도 결코 밀릴 일이 없을 것이라 자부하였던 그녀의 분뢰자전마공이었다.

그러나 방금 천강과의 일합 정면 격돌에서는 여지없이 밀리고 만 것이다.

흑요의 안색은 창백하게 변해 있었다.

그러나 입술을 악다문 그녀의 두 눈에서는 조금도 수그러지지 않은 날카로운 투지와 살기가 흘러넘치고 있었다.

"차아앗!"

등골이 시릴 정도의 당차고도 야멸찬 기합성을 내뱉으며 흑요의 신형이 다시금 시위를 떠난 화살처럼 천강을 향해 쏘아갔다.

우르르르릉!

짜자자자작!

뇌성과 섬광은 이제 그녀의 온몸 전체에서 터져 나오고 있어서 그녀의 몸 자체가 마치 하나의 거대한 벼락의 덩어리인 양 보였다.

그리고 그러한 모습이야말로 최고에 이른 분뢰자전마공의 위력이었다.

천강의 눈빛이 일순 짙은 혈광으로 변했다.

"크아아아아!"

극도의 흉성을 내포한 천강의 포효가 주변의 대기를 부르르 떨어 울렸다.

"허어!"

악청은 짧게 탄식성을 흘리고 말았다.

다음 순간 그의 몸은 곧바로 검과 하나가 되어 한줄기 빛으로 화해 쏘아져 나갔다.

바로 천강을 향해서였다.

비록 공손도중과 기세의 대치를 벌이고 있는 중이었지만, 온 정신을 공손도중에게 집중하고 있는 독고자강과는 달리 악청은 약간의 여유를 가지고서 면밀하게 주변 상황을 살피고 있던 중이었다.

하여 조금 전 천강과의 격돌에서 흑요가 이미 가볍지 않은 내상을 입었음을 알아본 데다, 천강의 무위란 것이 경악스럽게도 그가 일차로 놀란 바 있는 공손도중의 그것을 오히려 능가하는 바가 있어서, 결코 흑요가 감당할 만한 상대가 아니라는 점을 이미 간파한 악청이었다.

비록 악청 자신의 이러한 개입이 흑요와 함께 천강을 협공하는 결과가 된다는 것을 모르지는 않았지만, 지금의 상황에서 흑요의 위급을 그냥 지켜보고만 있을 수는 없었던 것이다.

쿠쿠쿠쿵!

거대한 폭음과 함께 비길 데 없이 강력한 세 가닥의 힘이 정통으로 격돌하였다.

그 여파로 주변 일대의 바닥이 한동안이나 부르르 몸살을 앓았다.

쿵!

쿵!

쿵!

천강이 비칠거리며 큰 걸음으로 연속하여 세 걸음을 밀려났다.

그러나 그뿐, 우뚝 몸을 세운 천강은 혈광을 번뜩거리며 상대를 찾았다.

반면에 흑요와 악청은 천강과 격돌한 충격을 감당하지 못하고 아예 공중으로 사 장여 이상을 튕겨 날아가서야 겨우 번신(翻身)하며 바닥으로 내려서고 있었다.

"으윽!"

희미한 신음 소리를 흘리는 흑요의 입가에는 한줄기의 가느다란 선혈이 흘러내리고 있었다.

당찬 투지로 빛났던 그녀의 눈은 지금 다소간 멍한 눈빛이 되어 있었다.

악청 역시 경악을 숨기지 못하고 있었다.

그들 두 사람이 도대체 어떤 인물들인가?

악청은 명실 공히 당대의 절대고수이고, 흑요 또한 그런 악청이 능히 인정할 수 있을 만큼 이미 절대의 경지에 올라서 있는 고수였다.

악청이 짐작하건대, 흑요의 무위는 결코 독고자강이나 악청 자신에 비해 못하지 않았다.

그런데 그런 그들 두 사람이 합공을 펼치고도 천강을 어떻게 하지 못했을 뿐만 아니라 아예 확연한 차이로 밀리고 만 것이 아닌가.

악청이 천강을 주시하며 무거운 목소리로 탄식하였다.

"으음! 저자의 무위는 이미 인간의 것이 아니다."

상황을 파악하는 눈이 누구보다 빠른 것은 바로 허종이었다.

그 역시 현재의 상황을 인정하기가 쉽지는 않았지만 지금 이곳에 있는 자신들 네 사람으로는 공손도중과 천강이라는 괴물을 감당할 수 없다는 솔직한 결론을 내리지 않을 수가 없었다.

'감당이 안 된다면 피해야만 한다. 일단 천주봉으로 돌아가야 한다.'

물론 잠룡단에는 그들 이상 가는 고수가 없었다.

그러나 개인이 아니라 잠룡단이라면, 잠룡단 전체라면, 공손도중과 천강이 아무리 천하에 다시없는 고수라 해도 막아낼 방도가 있을 것을 허종은 믿었다.

이기는 것이 아니라 막아내는 것이라면 말이다.

그것은 또한 등평의 능력에 대한 믿음이기도 했다.

상황에 대한 판단과 대처할 방향이 결정되었다면 실행은 빠를수록 좋은 것이다.

허종이 움직였다.

제 한 몸 추스르는 것조차 힘겨워 보이는 남궁위덕을 그대로 들쳐 업은 허종이 냅다 달리기 시작했다.

그리고 뒤를 향해 한마디를 외쳤다.

"즉시 철수하라는 총사의 명이오!"

허종의 의도는 성공한 것 같았다.

적 앞에서 물러설 줄 모르는 독고자강과 정파의 명숙으로서의 배분과 체면을 중히 여기는 악청이었으나, 지금 그들은 적에게 등을 보이며 몸을 빼고 있었다.

허종의 뒤를 따라 전력으로 몸을 날리는 악청의 한 손에는 흑요의 손목이 잡혀 있었다.

힐끗 뒤를 돌아본 허종의 신형이 갑자기 속도를 더하더니, 그야말로 쏜살같이 허공을 가르며 쏘아가기 시작했다.

천하제일보의 명성에도 불구하고, 등에다 자신보다 훨씬 더 큰 체구의 청년 하나를 업고서, 단지 암벽에 드문드문 박힌 쇠막대기만을 의지하고서 직벽(直壁)의 절벽을 오르는 허종의 모습이 조금은 위태롭게 보였다.

그런 허종의 뒤에 바짝 붙어 서서 독고자강과 악청이 아래를 경계하며 따르고 있었다.

그들이 막 천주봉의 정상으로 올랐을 때, 정상 분지 중심에는 이미 방패진이 형성되어 있었고, 진의 앞에는 등평이 그들을 기다리고 있었다.

진은 사방을 완전히 방패로 둘러쳐 가히 작은 철벽의 성과도 같이 견고해 보였다.

그때 절벽 아래에서 한줄기 웅혼한 장소 소리가 울리더니 금방 정상 바로 가까이까지 접근을 하고 있었다.

우우우우우!

등평이 마침 진의 한쪽 벽면에 만들어지는 조그만 틈새 안으로 들어서면서 급하게 재촉했다.

"다들 어서 진 안으로 드시오."

남궁위덕을 업은 허종을 선두로 악청과 독고자강, 그리고 흑요가 진 안으로 몸을 날렸다.

그들이 모두 진 안으로 들어가고 틈새가 다시 폐쇄되는 것과 동시에 두 줄기의 신형이 분지 위 상공 십여 장 위로 곧장 치솟았다.

바로 공손도중과 천강이었다.

그들은 상공에서 분지 위의 상황을 살피는 듯 천천히 하강하면서 분지의 가장자리 쪽으로 방향을 잡고 있었다.

그런데 그들이 막 바닥으로 내려서려 할 때였다.

방패진의 벽에 조그만 틈새들이 생겨나며 그 사이로 수없이 많은 작은 화살들이 무서운 기세로 쏟아져 나오는 것이었다.

피피피핏!

파파파팟!

탄궁이었다.

탄궁에서 쏘아지는 강력하기 이를 데 없는 화살들이 공손도중과 천강을 향해 집중 발사되고 있었다.

그 위력 앞에서는 천하의 그 어떤 것도 견뎌내지 못할 것 같은, 가히 엄청난 위력을 발하고 있었다.

공손도중은 가볍게 손을 흔들었다.

그러자 그에게로 쇄도하던 화살들이 마치 눈에 보이지 않는 철벽이라도 만난 듯 사방으로 되튕겨져 버리는 것이었다.

티티티티팅!

타타타타탕!

그 순간 공손도중이 보이는 무위는 사람의 것이 아니라 마치 천신(天神)의 것인 듯하였다.

천강의 경우는 보는 사람으로 하여금 아예 말문조차 열리지 않게 만들 정도였다.

그는 아예 화살을 막을 시도 자체를 하지 않았다.

우뚝 선 채로 버티고 있는 그의 전신으로 화살들이 박혀들었다.

그러나,

피피피피핏!

겨우 옷깃을 찢어놓았을 뿐, 화살들은 그의 몸에 조금도 상처를 입히지 못하고서 죄다 비껴 나가고 있었다.

다만 순식간에 갈가리 찢겨 버린 옷자락 사이로 마치 묵강(墨鋼)으로 만들어지기라도 한 듯 검은 광택으로 번들거리는 피부가 훤히 드러나 보였다.

공손도중과 천강, 도저히 인간이 아닌 듯한 두 사람의 엄청난 무위에 일시 질려 버린 듯 탄궁의 세례가 일시에 멈추었다.

공손도중이 느긋한 미소를 떠올리며 방패진을 향해 여유있게 한 걸음을 떼었다.

바로 그때였다.

"뇌분(雷粉)!"

방패진 안으로부터 전혀 당황하지 않은 담담한 목소리 하나가 울렸다.

그 목소리는 이어서 또 하나의 명령을 내리고 있었다.

"살포(撒布)!"

동시에 희뿌연 꼬리를 끌며 수십 줄기 미상의 물체들이 쾌속한 속도로 허공으로 쏘아졌다.

쐐애애액!

쾌애애액!

이어 허공에서는 작은 폭발들이 연쇄적으로 이루어졌다.

팍!

파팍!

파파팍!

그리고 순식간에 허공은 정체를 알 수 없는 잿빛의 가루들로 가득 뒤덮이고 말았다.

휘류류류류!

공손도중은 처음에 방패진으로부터 수십 줄기의 괴물체들이 허공으로 쏘아져 오르는 것을 보고 약간 흠칫하였으나, 이내 느긋하게 관망하는 모습이 되었다.

그의 그런 모습은 마치 잠룡단에 또 어떤 다른 재간이 있는지 한번 지켜보겠다는 여유로 보였다.

그리고 마침내 사방의 허공이 미상의 잿빛 가루로 뒤덮이고 말았을 때도 공손도중은 오히려 나직한 조소를 흘렸다.

"후후후! 독분(毒粉)인가? 그러나 독 따위로 본 공자를 어찌해 볼 생각이라면 그것은 커다란 오산이다."

천강은 물론이고 공손도중 역시 이미 만독(萬毒)을 두려워하지 않는 경지였다.

바로 그 순간,

"점화(點火)!"

등평의 명령에 이어 허공 곳곳을 향해 수십 줄기의 화염이 쭉 뻗어 올랐다.

그리고,

"폐벽(閉壁)!"

탁!

타닥!

방패진 사이에 조금씩 열려 있던 모든 틈들이 완전히 닫혔다.

그럼으로써 방패진은 완전히 폐쇄되어 철벽의 굳건한 벽을 이루었다.

그때 허공에서는 일대 기변이 일어나고 있었다.

수십 줄기의 화염이 지나가는 궤적을 따라 새파란 불꽃들이 일고 있었다.

파파파파팟!

그리고 그 청염(靑炎)들은 눈이 따라잡기 힘들 만큼의 속도로 연쇄 반응을 일으키며 수없이 많은 작은 연쇄 폭발들로 이어지고 있었다.

작은 폭발들은 이내 걷잡을 수 없는 대폭발을 촉발시켰다.

쿠콰콰콰콰쾅!

마치 거대 화산의 폭발과도 같은 엄청난 폭발에 주변의 허공이 진저리를 쳤다.

뒤따라서 마치 존재하는 모든 것을 다 녹이고야 말 것 같은 뜨거운 열기의 폭풍이 천주봉 정상의 공간을 완전히 뒤덮고 말았다.

그 뜨거운 열기는 천주봉의 정상을 아예 통째로 녹여 버릴 듯이 엄청났다.

더욱 가공스러운 것은 그 열기가 한순간에 사라지는 것이 아니라 한동안이나 지속되고 있다는 점이었다.

사방의 공간을 뒤덮고 있는 청염은 쉬이 꺼지지 않고 지옥의 겁화처럼 계속 타오르며 열기를 뿜어내고 있었다.

그것은 가히 화염의 천라지망(天羅地網)이라고 할 만하여서, 주변 일대의 공간은 마치 거대한 화염의 그물망에 완전히 감싸여 있는 듯하였다.

폭발과 함께 주변 일대가 엄청난 화염과 열기로 뒤덮이는 순간, 위험을 직감한 공손도중은 전력을 다해 측상방(側上方)의 허공으로 비스듬히 신형을 솟구쳤다.

천강과 함께 부유답공(浮遊踏空)의 경신재간으로 허공에 몸을 띄운 상태에서 아래를 내려다보며 공손도중은 놀라지 않을 수 없었다.

쿠콰콰콰콰!

화르르르르!

발아래의 천지는 온통 푸른 화염의 바다였다.

한참 위의 허공에 떠 있는 공손도중에게까지 그 뜨거운 열기가 미치고 있었다.

"대단하다. 잠룡단이 이곳에서 홀로 버틸 작정을 한 데는 처음부터 그만한 자신이 있었던 것이로구나."

그런데 지옥의 겁화와도 같은 그 괴이한 푸른 불꽃은 쉽사리 죽어들 기세가 없이 계속 타오르고 있었다.

아무리 공손도중이라 해도 그 엄청난 열기 속으로 내려설 엄두는 내지 못하였다.

또한 아무리 그의 경공이 절정에 이른 것이라고 해도 체공(滯空)에는 한계가 있을 수밖에 없으니, 계속하여 허공중에 머물러 있을 수도 없는 노릇이었다.

게다가 한순간 공손도중은 한가닥 꺼림칙한 느낌을 받고 있는 중이었다.

어떤 본능적인 거부감과도 같은 그 느낌은 바로 천강으로부터 전해지고 있었다.

'천강의 육신은 그야말로 완벽한 금강불괴에 달해 있는데, 설마 이따위 화기(火氣)에 대해 어떤 거부감을 느끼고 있기라도 한다는 말인가?

육신이 금강불괴일 뿐만 아니라 불사의 비법으로 연혼(練魂)된 천강이었다.

그러하니 그 어떤 위험에 직면한다고 해도 결코 조그마한 두려움이나 거부감이라도 느끼지 않을 천강인 것이다.

그런데 비록 미미하다고는 해도 천강으로부터 전해지는 그 같은 느낌은, 공손도중으로 하여금 이제까지 천강에 대해 가졌던 절대적이며 무조건적이던 신뢰에 대해 처음으로 의구심을 가지게 하고 있었다.

그리고 그 의구심이 비록 아주 미약한 것이라고는 해도 지금 천강이라는 존재는 곧 공손도중 그 자신과 일체화되어 있는 존재이기에, 그 작은 의구심이 몰고 오는 파장은 결코 작다고 할 수만은 없는 것이었다.

'고대릉은 이미 죽었다. 그렇다면 여기에 있는 자들 중에서는 어차피 대세에 영향을 줄 만한 자들은 없는 것이다. 이제 곧 천하의 판세가 결정된다. 그동안 놈들의 운명을 이곳 절봉 위에다 잠시 동안 더 보류해 둔다고 해도 전혀 문제가 될 일은 없을 것이다.'

삐이익!

날카로운 휘파람 소리와 함께 공손도중의 신형이 천주봉 아래를 향해 빛살처럼 쏘아져 내려갔다.

"카아아아!"

천강이 포효하며 그 뒤를 따랐다.

● 第七章 ●

복귀(復歸)

복귀(復歸)

남궁위덕이 전한 '고대룡에게 변고가 생겼다'는 한마디는 잠룡단 사람들을 한순간에 좌절하게 만들었다.

물론 등평 같은 이는 그 말을 결코 믿으려 하지 않았다.

그러나 공손도중이 자신의 손으로 직접 고대룡을 해하였다고 말했다는 데 대해서 잠룡단 사람들의 불안과 낙담은 클 수밖에 없는 것이었다.

공손도중이 어떤 인물이라는 것을, 비록 과거와는 크게 변질되었다고는 하나 그래도 뚜렷한 그의 성정상 함부로 허언을 말할 인물이 아니라는 것을 알기 때문이었다.

"이제 우리가 이곳을 지키고 있어야 할 이유는 없지 않겠습니까? 단주께 정말로 무슨 일이 생겼을 리야 없겠지만, 어쨌든 아직까지 돌아오지 않고 계시니 우리는 우선 단주님의 안위부터 확인해 보아야 할 것입니다."

좌룡이 강하게 목소리를 높였다.

그러나 곧바로 하나의 단호한 목소리가 좌룡의 말에 대해 반박을 하였다.

"안 되오. 거듭 말하지만 단주께서 돌아오실 때까지 우리는 이곳을 지키고 있어야만 합니다."

등평이었다.

그가 애써 평정을 유지하며 좌룡을 비롯해 독고자강과 악청 등 주변을 돌아보며 천천히 말을 이었다.

"세상은 넓고 기인이사는 모래알과도 같이 많으니, 천하에 무공으로 단주님을 능가하는 인물이 없다고는 장담하지 못할 것입니다. 오늘 공손도중이 보여준 절대의 무위, 그리고 천강이라는 자의 가공할 무위 또한 어쩌면 단주님을 능가하는 것인지도 모릅니다. 그러나……."

등평의 말은 점차로 강한 어조로 바뀌어가고 있었다.

"그러나 한 가지에 대해서만큼은 저는 분명히 확신할 수 있습니다. 그것은 제아무리 강한 상대를 만났다고 하더라도, 혹은 그 어떤 어려운 상황에 처했다고 하더라도, 단주님께서 일단 몸을 빼겠다고 작정만 하신다면 천하에서 그분을 잡아놓을 수 있는 인물이나 상황은 없을 것이라는 점입니다. 단주께서는 돌아오겠다는 약속을 하신 만큼, 어떠한 일이 있어도 반드시 돌아오실 것입니다. 그러니 우리는 단주께서 있으라 명하신 바로 이곳에서 그분께서 돌아오시기를 기다려야만 하는 것입니다."

등평은 지금 고대룡이 어젯밤 천주봉을 떠나기 전에 자신에게 했던 말을 그대로 사람들에게 들려주고 있었다.

처음에 등평의 목소리에는 그 스스로도 완전히 감추지 못한 불안과 낙담이 은근하게 녹아 있었는데, 말을 하면서 등평의 목소리에는 점차로 강한 긍정이 비쳤다.

등평은 지금 고대륭에 대해 가지고 있었던 자신의 신뢰를 스스로가 재차 확인하고 있는 것인지도 몰랐다.

평상시 합리적이고도 치밀한 논리의 소유자였던 등평이었으나, 지금의 그의 모습은 무작정의 집착적인 일면까지 보이는 것이었다.

그러나 지금 누구보다도 크게 불안해하고 있는 사람이 바로 등평이라는 것을 알기에 모두는 묵묵히 그의 말을 듣고만 있었다.

그때였다.

"노부 역시 총사의 말에 전적으로 동감하오."

불쑥 말을 하고 나선 사람은 허종이었다.

그는 공손도중이 물러간 이후, 주변의 형세를 살피러 천주봉 아래로 내려갔다가 막 돌아오는 길이었다.

허종이 짐짓 밝은 표정을 만들었다.

"노부의 부족한 재주로 단주의 능력을 말한다는 것은 어려운 일이오. 그러나 한 가지만은 분명히 장담할 수 있소. 바로 경신공부에 대해서요. 경신공부에 관한 한 단주는 이미 궁극에 달해 있소. 하니 천하의 그 누구도 단주를 해하지 못한다는 총사의 말은 분명한 사실이오."

허종은 등평의 말에 힘을 실어주고 있었다.

그러나 한편으로 허종의 말이 단순히 만들어낸 말이 아니라 그의 진심이 녹아 있다는 것을 모두가 느낄 수 있었기에, 분지를 내리누르고 있던 무거운 침묵은 모르는 사이에 어느 정도 밝고 가볍게 변해 있었다.

허종이 살펴본 바, 천주봉 주변의 형세는 급박하게 변하고 있었다.

그간 천주봉 주변에 대한 적의 경계는 느슨하다고 할 수 있었는데, 지금 갑자기 적지 않은 병력이 절봉 주변으로 새로이 배치되고 있는 중이라는 것이었다.

등평이 모두의 경각심을 일깨웠다.

"경계를 늦추어서는 안 될 것입니다. 오늘 밤이 고비라 여기고 적의 공격에 대해 만반의 태세를 갖추어야 합니다. 늦어도 내일 아침이 밝기 전에는 단주께서 돌아오실 것입니다. 그러니 어떤 최악의 경우가 닥친다 하더라도 우리는 그때까지만 버텨내면 될 것입니다."

그 말은 잠룡단 사람들에게 새로운 각오와 투지를 다지게 만드는 동시에, 묘한 힘과 의지를 불러일으켰다.

그것은 그들의 젊은 단주가 금방이라도 돌아올 것 같은 믿음, 그리고 그만 돌아온다면 그들을 둘러싸고 있는 이 모든 암울함과 위기들이 한순간에 타파되고 말 것 같다는 그런 믿음이었다.

그들의 젊은 단주는 이제 그들에게 그와 같은 존재가 되어 있었다.

또 하루의 해가 저물고 있었다.

마지막을 불태우듯이 서녘으로 붉게 저물어가는 햇살이 따갑도록 화사하였지만, 천주봉 정상의 분지에는 촉박한 긴장만이 감돌고 있었다.

그런데 어느 순간부터인가 잠룡단의 일부 단원들 중에는 아무것도 없는 허공을 두리번거리고, 혹은 귀를 기울이는 시늉을 하는 사람들이 하나둘 생겨나고 있었다.

그러고 보니 악청과 허종 등의 고수급들 또한 좀 전부터 사뭇 긴장한 모습들이 되어 있었다.

그들은 사방의 허공에다 긴장된 눈길을 보내고 있었다.

마치 그 텅 빈 허공에 보이지 않는 무엇이라도 있는 듯했다.

그러나 수천 척 높이 절봉 위의 조그만 분지에 그들의 눈을 속일 수 있는 존재가 무엇이 있겠는가.

하지만 분명히 있었다.

그것은 귀를 기울이지 않으면 들리지 않을 정도의 미약한 소리였다.

위이이잉!

파라라라랏!

마치 먼 곳에서 벌이 날갯짓을 하는 것과도 같은 소리였다.

또한 너무도 투명하면서도 재빠른 움직임 탓에 그 형체를 식별하기가 쉽지는 않으나, 가끔씩 석양빛에 반사되어 반짝이는 반사광들이 허공중에서 날아다니는 그 어떤 것들의 존재감을 확인시켜 주고 있었다.

"허공에 무언가 날아다니고 있다!"

이윽고 누군가가 외쳤다.

그랬다. 분명 무언가가 있었다.

그것도 한두 마리가 아닌 수백, 수천이나 되는 투명하면서도 놀랍게 빠른 존재들이 분지 주위의 허공을 날아다니고 있었다.

"주의하라!"

등평이 모두의 경각심을 일깨운 데 이어 빠르게 명령을 하달했다.

"결진(結陣)!"

차차차차착!

그들은 이미 언제라도 적을 맞을 태세를 갖추고 있었기에 명령이 떨어지자마자 금방 철벽의 방패진이 형성되었다.

"폭화통(爆火筒) 준비!"

등평은 미상의 그 물체들이 생독물(生毒物)의 일종일 것으로 짐작하였다.

하여 사방으로 폭넓게 화염 공격을 펼칠 작정을 하였다.

원래 독물이란 화기에 약하기 마련이고, 폭화통이라면 일정 범위 내의 독물들을 방비하기에는 제격인 것이다.

"하하하하!"

분지의 바로 아래쯤에서 그 한가닥의 낭랑한 웃음소리가 들려온 것은 등평이 막 폭화통의 발사 명령을 내리려고 하는 바로 그때였다.

그리고 다음 순간 잠룡단 사람들은 분지의 가장자리로 훌쩍 올라서는 일남일녀를 볼 수 있었다.

웃음소리의 주인은 훤칠한 키의 청년이었는데, 그가 환하게 웃는 얼굴로 등평을 향해 말을 건넸다.

"의숙! 그러시면 안 됩니다. 이 녀석들은 저를 따라온 것인데, 만약 의숙께서 녀석들을 다치게 만든다면 제 입장이 상당히 곤란해지지 않겠습니까?"

그 청년은 바로 고대룡이었다.

"하하하하!"

고대룡은 말과는 달리 조금도 걱정이라고는 보이지 않는 맑은 웃음소리를 흘렸다.

사실 고대룡이 걱정하는 것이 있다면, 그것은 신형(神螢)들이 다치는 것이 아니라 오히려 잠룡단 사람들이 다치게 되는 경우이리라.

녀석들의 투과력이 얼마나 가공스러운지에 대해서 전혀 상상조차

하지 못하는 등평 등이 괜히 놈들을 건드렸다가는 생각도 하기 싫은 참혹한 결과가 일어나고 말 것이라는 것은 불을 보듯 뻔한 일이 아니겠는가.

일시 안도의 숨이라도 내쉬는 듯 고대릉이 가볍게 숨을 불어 내쉬었다.

그러자 뚜렷하게 보이지 않는 가운데서 수백, 수천 신형의 무리들이 순식간에 분지 사방 백여 장 바깥으로 흩어져 버리는 것이었다.

등평은 할 말을 잊었다.

그러나 고대릉을 보는 순간 원망이나 반가움의 감정 이전에, 우선은 밝고 편안함을 느꼈다.

그토록 애태우던 일은 이미 까마득한 옛날의 일인 듯하였고, 혹은 부질없는 짓인 듯도 하였다.

그는 바로 고대릉인 것이다.

잠룡단의 단주이자 강호의 신성 무적공자이며, 그 이전에 무영가의 가주로서 등평 자신의 주인인 고대릉인 것이다.

"아아!"

등평은 자신도 모르게 나직한 탄식을 흘리고 말았다.

지금 자신을 향해 짐짓 조금은 짓궂어 보이기도 하는 밝은 미소를 띄우고 서 있는 고대릉의 모습은, 예전 장백산에서 그의 손에 이끌려 강호로 내려오던 때의 고대릉의 모습과 너무나 닮아 있었다.

흑요는 고대릉의 한 발 뒤에 가만히 머물러 서 있는 석여령의 모습에서 문득 눈부시게 아름답다는 느낌을 받았다.

석여령의 입가에 조용히 떠올라 있는 화사하고도 수줍은 한가닥의 함초롬한 미소가 그녀를 그렇게 보이도록 만들고 있는 것이리라.

그 미소에서 흑요는 그녀가 지금 진정으로 만족해하고, 또한 행복해하고 있다는 것을 알 수 있었다.

'아아! 마침내 그녀의 사랑이 이루어진 것이리라.'

흑요는 가만히 뒷걸음질로 물러섰다. 석여령의 시선이 미치지 못하는 곳으로.

흑요는 고대릉과 석여령을 위해 진정으로 기뻐하는 마음이었지만, 그녀의 뺨으로는 그녀 스스로도 어찌해 볼 수 없이 두 가닥의 눈물이 방울져 흐르고 있었다.

혹여 그것이 자신의 진정과는 다른 뜻으로 비칠까 저어하며 흑요는 자꾸만 뒤로, 뒤로 한 걸음씩을 물러서고 있었다.

第八章

마쥐(反轉)

구조대의 임무는 실패로 끝났다.

임무의 실패뿐만 아니라, 그들은 막대한 인명을 희생시키고 난 다음에야 겨우 돌아왔다.

탕마단의 타격도 컸으려니와, 무당과 남궁세가의 고수들은 단 한 명도 돌아오지 못하였다.

그중에서도 위지호준의 죽음과 화인영, 남궁위덕의 실종은 천하맹 진영에 무겁고도 음울한 충격을 안겨주었다.

두 가지의 경악할 만한 소문이 급속도로 유포되고 있었다.

소문의 첫 번째는 과거 무황과 천마궁주 간의 대결 비화에 관한 것이었다.

이십여 년 전의 정마대전이 그나마 정과 마의 공멸을 면하면서 마무리될 수 있었던 것은, 바로 당시 무황과 천마궁주 두 사람이 건곤일척(乾坤一擲)의 승부로써 천하의 향방을 결정한 덕분이라는 것은 기지의 사실이다.

운남(雲南) 천정산(天頂山).

중원에서 멀리 떨어진 절지(絶地)에서 누구의 간섭도, 참관도 배제하고서 이루어진 두 사람만의 결전은 너무나 극적이었기에 아직까지도 두고두고 강호의 사람들에게 회자되고 있는 중이 아닌가.

그리고 무황이 기적적인 승리를 거두었기에 근 백여 년간의 마도천하가 종식되고, 이후로 오늘날까지의 정도천하가 이어져 오고 있는 것이다.

그러나 소문은 그 기지의 사실들을 확연히 뒤집고 있었다.

'결전의 장소에 단신으로 간 것은 천마궁주뿐이며, 천마궁주은 비겁하게도 당대 최고의 고수들을 대동하였다.'

'천마궁주와 무황의 단독 대결은 겨우 십여 초 만에 천마궁주의 압도적인 우세로 기울어졌고, 바로 그때 주변에 매복해 있던 오 인의 고수들이 무황과 합세하여 천마궁주를 공격하였다.'

'당시 천마궁주의 무공은 이미 전설의 천마지경에 도달해 있어서 그들 여섯의 절대고수들을 홀로 맞아서도 반나절간이나 혈투를 벌였다.'

'그러나 결국은 역부족으로 천마궁주는 천애절벽(天崖絶壁) 아래로 추락하고 말았다.'

'그날 무황을 도운 다섯 조력자들은 바로 이대무존과 당시 소림, 무당, 그리고 개방의 지존들이다.'

천하맹 진영은 단번에 대혼란 속으로 빠져들고 말았다.

소문이 사실이라면, 과연 무엇을 정의라고 할 것인가.

정을 과연 정이라 할 수 있는 것이고, 마를 마라고 할 수 있겠는가.

무인으로서의 도리를 지키며 장렬히 산화해 간 천마궁주야말로 오히려 정이라고 해야 하지 않겠는가.

또한 도의를 어기고서 합공을 가해 비겁한 승리를 쟁취한 무황과 소림, 무당, 개방, 그리고 이대무존이야말로 사마(邪魔)라고 해야 하지 않겠는가.

소문은 그것에서 그치지 않고 더욱 놀라운 사실들을 전하고 있었다.

'당시 천마궁주는 지독한 상처를 입고 천애절벽으로 추락하였으나 죽지 않았으며, 이후 십여 년간에 걸쳐 천하를 주유하면서 자신의 뒤를 이을 후계자를 찾았다.'

'천마궁주가 찾은 후계자는 바로 정파 속에 있다.'

'천마궁의 마공이 그 위력이 지나치게 극강한 점 때문에 마공이라 불리나, 실제로는 사람의 인성에 마성을 심어주는 마공이 아니라, 오히려 극마의 경지를 추구하는 궁극의 무공이다. 지난 시절 천마궁 치하가 백여 년간이나 이어졌으나, 특별히 극악한 통치 행위가 있은 적은 없었다. 오히려 그 기간 동안 구파일방과 오대세가가 온전히 그 명맥을 유지하였음은 물론이고, 정도를 말살하고자 하는 그 어떤 획책도 없었다는 것을 되새겨 볼 필요가 있다.'

나아가 소문은 천마궁주의 그 알려지지 않은 후계자야말로 어쩌면 제이차 정마대전을 희생없이 종식시킬 수 있는 유일한 존재일 수도 있다고 했다.

'그는 정과 마를 한 몸으로 대표하는 사람이기에 오직 그만이 이번 전쟁을 커다란 희생 없이 종식시키고, 나아가 앞으로의 무림에 그야말로 항구적인 평화의 시대를 가져올 수 있는 유일한 존재라고 할 것이다.'

급기야 사람들은 천마궁주가 제자로 택한 그 후계자가 과연 누구인지 하는 것에 대해 관심을 집중시키기 시작했다.

잇따른 경악에 사람들이 조금 익숙해질 무렵, 다시 한 가지의 소문이 유포되었다.

바로 무황의 근황에 관한 것이었다.

'무황이 암산을 당하여 무공을 상실한 채 무황성의 지하 연공실에 갇혀 있다. 암산을 가한 인물은 바로 위지천이다.'

사람들은 다시 한 번 경악에 휩싸이고 말았다.

소문은 제법 구체적이고도 논리적인 근거들을 제시하고 있었다.

'무황성과 각파의 핵심에서는 이 같은 사실을 벌써부터 알고 있었다. 잠룡단이 스스로 천주봉에 고립된 것은 바로 위지천의 반역에 대한 반발이다. 잠룡단이야말로 무황의 혈육인 석여령과 또한 사실상 무황의 직전제자라고 할 수 있는 독고자강과 고대릉 등에 의해 지휘되는 조직이지 않은가?

당혹스럽기는 각파의 수뇌부가 더했다.

그들이야말로 그 소문들이 전하는 바가 모두 사실에 가깝다는 것을 누구보다도 잘 알고 있는 입장들이었다.

또한 직간접적으로 그 사실들과 전혀 무관하지는 못한 입장들이기 때문이었다.

특히나 무황이 암산을 당한 사태에 대해서는 사실상의 방관을 하였다고 해도 할 말이 없을 그들이 아니던가.

만약 위지천이 노골적인 욕심을 보이기 시작하던 시점에서 구파일방과 오대세가가 좀 더 적극적으로 반대의 입장을 분명히 하였더라면,

그 음모는 끝까지 진행되지 않았을 수도 있는 일이었다.

그러나 그들은 여러 가지 이유에서 모르는 체 방관하는 쪽을 선택하고 말았던 것이다.

그리고 지금에 와서 돌이켜 평가해 보면 그것은 결국 오판이었다.

무황은 애초부터 상징적 인물에 불과했고 그 스스로 또한 늘 실질적인 힘과 거리를 두고 있었지만, 사실상 그는 존재한다는 그 자체만으로도 정파무림의 중심이었던 것이다.

만약 지금 이 자리에 천하맹주로서 무황이 있었다면, 지금의 이와 같은 혼란과 분열은 없었을 것이었다.

그러나 상황은 이미 세차게 흐르는 급류와도 같아서 되돌릴 수 없게 되었다.

그러니 그 급류에 몸을 담그고 있는 그들 모두는 현 상황에서 가장 적절한 물살에 몸을 실을 수밖에 없는 일인 것이다.

그것이 바로 시류(時流)라고 하는 것이 아니겠는가.

위지천은 크게 분노하였다.

자신을 향한 도전이 진행되고 있음이 분명했다.

내부로부터의 명백한 도전이었다.

소문의 여파는 작지 않아서 벌써부터 천하맹주로서의 그의 권위가 흔들리는 조짐들은 여러 측면에서 나타나고 있었다.

위지천이 지금 유일하게 가지고 있는 것은 이미 명목상의 권위로 전락해 가고 있는 천하맹주라는 직분뿐이었다.

그의 가문이 가지고 있던 힘은 이미 거의 다 소진되었다.

더욱이 위지호준의 죽음을 확인한 터라, 위지천은 지금 극대한 상실감과 절망감에 몰려 있는 중이었다.

이렇게 된 이상, 이제 그가 선택할 수 있는 길은 한 가지밖에 없었다.

자신의 손으로 이 모든 상황의 끝을 직접 맺는 일이었다.

그것이 당금의 모든 위기와 혼란을 일소(一掃)하는 끝이 되든, 그렇지 않으면 무림천하를 아예 파멸로 이끌고 말 끝이 되든 말이다.

"명일(明日) 진시(辰時:오전 7시)를 기하여 천마궁에 대한 일제 공격을 개시한다."

천마궁과의 전면전이 공개적으로 선언되었다.

천하맹주인 위지천의 명령이었다.

그러나 그 명령은 곧 외부가 아닌 내부로부터의 반발을 불러일으켰다.

어차피 여러 문파들의 연합으로 이루어진 천하맹이니 그들이 움직이는 데는 표면적으로나마 그들을 하나로 묶어줄 대의명분이 필요했고, 거기에 내부적으로는 맹을 구성하는 각 대문파의 이해가 맞아떨어져야 하는 것이었다.

그런데 천하맹 소속의 군웅들이 정파로서 가졌던 척마(斥魔)의 자부심과 대의명분은 이미 크게 퇴색되어 가고 있는 실정이었다.

아울러 각 대문파의 입장을 조율하고 이끌어야 할 천하맹주 위지천의 권위 또한 상당 부분 훼손되고 있었다.

그런 상태에서 승리를 보장할 수 없는, 나아가 누구에게도 이득이 되지 않는 전쟁에 대해 각 대문파가 자파의 희생을 감수하면서까지 적극적인 충성을 바칠 리는 만무했다.

핵심 수뇌부들을 제외한 일반 군웅들의 입장에서는 자신들이 지금껏 가져왔던 정파로서의 자긍심과 대의명분이 한순간에 상실되고 있는 데 대해 거센 반발심을 느끼고 있었다.

그것은 기존의 권위와 가치들에 대한 혼란이요, 부정이었다.

갑작스러운 혼란과 부정은 극도의 불안을 수반하였고, 이윽고 군웅들은 그 모든 혼란에 대한 책임을 질 희생양을 필요로 하게 되었다.

그러나 그러한 군웅들의 욕구를 한 방향으로 결집시켜 분출시켜 내기 위해서는 또 다른 희생이 필요한 법이었다.

어쨌거나 위지천은 여전히 최고의 힘과 권위를 가진 존재이고, 군웅들에 앞장서서 그와 부딪친다는 것은 곧 희생을 각오해야 한다는 것을 의미하는 것이니까.

영웅은 늘 젊은층 중에서 나온다고 하였다.

자신에게 돌아올 이해득실을 따지기보다는, 한가닥 의기와 명분만으로도 능히 목숨을 걸 수 있는 열정을 지니고 있는 것이 바로 젊은이이기 때문이리라.

모두가 미루며 주저하고 있을 때, 선뜻 앞으로 나서서 위지천의 부당함을 지적한 것은 약관의 젊은이였다.

"천하맹주 된 자가 어찌 그리 무모하단 말이오? 또한 지금 나돌고 있는 소문이 사실이라면 당신은 이미 천하맹주 될 자격이 없을뿐더러, 오히려 죄인으로서 문책을 받아야 할 것이오. 하니 우리는 소문의 진상이 명백히 밝혀질 때까지는 당신을 천하맹주로 인정할 수 없으며, 당연히 어떠한 명령도 따를 수 없소."

그같이 과격한 일성(一聲)을 토하며 나선 이는 바로 공손도중이었다.

군중들은 침묵으로써 공손도중의 과격함에 동조하였다.

심지어는 공손도중의 조부이자 위지천과 함께 당금 천하맹의 양대 중심인 공손무량까지도 손자의 과격함을 묵묵히 지켜보기만 하였다.

그처럼 공손도중의 과격함은 곧바로 군웅들에게 폭넓은 동조를 받고 있었으니, 이미 과격하다고 하기 어려운 것이었다.

그것은 도저히 상상하기 어려운 상황이었으나, 자세히 들여다보면 그럴 수밖에 없는 절대적인 당위성이 있는 일이었다.

위지천과 공손도중의 격돌을 두고 하는 말이다.

정면으로 자신을 부정하고 나서는 공손도중의 도발에 대해 위지천은 분노를 떠나 권위를 지키기 위해서라도 응분의 조치를 취하지 않을 수 없게 되었다.

군웅들이 침묵으로써 묵인하고 있는 이상, 공손도중의 그 같은 도발은 이미 도전이었다.

자신의 권위가 아닌 자신의 능력으로 직접 응징할 수밖에 없는 도전 말이다.

지금 그가 할 수 있는 것은 현 상황을 인정하고 스스로 천하맹주의 자리에서 물러나던지, 아니면 공손도중을 철저히 응징함으로써 군웅들 사이에 만연해 있는 반발의 싹을 단호히 꺾어버리던지, 둘 중 하나였다.

그러나 이미 자신의 손으로 이 모든 상황의 끝을 맺기로 결심한 터이니 위지천의 결정은 당연히 후자의 것이었다.

향후 백 년 무림사의 한 장을 장식할 그들의 대결은 넓은 공지의 한가운데서 이루어졌다.

위지천과 공손도중이 마주 대치한 가운데, 방원 이십여 장의 공간을 비우고서 그 주위로 수천의 군웅들이 겹겹이 둘러쌌다.

반드시 천하맹의 모든 군웅들이 지켜보는 가운데서 그 결과가 나야만 하는 승부였다.

수천의 군웅들이 지켜보고 있었지만, 누구 하나 숨조차 제대로 내쉬지 못하는 초긴장의 상태였다.

어느 순간 위지천에게서 한 무리의 패도적인 기세가 서서히 뿜어져 나왔다.

부딪치는 것이라면 그 어떤 것이라도 단숨에 부수고 산산조각 내고야 말 것 같은 지독한 패기(覇氣)였다.

"아아!"

군웅들 중에서 이대무존의 위용을 처음으로 보는 이들은 자신들도 모르는 사이에 탄성을 흘려내고 말았다.

츠츠츠츳!

우우우웅!

위지천을 중심으로 일대의 기류가 소용돌이를 일으키며 격류를 만들더니 이윽고는 한 무리의 거대한 장막을 이루면서 서서히 앞으로 달려갔다.

고오오오오!

주위의 모든 것을 빨아들여 응축시키는 듯, 위지천이 펼쳐 내는 거대한 기(氣)의 장막은 가히 해일과도 같은 위용을 뿜어내고 있었다.

그리고 한순간 그 모든 기류들이 이 장여 허공으로 응집되며 마치 한 마리의 거룡(巨龍)과도 같이 웅휘로운 형상으로 뭉쳐졌다.

콰콰콰콰콰!

이윽고 거대한 기로 이루어진 그 한 마리의 거룡은 허공으로부터 공손도중의 사방을 장악하며 덮쳐들었다.

그러나 자신을 향해 덮쳐드는 거력 앞에서도 공손도중은 오히려 한 가닥의 오만한 미소를 떠올리고 있었다.

"차아앗!"

맑고 우렁찬 기합 소리와 함께 마침내 공손도중이 움직였다.

권법이었다.

소림의 권법이었다.

당대에 이르러 천하 모든 권파의 기초와 토대가 되었다는 사실을 누구도 부인하지 못할 바로 소림의 권법이었다.

일기가성(一氣呵成).

주먹이 앞서고 눈이 따르며, 몸이 따르고, 보법이 따른다.

전신의 각 부분이 합일되며 심의(心意), 의기(意氣), 기력(氣力)이 합일된다.

진퇴는 영활하고 동작은 자연스레 흐름을 타 물이 흐르듯이 끊어지지 않았다.

하지만 공손도중의 소림권법이 아무리 완숙의 경지에 달해 있다 하더라도, 위지천이 부리는 거력을 상대한다는 것은 애초부터 도저히 가능한 일이 아닌 것 같았다.

당랑거철(螳螂拒轍)의 무모함이란 바로 이런 경우를 두고 하는 말이 아니겠는가.

"차앗!"

쾅!

"탓!"

콰아앙!

놀랍게도 공손도중이 맑은 기합성과 더불어 펼쳐 내는 소림권법은 능히 위지천의 거력에 대적하며 당당히 일전을 겨루고 있었다.

"와아아아!"

군웅들에게서 절로 탄성과 환호성이 높아갔다.

무림에 발을 들인 이라면 누구나 한 번쯤은 기초무공으로서 섭렵해 보거나 최소한 눈으로라도 익숙해진 투로였다.

바로 나한십팔수(羅漢十八手)였다.

그 흔해 빠진 나한십팔수가 지금 무황과 함께 한 시대를 풍미한 이 대무존 중 위지천이 전력을 다해 펼치는 미증유의 거력을 맞아 대등한 공방을 펼치고 있었다.

이내 공손도중의 한 수, 한 수에 대해 군웅들은 마치 합창이라도 하듯 초식명들을 외치기 시작했다.

"헌원과호(軒轅跨虎)!"

"선인지로(仙人指路)!"

"회두망월(回頭望月)!"

"동자배불(童子拜佛)!"

"매록헌화(梅鹿獻花)!"

"홍안전시(鴻雁展翅)!"

"괴성점원(魁星点圓)!"

"왕상와빙(王祥臥氷)!"

"연자급수(燕子汲水)!"

"나한투호(羅漢鬪虎)!"

"백사토신(白蛇吐信)!"

"탄사천구(彈射天狗)!"

공손도중과 동화되어 초식명을 외치는 중에 군웅들은 무심결에 한 가지 사실을 스스로에게 각인시키고 있었다.

'공손도중이 소림의 무공으로 위지천과 자웅을 가리고 있다.'

그것은 다시 한 가지의 사실로 귀결되었다.

'공손도중은 소림의 제자다.'

그랬다.

공손도중은 무림정파의 태산북두, 바로 소림의 제자였다.

소림 장문 운불(雲佛) 대사와 십팔나한(十八羅漢)은 감탄을 넘어 연신 감동의 탄성을 금치 못하고 있었다.

"오!"

"오오! 나무아미타불!"

그들의 감탄과 감동은 군웅들이 느끼는 그것과는 다소 달랐다.

다만 공손도중이 소림의 제자라는 인식에 그치는 것이 아니라, 바로 공손도중의 나한십팔수 속에 녹아 있는 한 가지 광세절학을 그들은 알아보았기 때문이다.

바로 무상대능력(無上大能力)이었다.

칠백 년도 더 지난 오랜 세월 동안 그 누구도 제대로 된 성취를 보지 못했던 소림의 무상절기 무상대능력이 지금 공손도중에 의해 재현되고 있었던 것이다.

그렇게 공손도중은 이대무존가 중 공손 가문의 후계자로서가 아니라, 또한 강호오공자 중의 일인으로서가 아니라, 무림천하의 판도를 바꿀 새로운 젊은 영웅으로서의 화려한 변신을 하고 있었다.

천하정도무림의 주요 고수들이 모두 모인 자리에서 말이다.

"차아앗!"

군웅들의 머리를 맑게 해주는 듯한 한 소리 우렁차면서도 청량한 기합 소리가 길게 울렸다.

그리고 공손도중은 두 다리를 굳건히 바닥에 지탱한 채 양수쌍권을 합하여 힘차게 앞으로 밀어냈다.

과우우우우!

공손도중의 쌍권을 통해 발출된 한줄기의 장엄하면서도 정대한 금광(金光)을 발하는 기의 덩어리가 허공의 거룡을 향해 벼락같이 쏘아갔다.

콰콰콰쾅!

천지개벽의 폭음이 주변 사방의 허공을 갈기갈기 찢어놓았다.

직후에는 마치 태풍 전야의 고요와도 같은 침묵이 한참이나 이어졌다.

잠시 후 그 침묵은 수천 군웅들의 열광적인 환호에 의해 깨어졌다.

"와아아! 공손 공자의 승리다!"

군웅들은 열렬히 환호했다.

한 시대를 풍미하였던 위지천의 처참한 몰락에 대해 안타까워하는 대신에, 무림의 새로운 영웅의 탄생에 대해 열렬히 환호하였다.

군웅들 중의 일부 절정고수급들은 공손도중의 마지막 한 수가 바로 소림의 전설적 절기인 백보신권(百步神拳)임을 알아볼 수 있었다.

그러나 소림의 고수들을 제외하고는 공손도중의 백보신권 속에 극성으로 발휘된 무상대능력이 녹아 있었다는 사실을 알아본 인물은 거의 없었다.

더구나 무상대능력의 은은한 금광을 싸고 한가닥 엷은 혈광이 감돈 이유에 대해서는 그 누구도 주목하지 않았다.

새로운 소문 한 가지가 돌았다.

다시금 군웅들을 여지없이 충격에 휩싸이게 하는 내용이었으나, 혼란을 일으키기보다는 차라리 묘한 기대를 만들어 사람들을 들뜨게 만드는 측면이 있는 소문이었다.

바로 공손도중이 천마궁주가 정한 후계자라는 것이었다.

'공손도중은 천마궁주로부터 일신의 진원지기를 물려받았고, 그렇기에 약관의 나이에 그처럼 절대의 무공을 소유하게 된 것이다.'

그러나 자신을 두고 떠도는 그런 소문에 대해 막상 공손도중은 아무런 긍정도 부정도 하지 않았다.

그러자 소문은 금방 스스로를 기정사실화시키고, 또한 그에 대한 정당성을 부여해 갔다.

'공손도중이 천마궁주의 제자가 되었다고는 하나, 그 이전에 그는 이 대무존가 중 공손 가문의 계승자이다. 또한 소림의 지고무상한 절학을 이은 처지이다. 더구나 위지 가문은 이미 쇠락하였고, 무황마저 무공을 상실한 마당에, 천하정도의 중심이 되어줄 수 있는 곳은 공손 가문뿐이다.'

군웅들 사이에 그 같은 인식들이 확산되면서 천마궁주의 후계자로서의 공손도중에 대한 부정적이고도 의혹적인 측면은 서서히 희석되어 갔다.

오히려 공손도중의 이중적 신분은 정마 간의 갈등과 전쟁을 해소시켜 줄 수 있을 것이라는 기대감으로 부각되기도 했다.

어쨌거나 세상은 새로운 영웅을 요구하고 있었다.

● 第九章 ●

대회(大會)

위지천이 내상의 후유증으로 끝내 죽고 말았다는 소식이 전해졌다.

그러나 그 소식에 대해 반향을 보이는 이는 별로 없었다.

대신 기다렸다는 듯이 상황은 급진전을 이루었다.

공석이 된 천하맹주의 자리에 대해서는 주요 문파들의 유력한 추천으로 공손무량이 임시로 직무를 대리하기로 하였다.

그에 대해 반발하는 기류는 뚜렷이 없었다.

비록 공손무량 또한 이십 년 전에 무인으로서의 부끄러운 행위를 한 전력이 있기는 하지만, 이제 여론은 서서히 그때의 일에 대해 당시의 상황에서는 불가피한 선택일 수도 있었을 것이라는 당위성을 조심스럽게 부여해 가고 있는 중이었다.

그리고 지금 상황으로는 공손무량을 제외하고 난다면, 천하맹의 중심 역할을 해줄 인물이 마땅히 없기도 하였다.

어쨌든 그는 이대무존 중 남은 한 사람이며, 무엇보다도 서서히 천하의 새로운 영웅으로 부각되어 가고 있는 공손도중의 조부가 아니던가.

공손무랑은 천하영웅대회를 주창하였다.

막대한 희생을 요구하는 정마대전 대신, 천하의 무림인들이 지켜보는 가운데 천마궁과 천하맹의 수뇌가 한자리에 모여 고질적인 은원을 해결하는 자리를 만들겠다는 취지였다.

천하맹과 천마궁은 태초부터 영원한 숙적으로 존재해 온 정과 마의 대표 집단이었다.

또한 가깝게는 이십여 년 전 피로 얼룩진 제일차 정마대전을 치른 바 있는, 혈원(血怨)으로 대치하고 있는 관계였다.

그런데도 두 거대 조직이 한자리에 모여, 오히려 은원의 해결을 도모하자는 것은 얼마 전까지만 해도 도저히 가능하지 않은 구상이었다.

그러나 이제 공손무랑이 주창하는 천하영웅대회는 천하맹 군웅들의 전반적인 동의와 지지를 얻고 있었다.

그런 근간에는 바로 공손도중이라는 존재가 있었다.

난세에 영웅이 난다는 말은 사실인 것 같았다.

공손도중은 어느 날 아침에 갑자기 천하의 암울한 운명을 개척할 영웅으로 부각되었다.

그를 영웅으로 만들어가고 있는 것은 바로 그가 가지고 있는 양면성의 덕분이라고 할 수 있었다.

즉, 그는 정파의 중심인 공손 가문과 소림을 출신 배경으로 가지면

서, 동시에 천마궁주의 후계자로서 장차 천마궁을 지배하게 될 이중적
인 신분인 것이다.

그러나 천하맹의 군웅들은 공손도중이 근본적으로 정파의 사람이라
는 데 대해서 추호의 의심도 없이 확신하였다.

그 무엇보다도 출신과 뿌리를 중요시하는 것이 바로 그들 정파였으
니까.

                        *   *   *

천야평(千野平).

대읍평원 중의 드넓은 목초지다.

그곳에 구름같이 사람들이 모였다.

천하영웅대회가 열릴 그곳 한가운데에는 넓고 거대한 비무대가 설
치되어 있었다.

그러나 사방으로 꽉 들어찬 수많은 정과 마의 군웅들로 비무대는 오
히려 좁고 작아 보였다.

넓은 비무대를 경계로 그 양쪽 아래에는 커다란 차양막과 탁자들이
배치되어 있었다.

그 안에 각기 자리한 백여 명씩의 인물들이야말로 바로 당금의 무림
천하를 좌지우지하는 정과 마의 핵심 요인들이었다.

먼저 천하맹 쪽에서 일단의 인물들이 비무대 위로 올라섰다.

천하맹주의 직무를 대리하고 있는 공손무량과 구파일방의 장문인들,
그리고 오대세가의 가주들이었다.

천하맹 측의 군웅들에게서 우렁찬 함성이 터졌다.

"와아아!"

장문인들과 가주들 중에서는 환호하는 군웅들을 향해 손을 들어주는 느긋한 여유를 보이기도 하였다.

사실 느긋하기는 그들뿐이 아니라 천하맹 측의 전반적인 분위기가 그러했다.

전후 사정을 모르는 이가 보았다면 지금 이곳이 향후의 천하대세를 결정하기 위해 정과 마가 첨예하게 마주한 곳이 아니라, 마치 축제의 장이라 생각할지도 모를 일이었다.

물론 개중에는 여전히 천마궁 측 진영에 대해 경계의 눈길을 보내고 있는 인물들도 있었지만, 대부분에게서는 이미 전의(戰意)는 사라지고 없었다.

이미 화해와 평화의 분위기가 감돌고 있는 것이다.

또한 그들 중의 일부에서는 그들의 생애에서 두 번 다시는 보지 못할 이 거대한 규모의 천하영웅대회가 어떤 모습으로 펼쳐질 것인가에 대한 기대감으로 잔뜩 들떠 있는 것처럼 보였다.

천하의 기인협성괴걸들이 한자리에 모였으며, 이제 곧 무림 유사 이래 처음으로 정도와 마도를 진정으로 통합하여 향후의 무림을 평화와 공존으로 이끌어 나갈 젊은 불세출의 영웅의 탄생을 보게 될 기대이리라.

공손무량 등 천하맹의 요인들이 비무대의 가운데에 선 채 잠시간을 기다렸으나, 천마궁 측에서는 아무도 비무대 위로 올라오는 인물이 없었다.

공손무량이 문득 주변 사방을 한 바퀴 돌아본 다음에 한 걸음 앞으로 나섰다.

이어 내력이 주입된 그의 맑으면서도 중량감있는 목소리가 사방으로 넓게 퍼져 나갔다.

"우리는 서로 간의 전쟁을 피하고자 이 자리에 모였습니다. 아무리 무림이 적자생존의 세계라 하고, 개인과 개인, 그리고 세력과 세력 간의 경쟁과 패권 다툼이 당연하게 받아들여지는 곳이라고 해도, 그 경쟁과 다툼에는 분명히 한계가 있어야만 하는 것입니다. 전쟁은 한순간에 모든 것을 파멸시켜 버릴 것입니다. 모든 것이 다 사라지고 난 뒤라면, 그리고 무림 자체의 근간이 흔들리고 난 다음이라면, 그때에 천하패권이 무슨 소용이 있겠습니까? 나아가 무분별한 다툼과 경쟁이 없는 무림은 정녕 요원한 것이겠습니까? 정과 마의 구분이 없는 하나 된 무림은 정녕 불가능한 것이겠습니까?"

공손무랑이 잠시 말을 멈추었지만, 천야평을 메운 군웅들은 자못 숙연하니 침묵을 유지하고 있었다.

공손무랑이 다시금 주변을 넓게 한번 돌아본 다음에 짐짓 목소리를 가라앉혔다.

"우리는 오늘 이 자리에서 앞으로의 무림을 어떻게 이끌어 나갈지에 대해 정과 마를 가리지 않고 천하의 모든 동도들이 다 같이 수긍할 수 있는 공개적인 논의를 하게 될 것입니다. 천하맹과 천마궁은 그런 점에서 흔쾌히 의견의 일치를 보았고, 마침내 오늘 무림 역사상 처음으로 정과 마가 한자리에 모여 천하영웅대회를 개최하게 된 것입니다."

"와아아아!"

천지를 진동하는 함성이 일었다.

그러나 가만히 들어보면 천하맹 측 진영에서만 일어나는 함성이었다.

상대적으로 천마궁 진영의 분위기는 시종 차분하기만 하였다.

공손무랑은 문득 천마궁 진영의 그 차분함을 절제된 침묵으로 느꼈다.

공손무랑의 시선이 비무대 아래의 차양막 속에 있는 공손도중을 찾았다.

그리고 공손도중 얼굴의 엷은 미소를 발견하고 나서야, 새삼 마음 든든함을 느낀 듯 가볍게 고개를 끄덕였다.

천마궁 진영이 보이고 있는 침묵에 대해 공손도중은 나름의 해석을 하고 있었다.

그들의 절제된 침묵이야말로 바로 천마의 종통을 이은 자에 대한 예우로 받아들이고 있는 것이었다.

그것이 천강에 대한 예우이냐, 혹은 공손도중 자신에 대한 예우냐 하는 것은 조금도 상관이 없는 일이었다.

천강과 그는 이체(二體)이나 일심(一心)이니, 천강은 곧 그가 가진 또 하나의 육신일 뿐이었다.

바로 천강은 온전히 공손도중 자신이며, 마치 수족과도 같이 마음대로 쓸 수 있는 도구일 뿐인 것이다.

지금 천마궁의 궁도들이 보이고 있는 저 정연하고도 엄숙한 침묵은 곧 천마의 종통을 이은 자에 대한 지극한 충성심을 보여주는 것이며, 그것은 곧 천마의 종통을 이은 자가 얼마만큼의 절대적인 권위로 천마궁을 지배할 수 있는지를 보여주는 증거였다.

이제는 차라리 정파무림보다, 오히려 천마궁이야말로 완전한 그의 힘이 된 것이다.

　평원에 군집한 군웅들 사이로 급하지 않은 일단의 움직임이 일어난 것은 공손무량의 연설이 한창 열기를 띠어가고 있는 중일 때부터였다.

　대략 오백여의 인원이 조용히, 그러나 조직적으로 움직였다.

　그들은 바로 천마궁의 전위 전투 조직인 천마대(天魔隊)였다.

　천마대는 비무대를 포함해 천하맹의 지휘 계층이 들어 있는 차양막과 천하맹의 군중들 사이를 마치 하나의 두터운 벽을 치듯 차단해 나갔다.

　그 과정에서 비무대에 면한 앞쪽의 군웅들에게서 약간의 소란이 일어났으나, 한창 공손무량의 열띤 연설이 진행 중이었기에 그들은 스스로 소란을 자제하였다.

　그리고 차단벽이 형성된 이후로는 천마대 또한 그냥 조용히 자리를 지키고만 있었기에 추가적으로 별다른 소란이 있지도 않았다.

　비무대 아래 차양막 안에서 묵묵히 앉아 있기만 하던 마로(魔老)가 천천히 자리에서 일어난 것은 공손무량의 일장 연설에 대해 천하맹 군웅들이 외치는 함성이 막 잦아들 즈음이었다.

　마로는 느긋한 걸음걸이로 비무대 위로 올랐다.

　그의 뒤로 나머지 사 인의 천마오로와 천마이십팔숙이 따랐다.

　천마궁의 최고고수들인 그들이 모두 한꺼번에 비무대 위로 오르자, 비무대 위는 물론이고 천야평 일대의 공기가 단번에 긴박하게 변하는 듯하였다.

　그만큼 그들에게서 풍기는 무형의 기세가 대단하기 때문이리라.

천마오로 등은 비무대의 가운데로 걸어가 이 장여의 거리를 두고서 공손무랑 등의 천하맹 수뇌들과 마주 대치하여 섰다.

마로가 공손무랑을 향해 의미심장해 보이는 미소를 떠올리며 입을 열었다.

"훌륭한 취지의 말씀이었소."

다른 사람도 아닌 마로에게서 그 같은 치하를 받기에는 다소간 어색한 입장이었기에, 공손무랑은 가볍게 고개를 숙여 보이는 것으로 의례적인 답례를 하였다.

마로가 다시 한 번 빙그레 웃은 다음에 문득 정색을 하였다.

그런데 다만 그 같은 간단한 표정의 변화만으로도 그에게서 풍겨지는 기세는 확연히 무거워져 있었다.

이윽고 마로가 느릿하게, 그러나 사뭇 차가워진 어조로 입을 열었다.

"그러나 과거의 은원을 그대로 쌓아둔다면, 그 좋은 취지가 바래질까 두렵소."

마로의 그 말에 공손무랑과 천하맹의 수뇌부들이 한결같이 흠칫하는 기색이 되고 말았다.

마로가 날카로운 정광을 발하며 말을 이었다.

"하여 본 궁에서는 과거의 은원들 중 도저히 묵과하고는 넘어갈 수 없는 몇 가지를 지금 이 자리에서 해결하고자 하오."

거기까지 말하고 난 마로는 돌연 위엄이 가득 서린 목소리로 준엄하게 외쳤다.

"이십 년 전 본 궁의 궁주께 비겁한 술수를 가한 소림, 무당, 개방의 장문인들과 공손무랑은 앞으로 나서라! 피의 빚은 피로써 갚아야 하는 것이 강호의 법! 본 궁은 우선 너희들을 참할 것이다!"

그 서슬 퍼런 외침에 비무대 위에 있던 천하맹의 수뇌부들은 일시 얼떨떨한 표정들이 되고 말았다.

그러나 그들이 당혹감을 추스르기도 전에 마로의 명령이 떨어졌다.

"천마이십팔숙은 본 장로가 거명한 자들을 제압하여 무릎을 꿇려라."

"존명!"

우렁찬 복명 소리와 함께 천마오로의 뒤쪽으로 포진해 있던 천마이십팔숙이 일제히 신형을 날려 구파일방의 장문인들과 오대세가의 가주들을 포위해 버린 것은 순식간의 일이었다.

전혀 예기치 못했던 돌연한 사태를 맞은 천하맹의 군웅들은 앞쪽으로부터 동요하기 시작하였다.

그러나 그때는 이미 비무대 아래의 차양막 속에 자리하고 있던 천하맹의 주요 인물들 역시 천마대에 의해 완전히 포위가 되어버린 후였다.

이어 천마궁의 진영 쪽에서 다시 일천가량의 활과 창검으로 완전 무장한 병력들이 일사불란한 대열로 양 진영의 경계 지역으로 투입되며 신속하게 장중 제압에 나섰다.

그들은 천하맹의 군웅들을 몰아붙여 비무대에서 이십여 장 이상 물러서도록 압박하며 거리를 벌렸다.

그리고 미리 준비하였던 듯 간단한 목책을 설치하고, 그것에 의지하여 활과 여타의 암기 발사 장치 등을 겨누며 군웅들을 위협하였다.

그 모든 행위들이 실로 잠시간만에 벌어진 일들이었다.

천하맹으로서는 그야말로 속수무책 격으로 두 손 놓고 뻔히 바라보고 있는 사이에 대세가 결정되어 버린 것이다.

더구나 맹의 지휘부 및 각파의 핵심 인물들과도 완전히 격리가 되어 버렸으니, 다시 형세를 뒤집기도 어렵게 되어버린 판국이었다.

비록 영민하기 이를 데 없는 두뇌를 소유한 공손도중이었지만, 순식 간에 벌어진 일련의 사태들은 그로서도 전혀 예측을 하지 못했던 것이 었다.

당혹스러운 중에서도 급하게 상황을 살핀 그가 일학충천의 신법으 로 허공 높이 솟구쳤다가 내리꽂히듯 비무대 위로 내려섰다.

마치 그림자처럼 천강이 공손도중의 바로 곁으로 내려서고 있었다.

"모두 멈추시오!"

공손도중이 내갈긴 그 한마디의 대갈일성에 실린 엄청난 공력에 나 무로 만들어진 비무대의 넓은 바닥이 한동안이나 부르르 떨렸다.

그런 정도였으니, 비무대 위에서 대치하고 있던 정과 마의 고수들이 모두 일시 놀라는 기색을 보였다.

공손도중이 두 눈에서 혁혁한 정광을 발하며 무한한 힘이 서린 목소 리로 이어 외쳤다.

"정과 마의 갈등을 해소하고 피를 흘리지 않기 위해 개최된 천하영 웅대회요! 그러함에도 이 영웅대회의 취지를 위배하고 방해하고자 하 는 자들이 있다면, 본 공자가 결코 용납하지 않을 것이오!"

엄청난 선언이었다.

공손도중은 지금 천하의 정과 마를 대표하는 고수 거두들을 향하여 감히 그들 중의 그 누구와도 일전을 불사하겠다는 포고를 한 것이다.

천하영웅대회의 취지를 수호하겠다는 명분으로 말이다.

차앙!

한 소리 맑고도 청명한 소리와 함께 빼 든 검을 가슴 앞으로 당겨 포검(抱劍)하며 공손도중이 다시금 단호하게 일갈했다.

"다시 한 번 분명히 밝혀두건대, 지금부터 이 자리에서 본 공자의 말을 어기는 자가 있다면 그가 누구든, 소속과 신분이 어떠하든 가리지 않고 베고 말 것이오!"

그 순간,

우우우웅!

공손도중의 검이 은은한 백색검기로 감싸이며 나직하면서도 웅혼한 검명을 토해냈다.

공손도중의 그 같은 모습은 가히 일대영웅의 당당한 위용이라고 하지 않을 수 없었다.

공손도중이 문득 좌우를 돌아보면서 삼엄하게 위엄을 세우며 명령했다.

"천마이십팔숙은 즉시 포위를 풀고 비무대 아래로 물러나라."

그 거침없으면서도 당당하기 이를 데 없는 명령에 천마이십팔숙을 이끌고 있던 천마사위들이 일시 흠칫하는 기색이 되고 말았다.

그러나 그것뿐, 그들은 제자리에서 한 발자국도 움직이지 않았다.

일순 공손도중의 표정으로 숨길 수 없는 당황이 스쳤다.

그리고 천마사위의 조금은 당혹스러워하는 눈길들이 바로 천마오중의 마로 쪽으로 향해 있다는 것을 확인하는 순간, 공손도중의 당혹감은 급하고도 거친 분노로 화했다.

"그대들이 감히 본 공자를 거역하겠다는 것인가?"

공손도중의 분노에 가득 찬 일갈에 실린 내력이 얼마나 엄청났던지, 비무대 위의 인물들 중 상대적으로 공력이 약한 몇몇의 안색은 일시

흙빛으로 변하고 말았다.

그러나 정작으로 공손도중의 분노를 정면으로 대하고 있는 마로는 오히려 느긋한 기색을 보이고 있었다.

또한 그의 한 발 뒤에서 좌우로 버티고 선 나머지 천마사로들 역시 조금도 꺼리는 바가 없다는 듯한 태연한 안색들이었다.

공손도중이 서슬 퍼런 얼굴로 이번에는 비무대 아래를 향하여 외쳤다.

"모전동은 어디에 있느냐?"

그러자 아래에서 모전동이 신속하게 신형을 솟구쳐 비무대 위로 올라왔다.

자신을 향해 가볍게 허리를 숙여 보이는 모전동을 보자, 공손도중은 더욱더 분노를 주체하기 어려운지 가볍게 떨리는 목소리로 다그쳤다.

"어떻게 된 일인가?"

공손도중이 무엇에 대해 분노하고 있으며, 또 자신에게 무엇을 묻고 있는 것인지 모전동이 모를 리는 없었다.

그러나 모전동은 다시금 가볍게 머리를 숙여 보였을 뿐, 아무런 대답도 없이 가만히 걸음을 옮겨 천마오로의 뒤로 돌아가서 시립하여 서는 것이었다.

그것은 지금의 이 모든 상황이 천마오로의 뜻이라는 것을 공손도중에게 보여주는 행동이었다.

공손도중은 타는 듯한 분노 속에서도, 비로소 지금의 상황이 자신이 애초 계획했던 것과는 크게 다른 방향으로 전개되고 있다는 것을 확연히 인식하였다.

뿐만 아니라 모전동이나 천마오로 등의 태도로 볼 때, 상황은 이미 엎질러진 물과 같이 되어버려서 다시 되돌리기는 불가능한 지경 같았다.

그러나 그럼에도 불구하고 공손도중은 결코 인정할 수가 없었다.

그의 계획은 조금도 잘못될 가능성이 없었고, 또한 잘못되어서도 안되는 일이었다.

그가 계획했던 일은 지금까지 조금의 차질도 없이 진전이 되어왔었고, 이제 그 대미의 마지막 단계만을 남겨두고 있는 중이었다.

그가 이미 행하여 얻은 일련의 결과들과 그리고 무엇보다도 그 과정에서 희생시켜야만 했던 가치들은 결코 되돌릴 수 있는 것들이 아니었다.

그리하여 지금의 단계에서는 그는 어떤 수를 써서라도, 또한 그 어떤 희생을 치르는 한이 있더라도, 반드시 계획된 대로의 일을 성사시켜야만 했다.

"좋소. 그대들의 입장에서 본 공자를 인정하는 데는 아직까지 조금의 시간과 여건이 더 필요할 수도 있다는 점을 인정하겠소."

마로를 향해 입을 여는 공손도중은 애써 담담해진 표정이었다.

그리고 공손도중은 문득 반 걸음을 물러서며 천강을 자신의 앞에 세웠다.

"그러나 여기 이분이 누구이신지에 대해서는 그대들 중 그 누구도 감히 부정하지 못할 것이오. 비록 이십 년 전에 입은 내외상이 극도로 악화되면서 성정이 온전치 않게 되셨기에 지금은 본 공자에게 모든 것을 의존하고 계시기는 하나, 이분께서 본 공자의 사부님이시라는 사실이 결코 부정될 수 없는 것처럼, 이분께서 그대들의 지존이시라는 것 또한 결코 부정될 수 없을 것이오. 만약 그대들이 굳이 두 눈으로 확인하여야겠다면, 본 공자는 불경을 무릅쓰고 지금 당장 이분의 얼굴을 가리고 있는 면구를 벗겨내겠소. 지금 이 천야평에는 모든 천마궁도들이 모여 있소. 만에 하나 그대들 오로와 사위 등이 끝내 지존의 위엄을 부정하고자 한다면, 충성스러운 궁도들이 결코 그대들의 반역을 용납하지 않을 것이오."

공손도중의 목소리와 태도는 확신에 가득 찼으며, 또한 점차 처음의 당당한 태도를 되찾아가고 있었다.

마로는 시종 묵묵한 표정으로 공손도중의 말을 듣고만 있었다.

그러다 공손도중의 말이 일단락되자, 문득 한가닥 엷은 미소를 떠올리며 담담한 목소리로 입을 열었다.

"노부와 이곳에 있는 모든 천마궁도들 중 그 누구도 감히 천마의 종통을 부정하고자 하는 사람은 없네."

비록 부드러운 어조였지만 분명한 하대였다.

그것은 마로가 여전히 공손도중을 인정하지 않고 있다는 의미일 것이었다.

또한 천마의 종통은 인정하되 공손도중은 인정할 수 없다는 것은, 곧 마로가 공손도중이 천마의 종통이 아니라는 것에 대해 이미 상당 부분 확신하고 있다는 것으로도 받아들일 수 있으리라.

공손도중이 미미하게 미간을 좁혔다가 문득 날카롭게 질책했다.

"하면 당신은 왜 사부님께 예를 갖추지 않는 것이오?"

그러나 마로는 여전히 담담한 웃음을 거두지 않았다.

"허허허! 그것은 공자의 오해일세."

공손도중이 마로를 노려보며 무겁게 물었다.

"무엇이 오해라는 것이오?"

마로가 더욱 느긋하게 웃으며 대답했다.

"천마의 위엄은 그 자체로 절대적인 것이어서, 결코 누구의 인정을 구하고 말고 할 것이 아닐세. 또한 그 위엄은 당대에 단 두 분만이 지닐 수 있는 것이기도 하지. 만약 공자든, 아니면 공자 곁에 계시는 저 분이든, 혹은 그 누구든, 진정한 천마의 위엄을 보이는 이가 있다면, 그 즉시로 노부와 이 자리의 모든 천마의 제자들은 그 위엄 앞에 무릎을 꿇을 것이네."

일순 공손도중에게서 한마디 답답한 침음성이 새어 나왔다.

"으음!"

마로의 말인즉슨, 공손도중 자신은 물론, 천마궁주 본인인 천강조차도 마로 등이 인정할 수 있는 그 어떤 위엄을 보여주지 못하고 있다는 것이 아닌가.

일시 공손도중의 머릿속이 급박하게 돌아가고 있었다.

'위엄이라……? 천마의 위엄을 보이라니……? 도대체 어떻게 말인가?'

"우우우우우!"

한줄기 엄청난 장소 소리가 넓은 천야평 일대 전체를 떨어 울렸다.

천강이 토해낸 그 한줄기 장소에 실린 위력이 얼마나 엄청났던지, 비무대 위에 올라 있던 정사양도의 절대고수들이 감히 태만하지 못하고 황급히 오 장여 방원 바깥으로 물러서는 모습들이었다.

다만 천마오로와 천마사위 정도만이 원래의 자리를 꿋꿋이 지키고 있을 뿐이었다.

그런데 천강의 장소에 실린 내력이 거의 무한대에 가깝다는 점도 있었지만, 그보다도 군웅들을 경악하게 만든 것은 그것이 바로 천마후(天魔吼)라는 것이었다.

천마후!

그것은 과거 천마궁주의 위엄을 대표하던 상징적인 무공이었다.

그러니 그 한줄기의 장소로 천강은 자신이 누구인지를 과시한 것이었다.

그런 이상, 이제 그 누구도 그가 바로 천마궁주 본인임을 부정하지는 못할 것이며, 아울러 그가 지금 전적으로 자신의 모든 것을 맡기고 있는 공손도중이 그의 유일한 전인임을 부정하지는 못할 것이었다.

그때 공손도중이 다시 한 발을 성큼 옮겨 천강의 앞으로 나서며 낭랑하게 외쳤다.

"궁주님께서 현신하셨으니, 천마궁도들은 예를 갖추라!"

전신의 내력을 크게 끌어올린 듯, 공손도중의 목소리는 천야평의 모든 이들에게 선명하게 전달되었다.

그러나 그가 명령한 데 대한 반응은 어디에서도 나타나지 않았다.

천마궁의 무인들은 각자의 위치에서 여전히 절제된 침묵을 지키고만 있을 뿐이었다.

기대와는 너무나 다른 상황에 대해 공손도중은 당혹과 분노를 금치 못하고 마로를 바라보았다.

정색을 하고 있던 마로가 공손도중을 향해 무겁게 입을 열었다.

"궁주님께서는 오직 공자와만 소통이 된다고 들었네."

그 한마디에서 마로는 자신이 천강을 천마궁주 본인으로 인정하고 있음을 명백히 하였다.

그러나 그럼에도 불구하고 특별히 궁주에 대한 예를 갖추지는 않았다.

공손도중이 잔뜩 일그러진 얼굴로 간단히 마로의 말을 받았다.

"그렇소."

"그렇다면 궁주님으로 하여금 지존광휘(至尊光輝)를 보이시도록 하게. 그러기 전에는 노부와 본 궁의 궁도들은 그 어떠한 명도 받들지 않을 것이네."

지존광휘!

공손도중으로서는 지존광휘가 무엇을 의미하는 것인지 도무지 알수가 없는 노릇이었다.

그러나 분명한 것은 그것이 단순히 궁주로서의 위엄을 말하는 것이 아니라, 천마후와 같이 천마궁주를 증명하는 또 다른 어떤 실체적인 수단이라는 사실은 확연하였다.

마치 일종의 신표나 신물처럼 말이다.

공손도중의 얼굴에 잠시 당황스러운 기색이 스쳤으나 이내 날카롭게 입을 열었다.

"혹시 당신들은 지난 이십여 년 동안 사부님 대신 궁을 통치하면서 다른 욕심들을 가지게 된 것은 아니오? 그렇지 않다면 사부께서 지난날 입으신 지독한 내외상으로 인해 지금 정상이 아니시라는 것을 익히 알고 있으면서도 어찌 그같이 엉뚱한 조건을 내걸 수 있다는 말이오?"

그러나 마로는 공손도중의 질책에 대해 위축되기는커녕 외려 크게 위엄을 세우는 것이었다.

"지난 천여 년간 천마의 위엄은 오로지 지존광휘로만 증명되어 왔다. 그것은 다른 어떤 수단과 방법으로도 대체될 수 없는 것이고, 예외 또한 있을 수 없다. 누구든 진정 천마 조사의 종통을 이어받았음을 주장하고자 한다면 지존광휘를 펼쳐 그 위엄을 증명하여야만 한다. 하니 비록 저분께서 이전의 본 궁의 궁주님이심에 분명하다고 해도, 지존광휘로 스스로를 증명해 보이지 못하는 이상, 궁주의 권위를 행사할 수 없음은 명확하다고 할 것이다."

순간 공손도중의 얼굴로는 숨길 수 없는 한가닥 낭패의 기색이 스치고 있었다.

천야평 일대의 힘의 균형은 이미 천마궁 측으로 완전히 기울어 있었다.

비무대 위에서는 공손무량을 포함해 구파일방의 장문인들과 오대세가의 가주들 등 천하맹의 수뇌부들이 천마이십팔숙에 의해 완전히 포위가 되어 있었다.

그리고 비무대 아래에서도 천하맹 측은 각파의 핵심 인물들과 군웅들이 완전히 격리당한 상태여서 어떤 조직적인 대응을 할 수가 없는 상태였다.

무엇보다도 천하맹 측은 공손도중이 능히 천마궁을 통제할 수 있을 것이라고 은연중에 믿는 분위기에서 뚜렷한 전의를 가지고 영웅대회에 임한 것이 아니었다.

반면에 천마궁 측은 사전에 철저한 준비와 전략을 가지고 나왔으니,

애초에 그 투지와 각오에서부터 양측은 상대가 되지 못하였다.

'관건은 천마오로다. 천마오로만 제거한다면, 극단적으로 천하맹과 천마궁이 전면전으로 간다고 해도 승산을 기대해 보지 못할 것은 아니다.'

공손도중은 지금 천마오로를 기습하여 제거할 심산을 굳히고 있었다.

비록 천마오로 각각의 무공이 무황에 비견될 만큼 개세의 절대고수들이라고는 하나, 그와 천강이 일시에 기습을 가한다면 능히 상대하지 못할 바도 아니라는 계산이 서는 것이었다.

이즈음에 그의 무공에 대한 자신감은 그런 정도에까지 이르러 있었다.

'관건은 얼마나 신속히 늙은이들을 처치하느냐 하는 것이다. 그래서 다른 자들이 개입할 틈을 주지 않아야 한다.'

공손도중은 가만히 호흡을 가다듬었다.

그의 의지에 감응하여 서서히 증폭되고 있는 천강의 기세가 느껴졌다.

가히 고금제일이라 할 만큼 강대한 기세였다.

공손도중의 입가로 가만히 한가닥의 엷은 미소가 어렸다.

자신에 가득 찬 미소였다.

마로는 공손도중에 대해 아주 도외시하는 척을 하고 있었지만, 사실은 내내 공손도중과 그 옆에 광오한 기세로 우뚝 버티고 서 있는 천강, 즉 천마궁주에게서 세심한 주의를 거두지 않고 있는 중이었다.

공손도중 스스로도 이미 언급한 바가 있지만, 천마궁에서 그동안 다

양한 경로를 통해 정밀한 조사를 벌인 결과로도 지금의 천마궁주는 본래의 이지(理智)를 완전히 잃어버린 껍데기의 육신만 남은 상태임에 분명했다.

더구나 의심스러운 것은, 지금 천마궁주의 상태에는 어떤 인위적이고도 의도적인 조치의 가능성마저 엿보인다는 점이었다.

물론 이십 년 전 무황 등과의 대결과 이후 천애절벽에서 추락하면서 천마궁주가 극심한 내외상을 입었을 것이라는 점은 능히 수긍이 되고도 남음이 있다고 할 것이었다.

그러나 그동안 모전동 등이 세밀하게 관찰한 천마궁주의 상태를 근거로 광범위한 조사와 분석을 행한 결과, 지금 천마궁주의 상태에서는 강시를 제련할 때 쓰이는 연혼법의 흔적을 의심할 수밖에 없었다.

더욱 놀라운 것은 이미 천여 년 전에 멸망하였지만, 천마궁의 모태가 되기도 하는 배교의 호교무공(護敎武功)이자 지존무공(至尊武功)이었던 통천제령환술(通天制靈幻術)의 흔적을 추정할 수 있는 분석 결과들이 있었다는 점이다.

그러한 조사 결과들을 바탕으로 하고, 오늘 직접 천마궁주를 대면하면서 판단한 결과, 천마오로는 한 가지의 합의된 결론을 도출하기에 이르렀다.

'육신은 궁주 본인임에 분명하나, 그 정신은 이미 궁주라고 할 수 없다. 지금의 궁주는 다만 공손도중의 의지만을 따르게 되어 있는 일종의 강시에 불과하다.'

그러나 천마오로가 그러한 결론에 도달했다고 해도, 그들과는 달리 궁주에 대해 보다 맹목적일 천마이십팔숙을 포함한 대다수의 천마궁도들에게까지 그러한 사실을 이해시키고 동의를 얻는 데는 다소간의 시간과 절차가 더 필요할 것이었다.

그러기에 마로는 지금 당장 섣부르게 어떤 조치를 취하기는 어렵다는 판단을 하기에 이르렀다.

마로가 좀 전에 공손도중에게 지존광휘의 시전을 요구한 것도 바로 그러한 이유 때문이었다.

그가 천마궁의 장로로서, 그리고 지난 이십여 년간 궁주 부재의 천마궁을 다스려 온 입장으로서, 더욱이 이십 년 만에 귀환하였으나 뭔가 확신이 가지 않는 모호함투성이인 궁주에게 지존광휘를 보이라고 한 것은, 적어도 천마궁도들이 보기에는 충분히 수긍이 가는 요구였다.

천마의 혈통은 누구에게 인정을 받는 것이 아니라, 스스로 만천하에 떨쳐 만마(萬魔)를 앙복(仰伏)시켜야 하는 것이다.

지존광휘야말로 천마진기와 천마요결 중의 천마지존심법에 의해서만 시전할 수 있는 천마의 독보적인 상징무공이었다.

하니 천마궁주이든, 공손도중이든, 혹은 다른 그 누구든, 지존광휘를 시전하는 자만이 진정한 천마의 후예로 인정받을 수 있는 것이다.

어느 순간 마로의 눈빛으로 설핏하고 한가닥의 긴장이 스쳤다.

문득 공손도중과 천마궁주에게서 각기 거대하기 이를 데 없는 암중의 기세가 급속도로 주변을 장악해 나가고 있다는 것을 느낀 때문이었다.

마로의 눈빛이 급박한 긴장으로 치달렸다.

'엄청난 기운들이다. 심상치가 않다.'

미처 나머지 사로들에게 경각심을 일깨워 줄 틈조차 갖지 못한 마로가 급격히 전신의 내력을 끌어올렸다.

뒤늦게 마로의 전신으로 한 무리의 은은한 홍광을 띤 기세가 뿜어져 나오는 것을 느끼고 현로(玄老) 등 나머지 오로들이 흠칫하고 놀라는 바로 그때였다.

"잠룡단이다!"

천하맹 진영의 후미쯤에서 누군가 잔뜩 흥분하여 외친 그 한마디의 갑작스러운 고함 소리는 그야말로 시의적절하게 공손도중과 마로 등이 일으키고 있던 일촉즉발의 긴장을 단숨에 와해시켜 버리고 말았다.

"정말로 잠룡단이다!"

"잠룡단이 오고 있다!"

군웅들 사이에서 잇따라 외침들이 터져 나오고 있었다.

그리고 외침들은 이내 거대한 환호성으로 변하고 있었다.

"와아아! 잠룡단이다! 잠룡단이 왔다!"

그런 중에 누군가 제법 심후한 내력이 실린 사자후를 토해내고 있었다.

"무황이다!"

그 한마디 사자후는 단번에 천하맹의 진영에 주체하기 어려운 경악과 반가움의 소용돌이를 일으키고 말았다.

군웅들 사이에서 벅찬 환호성이 물결치듯 일어나고 있었다.

"와아아! 무황이다!"

"와아아아아! 무황의 현신이다!"

외곽을 방패로 둘러싼 사방진(四方陣)의 형태로 정렬한 채 행진해 오고 있는 일백여 무리는 과연 잠룡단이었다.

착!

착!

마치 일부러 장단을 맞추어 구르기라도 하듯 걷는 발자국 소리는 군웅들의 환호 속에서도 선명하였다.

비록 일백에 불과한 숫자였지만, 잠룡단이 내는 규칙적이고도 절도 있는 그 발자국 소리는 금세 일대에다 묘한 압박감을 만들어내고 있었다.

무황은 잠룡단이 이루고 있는 사방진의 안쪽에서 고대릉 등 잠룡단의 지휘부와 함께 걸음을 옮기고 있었다.

무황은 만면에 온화한 미소를 띠고 있었는데, 좌우로 석여령과 독고자강의 가벼운 부축을 받고 있었다.

그 뒤로 고대릉과 허종, 악청, 흑요 등이 따르고 있었고, 다시 그 뒤로는 무황성의 호천단주인 경천일검 마초홍과 호천단 소속의 십여 명 무인들이 따랐다.

천하맹의 진영을 가로지른 잠룡단은 이윽고 비무대 부근에서 군웅들과의 저지선을 형성하고 있던 천마대의 대열 가까이에 이르렀다.

그때 천마대의 대열 중에서 누군가가 내력을 실어 경고성을 발했다.

"멈춰라! 더 이상 접근하면 공격하겠다!"

단순히 경고가 아니라, 이미 그들 대열 선단의 궁수들은 잠룡단을 향해 활시위를 겨누고 있는 중이었다.

그러나 잠룡단은 멈추기는커녕 조금도 속도를 줄이지 않고 그대로 전진을 계속하였다.

그들이 멈추기 위해서는 적의 경고가 아니라 단주의 명령이 필요한 것이었다.

착!

착!

좀 전 경고성의 주인이 단호하게 외쳤다.

"쏴라!"

동시에 백여 명의 궁수들이 잔뜩 당기고 있던 활시위들을 일제히 놓아버렸다.

쉬이익!

쉬쉬쉬식!

강궁에서 발사된 백여 발의 화살들이 날카롭게 허공을 찢으며 곧바로 잠룡단을 향해 날아갔다.

그 순간 잠룡단의 외곽을 이루고 있던 방패들이 더욱 밀착하며 작은 틈조차 남기지 않는 철통의 방어벽을 이루었다.

곧이어 쏟아져 온 화살들이 방패에 부딪치면서 마치 마른땅에 굵은 우박이 떨어지는 듯한 투박한 소리들이 마구 터져 나왔다.

타다닥!

타다다다닥!

화살들 중의 일부는 방패에 빗맞으면서 사방으로 튕겨져 나갔다.

팅!

티팅!

그 때문에 잠룡단의 좌우로 몰려들고 있던 군웅들은 창졸간에 날아드는 화살을 피해 급급히 몸을 날려야만 했다.

잠룡단이 여러 가지의 독특하고도 위력적인 병기들로 무장을 하고 있다는 것은 이미 널리 알려진 사실이었다.

그중에서도 겨우 손가락 길이의 작은 화살에 불과하나 그 관통 위력은 오히려 강궁의 위력을 수배나 능가하는 탄궁(彈弓)의 존재는 상당한 유명세를 탄 바 있었다.

그러나 지금 잠룡단은 천마대의 화살 공격에 대해 방패진으로 막기만 하고 있을 뿐, 특별히 대응 공격을 할 기미를 보이지 않고 있었다.

마치 장대비같이 쏟아졌던 한 번의 궁격(弓擊)이 끝나고 천마대의 궁수들은 이제 두 번째의 화살을 장전하는 중인지라, 군웅들은 극도로 긴장한 가운데서도 잠시간의 급한 한숨을 돌릴 수 있었다.

그런데 바로 그때였다.

우우우우웅!

위이이이잉!

허공에서 기이한 소리가 울렸다.

꽤나 먼 곳인 듯 작고 희미하게 들리는 소리였으나, 그럼에도 불구하고 은은하게 귀를 울리는 묘한 울림을 가진 소리였다.

더욱 놀라운 것은 그 소리가 군웅들이 소리를 느끼는 그 순간에 바로 지척으로 다가왔다는 것이고, 어느새 천마대의 상공을 장악한 듯하다는 것이었다.

천마대의 대열 중에서 경고성이 울렸다.

"허공을 주의하라! 무엇인가 접근하고 있다!"

그러나 여전히 육안으로 보이는 것은 없었다.

다만 무언가 이따금씩 햇빛에 반사되어 반짝이는 것들이 있기는 하였다.

"으헛!"

"으아악!"

극도의 경악과 고통을 참지 못하는 비명 소리들이 잇달아 터져 나오면서 천마대의 일각이 무너지고 있었다.

너무도 갑작스럽고 도무지 이유를 짐작할 수 없는 일이 벌어지고 있었다.

사방에서 동료들이 극심한 비명을 호소하며 쓰러져서는 사방을 마구 뒹구는데, 바로 곁에 있는 자들조차도 그들의 고통이 무엇으로부터 기인하는지를 도무지 알 수가 없었다.

그것은 삽시간에 주체할 수 없는 공포를 불러왔다.

"으악!"

"으아아아!"

천마대의 대열에 일대 혼란이 일고 있었다.

그들은 아무것도 없는 허공에다 대고 마구 도검을 휘둘러 대었다.

그러나 아무런 소용도 없었고, 그러는 사이에 도처에서 바닥으로 쓰러진 자들의 수는 금세 수십여에 달하고 있었다.

그때 누군가의 급한 외침이 터져 나왔다.

"모두 바닥에 엎드려라! 엎드리면 공격받지 않는다!"

그것이 누구의 소리인지 분간할 겨를은 없었다.

그 내용이 사실인지 아닌지를 분간할 겨를은 더욱이 없었다.

이미 공포에 질려 버린 천마대는 일제히 바닥으로 넙죽 엎드려 버렸다.

오백여에 달하는 천마대가 일제히 바닥으로 엎드려 버리는 그 광경은, 사방에 감돌고 있는 짙은 혈향과 공포의 기운만 아니었다면 가히 일대 장관이라고 할 만하였다.

과연 엎드린 자들은 공격받지 않았다.

일시 공포와 안도가 교차하는 가운데, 일대에는 간간이 고통을 참지 못하는 신음성만이 들리고 있었다.

그리고 그제야 사람들의 눈에 들어오는 모습들이 있었다.

미지의 존재들에게 공격을 받아 바닥을 뒹굴고 있는 자들의 옷자락 바깥으로 세찬 분출을 이루고 있는 미세한 핏줄기들이었다.

그랬다.

무언가 보이지 않는 존재들은 그들의 몸을 사정없이 관통하고 지나갔던 것이었다.

일대에는 다시금 싸한 공포가 엄습했다.

위이이잉!

우우우웅!

공포가 지배하는 침묵 속에서 그들 천마대의 머리 위에서는 실체가 보이지 않는 죽음의 소리들이 보다 선명하게 울리고 있었다.

"물러서라."

공포의 침묵 속에서 한 소리 나직한 일성(一聲)이 울렸다.

고대릉이었다.

그가 잠룡단이 아닌 천마대를 향해 하는 명령이었다.

보다 정확하게는 천마대의 허공을 향해서였다.

그런데 다음 순간에 그의 명령은 아무것도 보이지 않는 빈 허공에서 실행이 되고 있었다.

우우우우웅!

위이이이잉!

그것은 순식간에 천마대를 무력화시켜 버린 바로 그 보이지 않는 공포의 존재들이 물러가는 소리였다.

그때 고대릉이 잠룡단의 선두를 향해 고개를 끄덕였다.

그러자 잠룡단의 사방진이 다시 그 특유의 절도있는 발자국 소리로 움직이기 시작했다.

척!

척!

그들이 나아가는 방향에 있던 천마대가 마치 물결이 갈라지듯 황급히 비켜서며 길을 만들고 있었다.

비무대를 향해 거침없이 나아가는 잠룡단의 뒤를 따라 천하맹의 군웅들이 군집하고 있었다.

지금 군웅들을 움직이게 하는 것은 잠룡단의 위용이라기보다는, 잠룡단과 함께 하고 있는 무황의 힘이라고 할 수 있을 것이었다.

물론 천하맹의 군웅들은 위지천의 반역에 관한 사실과 그로 인해 무황이 무공을 상실하였다는 사실을 알고 있었다.

그리고 내내 온화한 미소를 띠고 있지만, 무황의 안색과 행색에서 절로 비치는 초췌함에서 그가 정말로 무공을 잃었음을 실감할 수 있었다.

그러나 그럼에도 불구하고 무황은 무황이었다.

무황이라는 존재감이 다만 지난 이십 년간 천하제일인으로 공인된 그의 무공에서만 비롯된 것은 결코 아닌 것이다.

무림천하에서 무황이 진정 무황이었던 까닭은 그가 천하 정도의 무인들에게 두루 받았던 존경과 지지, 그리고 나아가 마도까지도 폭넓게 포용하려 했던 그의 대인다운 포용력에 있었다고 해야 할 것이었다.

그렇기에 그가 이십 년 전 천마궁주와의 대결에서 비겁한 합공으로 승리를 취했다는 비사가 알려진 이후 무림인들의 비난을 면치 못했음에도 불구하고, 지금 천하맹의 위기 상황에서 무공마저 상실한 채 다만 그 모습을 나타낸 것만으로도 단번에 군웅들의 구심점으로 되고 마는 것이 아니겠는가.

지금 무황이 천하맹 군웅들의 구심점이 되고 있다는 의미는, 이제까지 천마궁의 치밀하게 준비된 압박에 속수무책으로 밀릴 수밖에는 전혀 다른 도리가 없었던 천하맹의 군웅들이 다시금 천마궁에 대항해 볼 투지와 희망을 가지게 되었다는 의미가 되는 것이었다.

"와아아아아!"

잠룡단의 뒤를 따라 결집한 천하맹의 군웅들이 호기롭게 외치는 함성 소리가 천야평에 가득 울려 퍼지고 있었다.

그런 속에서 무황은 천천히 비무대 위로 올랐다.

그의 좌우에서는 여전히 석여령과 독고자강이 부축을 하였고, 그 뒤로는 고대륭과 허종, 그리고 악청과 흑요가 따랐다.

나머지 잠룡단과 호천단의 무인들은 비무대 아래에서 포진하며 천하맹 진영의 선봉이 되어서는 천마궁의 진영과 대치하는 형세를 취하였다.

"어서 오시오. 허허허! 이제야 모든 것이 제자리를 찾은 듯하구려."

마치 익숙한 지기(知己)라도 맞이하는 듯, 마로가 담담한 미소로 입을 열었다.

그에 대해 무황 역시 온화한 미소를 떠올리며 가볍게 고개를 끄덕여 보였다.

그때 천마이십팔숙은 천천히 천하맹 수뇌들에 대한 포위망을 푼 다음에 천마오로의 뒤쪽으로 돌아가 새로이 대형을 이루며 도열하고 있었다.

아울러 포위에서 풀린 구파일방과 오대세가의 지존들 역시 잰걸음으로 무황을 향해 모여들었다.

각파 지존들은 무황을 향해 가벼운 목례로서 예를 표했다.

그런 그들의 표정들에는 제각기의 복잡한 의미들이 서려 있었다.

그러나 그들에게서 공통적으로 느낄 수 있는 것 하나는 바로 안도의 기색이었다.

어떠한 타개책도 보이지 않는 암울한 위기 중에서 문득 한가닥 빛을 발견한 것처럼 그들은 지금 안도하고 있는 것이다.

무황은 여전히 온화한 미소로서 그들의 예(禮)와 그 의미들을 받아들였다.

각파 지존들은 이어 자연스럽게 무황의 뒤로 가서 제각기 위치를 잡았다.

비무대 위의 상황들이 새로이 정리되고 있는 속에서도 공손무랑과 공손도중, 그리고 천강만은 예외였다.

공손무랑은 당황과 곤혹스러운 기색이 역력한 채 어정쩡하게 원래의 자리를 지키고 서 있었다.

공손도중은 다소 멍한 눈빛으로 내내 고대릉과 석여령에게서 눈길을 돌리지 못하고 있었다.

다만 공손도중의 곁에 선 천강만이 그 특유의 무심하면서도 천하에 거칠 것이 없는 광오한 기도로 우뚝 버티고 서 있었다.

한순간 공손도중의 눈빛에서 엷은 혈광이 스쳤다.

그리고 그제야 그의 시선은 고대릉 등에게서 벗어나 무황에게로 향했다.

무황의 기도는 이전과 비교할 수 없이 약해져 있었다.

한때 천하에서 가장 거대한 존재였던 무황은 지금 다만 초췌하고 유약한 몸을 지닌 노인일·뿐이었다.

그러나 공손도중은 금방 팽팽하게 긴장하였다.

유약한 모습 중에도 무황이 은은하게 풍겨내는 한가닥 무형의 위엄이 공손도중의 본능으로 하여금 저절로 긴장을 하도록 만들고 있었던 것이다.

공손도중은 무황에게서 과거의 그 거대하고도 사람을 압도하는 무거운 기도를 느낄 수는 없었지만, 대신에 마치 무황의 전신에 보이지 않는 한 무리의 엷은 후광이 둘러진 것 같은 장중함을 느껴야만 했다.

그것은 비록 단지 실체도 없는 한가닥의 느낌에 불과하였지만, 공손도중은 지금 자신도 모르게 그 느낌에 압도당하고 있는 중이었다.

그때 무황의 부드러운 눈길이 공손도중에게로 향하였다.

그 눈길을 접한 공손도중과 공손무랑이 동시에 흠칫하는 표정이 되고 말았다.

무황의 눈은 가만히 웃고 있었다.

그 조용한 웃음은 마치 무황이 그들 조손(祖孫)이 지금까지 벌인 일들은 물론, 그 일들의 모든 전후 사정까지를 모두 다 짐작하고 있다는 의미로 와 닿는 것이었다.

"양측의 은원과 향후 천하의 향방을 놓고라도 일전은 피할 수 없겠는데… 어떤 방법이 좋겠소?"

마로의 음성은 비록 나직하였으나 뭐라 형언하기 어려운 기이한 힘이 실려 있어서 은은히 주변 공간을 울리는 것이었다.

공손도중 조손에게 향해 있던 무황의 시선이 다시금 마로에게로 향했다.

그제야 공손도중은 자신이 일시나마 무황의 위엄에 압도당하고 있었다는 사실을 자각할 수 있었다.

아울러 마로를 위시한 주변의 누구도 이제는 자신을 크게 의식하지 않고 있다는 것을 새삼 깨닫고는 와락 표정을 일그러뜨리고 말았다.

이미 상황은 진작부터 무황과 마로에 의해 주도되고 있는 중이었다.

뒤쪽에 선 각파 지존들을 천천히 돌아보고 난 다음에 무황은 마치 지나가는 말처럼 가벼운 웃음으로 마로의 말에 대답하였다.

"허허허! 기왕에 양측이 합의하여 천하영웅대회를 열었으니, 영웅대회답게 양측 대표자 간의 한판 승부로 모든 것을 결정짓는 것은 어떻겠소?"

마로가 일시 이채롭다는 표정을 지었다.

그리고 그는 마치 음미하기라도 하듯 천천히 무황의 말을 되짚었다.

"대표자 간의 한판 승부로 모든 것을 결정짓는다……?"

무황이 웃는 얼굴로 다시 말했다.

"그렇소. 한판의 승부로 향후 천하패권의 향방을 결정함은 물론, 정마양도(正魔兩道)가 지금껏 가져왔던 모든 갈등과 혼란, 그리고 은원까지도 말끔히 씻어버리는 것이오."

마로가 묘한 미소를 지으며 되물었다.

"건곤일척의 승부로 모든 것을 결정하자는 소리를 듣고 보니 이십 년 전의 일을 새삼 떠올리지 않을 수가 없구려. 흐흐흐! 혹시 귀하는 지금 또다시 예전과 같은 음모를 베풀려 하는 것은 아니오?"

이십 년 전의 일을 꺼내어 무황의 당시 행위를 비난하고 질책하는 말이었다.

무황이 정색을 하며 나직한 어조로 답했다.

"지난날의 그 일에 대해 노부는 그간 내내 부끄러움을 느껴왔었소. 그 전후의 사정이야 어찌 되었든 간에 노부는 그때의 일에 대해 변명할 생각은 조금도 없소. 다만 지금은 천하를 논하는 자리이니, 우선 이 자리의 일을 마무리하는 것이 우선일 것이오. 그런 다음이라면 노부는 귀측의 어떠한 추궁에 대해서도 피하지 않을 것임을 약속하겠소."

무황이 너무도 순순히 자신의 치부를 시인한 때문인지, 마로의 눈빛으로 다시금 한가닥의 이채가 스쳤다.

잠시의 침묵이 있고 난 다음에 마로가 짐짓 은근한 표정으로 다시 입을 열었다.

"그런데 지금의 상황에서 그 제안에 따라서 귀측의 경우는 이득을 볼지 몰라도, 본 궁의 경우에는 얻을 이득이 크게 있을 것 같지가 않소만?"

비록 무황과 잠룡단의 가세로 인해 일시 반전이 있었다고는 하지만, 전체적인 전력 면에서는 여전히 천마궁 측이 우세하다는 점을 은근히 과시하는 말이었다.

사실 양측의 절대고수급들은 지금 비무대 위에 다 모여 있다고 할 수 있는데, 그 단순한 비교에서만 보더라도 천마궁 측이 절대적으로 우세하였다.

천마오로와 천마사위를 포함하는 천마이십팔숙은 구파일방과 오대세가의 지존들로는 감히 상대하기 어려운 존재들이었다.

그것은 설사 무황이 무공을 상실하지 않았다고 하더라도 크게 다르지는 않을 것이었다.

그때 무황이 가볍게 소리 내어 웃으며 말을 받았다.

"허허허! 천하 정마의 군웅들이 다 모인 자리에서 공식적으로 진정한 천하제일인을 가리고, 아울러 그가 속한 곳에서 향후의 무림천하의 패권을 가진다는 것을 공인하자는 것이오. 그러니 천하제일인이 정에서 나오든 마에서 나오든, 일단 승부가 갈린 다음에는 그 누구도, 그리고 어떤 명분으로도 그 결과를 뒤집을 수가 없게 되는 것이오. 뿐만 아니라, 이후로도 정마양도는 패권을 놓고 피를 흘릴 일이 없게 될 것이니 그야말로 무림 유사 이래 지금껏 존재하지 않았던 진정한 무림천하의 패자가 탄생하는 것이 아니겠소? 만약 귀측에서 진정한 의미에서의 천하패권을 바라고 있다면, 그리고 이 한판의 승부에 대해 자신이 없는 것이 아니라면, 어찌 노부의 그 같은 제안으로 얻는 이득이 없다고 할 수 있겠소?"

마로는 뒤쪽의 천지현황(天地玄黃) 사로(四老)의 기색을 천천히 읽었다.

그러나 그들 사로는 이미 마로의 결정에 모든 것을 맡기기로 하였다는 듯 별다른 표정을 나타내지 않고 있었다.

잠시 후, 마로가 한결 가벼워진 얼굴로 무황을 향해 말했다.

"들리는 풍문에 의하면 귀하는 이미 무공을 상실하였다고 하던데, 노부가 보기에 그것은 다만 풍문에 지나지 않는 것 같소. 하면 천하맹을 대표할 고수가 바로 귀하인 것은 아니오?"

마로의 어조는 가벼웠으나, 기실 그의 이 질문은 무황이 어떤 대답을 내놓느냐를 보고서 최종 결정을 내리려는 그의 마지막 신중함일지도 몰랐다.

그리고 그들 두 사람의 동향 하나하나에 온 신경을 집중하고 있는 비무대 위의 인물들과 주변 가까이의 군웅들에게도 역시 가장 커다란 관심사이자 또 어떤 이들에게는 열렬한 기대가 되는 사항이기도 했다.

무황이 잠시 담담한 시선으로 마로를 응시하고 있다가 문득 빙그레 웃음을 띠며 천천히 대답했다.

"노부의 신상에 대해 그처럼 관심을 가져주니 고맙소. 허허허! 그러나 무공이 온전하고 안 하고 하는 문제를 떠나서 노부가 무슨 염치로 천하의 패권을 다투는 일에 다시 나설 수 있겠소?"

무황이 잠시 말을 멈추었다가 단호한 목소리로 짧게 덧붙였다.

"노부는 결코 아니오."

마로가 잠시 짙은 이채를 떠올리며 다시 물었다.

"귀하가 아니라면, 과연 누가 천하맹의 대표로 나설 것이오?"

무황이 가볍게 고개를 저었다.

"그에 대해서는 이제부터 여기 각파의 지존들께서 결정을 하여야 하는 사항이오. 하니 귀측 역시 대표자를 선정하도록 하시오. 어떻소? 일각의 시간이면 각기 대표자를 선정하기에 그다지 부족하지는 않을 듯한데……?"

무황이 마로의 동의를 미리 전제해 버리면서 일각의 시간을 제시하는 데도 마로에게서는 딱히 거부감이라든지 망설임 등의 부정적인 기색은 별로 보이지를 않았다.

오히려 그는 느긋한 표정이어서, 이미 어떤 복안을 머릿속에 정리해 둔 듯도 보이는 것이었다.

잠시 후 마로가 천천히 고개를 끄덕이며 말했다.

"좋소. 그렇게 하도록 합시다. 그러나……."

일시 말을 멈춘 마로의 표정으로 한가닥 미묘하게 보이는 흐릿한 미소가 번지는 것을 보고서 무황의 미간이 미미하게 좁혀졌다.

그때 마로는 공손도중 쪽을 향해 설핏 한가닥의 의미심장한 눈길을 주고 나서 말을 이었다.

"만약 양측에서 선정한 대표자 이외에 또 다른 임의의 도전자가 나선다거나 혹은 누군가 이러한 방법 자체에 이의를 제기한다면, 그에게도 또한 기회를 주어야만 할 것이오. 무림천하가 공히 인정하는 천하패자를 가리기 위한 자리인만큼, 누구에게라도 기회는 주어져야 하는 것이 맞지 않겠소?"

무황의 얼굴이 문득 정색으로 되었다.

"그 말은 혹시 귀측에서 다른 이의가 제기될 수도 있다는 것을 의미하는 것이오?"

마로가 빙그레 웃으며 고개를 가로저었다.

"그렇지는 않소. 노부가 일단 귀하의 제안에 동의를 한 이상, 본 궁의 제자들 중에서 이의를 제기하는 일은 결코 없을 것이오. 그러나 이일은 말 그대로 천하의 패권을 결정하는 일이니, 본 궁에서 이의를 제기하지 않는다고 해서 다른 어떤 이의도 없을 것이라고 미리 단정할수는 없는 일이 아니겠소?"

마로의 얼굴에서 한가닥의 미소가 더욱 짙어지는 것을 보고 무황은 속으로 나직한 침음성을 삼켰다.

'으음!'

그리고 설핏 공손무량과 공손도중에게로 향하는 무황의 눈빛에 일시 짙은 우려가 스치고 지나갔다.

비무대 아래의 한쪽 차양막 안에 무황과 각파 지존들이 모여 있었다.

다분히 어색한 자리였고, 또한 각파 지존들의 입장에서 지금의 상황은 자신들의 의지와는 사실상 무관하게 흘러가고 있는 중이었다.

그러나 급박하게 흐르는 상황에 대해 그들 중 누구도 거스를 수 없었고, 그들이 취할 수 있는 최선의 방책은 무황을 중심으로 그들이 가진 모든 역량을 모으는 일 외에는 달리 없었다.

마치 이십 년 전 정마대전 당시의 상황처럼 말이다.

그들은 지금 자신들의 운명을 걸 인물 하나를 선정해야 할 입장이었다.

시간은 무심하게 흘러 주어진 일각의 시간은 거의 다 소진되고 있었다.

그러나 누구도 쉽사리 입을 열지 못하고 있었다.

정상적인 상황이었다면 그들은 각자 소속된 방파의 이해득실들을 면밀히 따져야만 했을 것이었다.

선정되는 인물이 자파에 어떤 이익을 가져다줄 것인가?

또한 자파는 향후 그 인물에게 얼마만큼의 영향력을 미칠 수 있을 것인가?

그러나 지금 그런 것들이 다 무슨 소용이 있다는 말인가.

선정의 유일한 조건은 그가 얼마나 강한 인물인가 하는 것일 수밖에 없었다.

다른 그 어떤 조건들도 일단은 승부에서 이기고 난 다음에야 다시 생각해 볼 수 있을 것이었다.

이 한판의 승부에 모든 것이 걸린 것이다.

진다면 어느 문파가 아니라, 정파 전체의 몰락을 각오해야만 하는 상황인 것이다.

'누가 정파의 최강자인가?'

일각의 시간이 거의 다 찼을 때, 각파 지존들의 시선은 결국 무황에게로 모아졌다.

지금의 이 상황 자체가 무황의 의도에 의해 만들어진 것이라고 한다면, 그에게는 또한 어떤 복안까지도 있어야 할 것이 아닌가 하는 무언의 기대와 항의마저도 엿보이는 그런 눈길들이었다.

무황의 시선이 한쪽에 서 있는 독고자강에게로 향했다.

잠시 깊숙한 시선으로 독고자강을 응시하던 무황의 시선은 다시 그 옆으로 옮겨갔다.

그곳에는 석여령과 나란히 서 있는 고대릉이 있었다.

석여령을 거쳐 고대릉에게 이른 무황의 눈빛이 문득 온화하게 변했다.

"만약 노부에게 한 사람을 추천하라고 한다면, 노부는 저기 고대릉을 추천하겠소."

무황의 그 한마디에 주변의 공기마저 움찔 놀라고 마는 듯했다.

아마도 모두의 경악이 그런 느낌으로 나타난 것이리라.

무적공자 고대릉.

그는 어느 사이에 무림의 한 축으로 자리 잡고 있는 잠룡단의 젊은 단주였다.

그러나 고대릉이 아무리 무림의 신성으로서 그 이름을 떨치고 있다고는 하나, 지금 이 자리에서 그 이름이 거명될 것이라고는 각파 지존들 중 그 누구도 예측하지 못한 일이었다.

하지만 그럼에도 불구하고 그들 중 누구도 감히 입을 열어 이의를 제기하지는 못하였다.

그 이름을 말한 사람이, 그리고 그 이름의 주인이 정파 최강의 무인이라고 공언한 사람이 바로 무황이기 때문이다.

또한 그들 중 누구도 그 이름을 부정하고 나서 대신에 말할 이름을 가지고 있지 않았기 때문이다.

석여령은 곁 눈길로 고대릉의 얼굴을 살폈다.

그런 그녀의 얼굴은 발갛게 상기되어 있었다.

그 빛깔은 조심스러운 염려와 기대, 그리고 자랑스러움이 뒤섞인 엷은 홍조였다.

마침내 일각의 시간이 지났다.

양측의 대표자로 누가 결정되었는지는 아직까지 군웅들에게 공개되지 않았다.

이제 곧 공개될 정과 마의 최강자들이 과연 누구일까를 두고 천야평 일대에는 기대와 긴장으로 잔뜩 응축된 침묵이 잔잔히 흐르고 있었다.

그런데 그때 돌연 두 가닥의 신형이 절정의 경공으로 허공을 솟구치며 비무대 위로 날아오르는 것을 보고 군웅들 사이에서 놀람과 의아함의 웅성거림이 일었다.

그 두 가닥의 신형은 바로 공손도중과 천강이었다.

비무대의 한구석으로 내려선 공손도중이 그곳에 천강을 서 있게 하고 자신은 성큼성큼 큰 걸음으로 비무대의 중앙으로 걸어갔다.

우뚝 서서 사방의 군웅들을 한차례 휘돌아본 공손도중이 일성 웅혼한 사자후를 외쳤다.

"나 공손도중은 정과 마를 떠나, 한 사람의 무인으로서 무황께 묻겠소."

공손도중의 사자후가 사방의 허공을 우렁우렁 울리면서 멀리까지로 퍼져 나갔다.

그것은 아무도 예상하지 못한 돌발적인 행동이었다.

그러나 공손도중의 그러한 행위에 대해 군웅들은 비난하기보다는 금세 그의 공개적인 물음의 내용 자체에 대해 관심을 고조시키는 모습들이었다.

사실 공손도중의 위치와 비중은 지금에 와서 상당히 애매하게 변한 바는 있지만, 여전히 그 누구도 그의 비중에 대해 함부로 평가절하하지 못하는 묘한 상황이라고 할 수 있었다.

공손도중은 비록 마로 등 천마궁의 핵심 수뇌들에게 천마의 종통을 이은 후예로는 인정을 받지 못하고 있었지만, 그렇다고 완전히 부정당하지도 않은 어정쩡한 상황에 처해 있는 중이었다.

마로는 이미 천강에 대해 그가 천마궁주 본인이라고 확인한 바 있었다.

그리고 비록 천마궁의 율법과 내부적인 사정을 들어 지존광휘라는 상징성을 보여주지 않는 한에는 궁주와 천마의 후예로서의 권위를 인정할 수 없다고 하였지만, 그렇다고 천마궁주의 존재와 위상 자체를 아주 부정한 것 또한 결코 아닌 것이다.

그렇다면 천마궁주의 전인이라고 자처하며, 더구나 비록 이지가 흐려져 있는 천마궁주이기는 하나, 그가 절대적으로 따르고 있는 공손도중에 대해서도 역시 완전한 부정을 하고 있는 것은 아니라고 할 수 있었다.

극단적인 경우를 가정하여 만약에 누군가 천마궁주와 공손도중을 명백히 적으로 돌린다면, 그때에 천마궁에서 어떤 반응을 보일지는 아무도 예측하지 못하는 상황인 것이다.

그러한 묘한 사정들을 시인이라도 하듯, 지금 천마궁 측에서는 공손도중의 이 돌발적인 행위에 대해 그저 진전되는 상황의 추이를 지켜보겠다는 듯 어떤 반응도 보이지 않고 있었다.

무황이 묵묵한 기색으로 침묵을 지키고 있자 공손도중이 다시금 물었다.

"무황께서는 진정 무공을 상실한 것이 맞으시오?"

공손도중의 목소리에 여전히 심후하기 이를 데 없는 내력이 실려 있는 것으로 보아, 그는 지금 자신의 말이 군웅들 전체에게 명확히 전달되기를 바라고 있는 것 같았다.

이윽고 무황이 입을 열어 물었다.

"네가 그러한 것을 묻는 이유가 무엇이냐?"

그 말을 받아 공손도중이 무거운 음색으로 대답했다.

"만약 무공을 상실한 것이 아니라면, 소생은 사부님을 대신하여 당신이 과거에 저질렀던 위선에 대해 이 자리에서 단죄를 하려고 하오."

군웅들에게 공손도중의 그 대답은 뜻밖의 것일 수도 있었고, 혹은 이미 예견하고 있던 것일 수도 있었다.

그러나 그 어느 쪽이든, 지금 공손도중이 막상 그 말을 입 밖으로 꺼내자 놀라움을 금치 못하기는 마찬가지였다.

참지 못하고서 내뱉고 마는 탄성과 탄식들이 군웅들 사이에서 잇따라 새어 나오고 있었다.

무황은 잠시 곤혹스러운 표정이 되었으나 이내 무겁게 안색을 굳혔다.

"노부는 무공을 상실하지 않았네."

그 말을 듣는 순간 공손도중의 얼굴에는 의미심장한 한가닥의 미소가 스쳤으나, 그것은 곧 확연한 결의의 표정으로 변연하였다.

"그렇다면 비무대 위로 오르시오. 천하제일인의 명예를 가지신 무황께서 사부의 원한을 갚고자 하는 소생의 청을 거부하지는 않을 것이라 믿습니다."

일시 무황의 표정으로 허허로운 기운이 떠올랐다.

그러나 그는 곧 정색으로 돌아가며 말했다.

"물론 노부는 자네의 복수를 회피할 생각은 조금도 없네. 그러나 이미 말한 바 있지만, 지금은 때가 아닐세. 천하영웅대회가 끝날 때까지만 기다려 주게. 그런 다음이라면 하시(何時)라도 자네의 복수에 응하도록 하겠네."

무황의 말은 진중한 부탁이었지만 공손도중은 곧바로 차갑게 냉소하였다.

"후훗! 그런 사정을 봐드려야 할 이유가 소생에게는 없습니다. 소생에게 절실한 것은 천하의 군웅들이 모두 지켜보는 지금 바로 이 자리에서 당신을 꺾어, 지난 이십여 년간을 억울한 패배자로 살아와야 했던 사부님의 원한을 갚고 그 명예를 회복시켜 드리는 것이오. 만약 당신이 과거의 그 비겁한 행위에 대해 조금이라도 양심의 가책을 느끼고 있다면, 즉시 비무대 위로 오르시오. 흐흐흐! 물론 당신은 과거와 같이 다시금 방수(幇手)를 구할 수도 있을 것이오. 그러나 지금부터 당신에 앞서 비무대에 오르는 자가 있다면, 설혹 그자가 정마양도가 선택한 대표자라고 하더라도, 소생은 다만 소생의 복수를 방해하고자 하는 자로 간주하고 반드시 죽이고 말 것이오."

무황의 안색은 침중하게 변해 있었다.

공손도중이 적나라하게 드러내고 있는 적대감과 살기 때문만은 아니었다.

그보다는 염려했던 상황이 현실로 도래하고 말았다는 데 대한 암울함 때문이었다.

공손도중은 지금 복수를 명분으로 내세우고 있지만, 사실은 그 또한 천하영웅대회에 개입하겠다는 의도를 분명히 드러낸 것이었다.

그리고 그것은 또한 마로가 정마 대표자 간의 대결에 응하면서도 끝내 남겨두었던 한가닥의 여지와 그대로 부합되고 있었다.

공손도중이라는 존재는 그 한 몸에다 복잡하기 이를 데 없는 인과관계를 지니고 있었고, 그 하나하나의 인과관계 중 어느 하나라도 능히 무림천하의 대세에 지대한 영향력을 줄 만한 것들이었다.

우선은 그들 공손 가문이 무림에서 가지는 비중과 영향력 자체만도 결코 무시할 수 없는 것이었다.

그리고 공손도중이 소림과 맺고 있는 사승관계에다, 나아가 지금 천마궁과 얽혀 있는 인과관계들이 모두 다 그렇지 아니한가.

이제 공손도중이 이처럼 전면으로 나선 이상, 그가 지닌 그 각각의 인과관계들이 어떤 형태의 변수들로 작용하게 될지는 아무도 예측할 수 없게 되었다.

어쩌면 결국에는 정과 마가 한바탕 피의 전쟁을 벌여야 하는 상황으로 귀착되고 말지도 모를 일이었다.

그렇게 천하영웅대회는 이제 누구도 그 진전 방향을 예측하기 어려운 쪽으로 치달려가고 있었다.

"다른 사람은 몰라도, 그대만큼은 감히 그런 말을 할 자격이 없을 것이다."

일성(一聲) 낭랑한 목소리가 울렸다.

그리고 사람들은 경악하고 말았다.

비무대 위에 공손도중과 천강 외에 또 한 사람이 서 있다는 것을 문득 발견한 때문이었다.

사 장여의 거리를 두고 공손도중과 마주 서 있는 사람은 바로 고대릉이었다.

그러나 고대릉이 언제, 어떻게 그곳에 서 있게 된 것인지에 대해 아는 사람은 아무도 없었다.

군웅들의 경악 속에 고대릉이 다시 낭랑하게 외쳤다.

"성주께서는 그대에게 당신의 절기를 전수하신 바 있고 또한 강호오공자에 봉해 무황성의 후계를 이을 기회까지 주셨으니, 그대에게는 또 한 분의 사부나 마찬가지라고 할 것이다. 만약 그대가 본래부터 천마궁주만을 진정한 사부로 인정하고 그 사부의 원한을 갚고자 하는 마음이 있었다면, 성주님의 그 같은 배려는 처음부터 받지 않는 것이 도리였을 것이다. 그런데 그 모든 배려들을 다 받고 난 다음에 이제 와서 사부의 원한 운운하는 것은, 그대가 얼마나 위선적이고 기회주의적인 인물이라는 것을 적나라하게 말해주는 것이다."

고대릉의 목소리는 언뜻 평범한 듯하였으나, 군웅들은 금방 그 기이함을 느끼게 되었다.

멀리까지 퍼져 나가는 힘이나 장중한 울림 등이 느껴지지 않아서 어떤 종류의 내력이 실렸다고는 조금도 생각되지 않는 평이한 목소리였다.

그런데도 천야평에 있는 모든 군웅들은 고대릉이 자신들의 바로 옆에서 말을 건네고 있는 듯이, 편안하고도 또렷하게 그 목소리를 들을 수가 있었던 것이다.

"본 공자는 이미 분명하게 경고한 바가 있다. 무황에 앞서 비무대에 오르는 자는 반드시 죽이고 말 것이라고. 너는 죽음이 두렵지 않느냐?"

공손도중의 목소리에는 짐짓 결연한 분노가 담겨 있었다.

고대릉이 담담하게 대답했다.

"나는 기꺼이 그대를 상대해 줄 용의가 있다."

그렇게 상황은 다시 한 번 뜻밖의 방향으로 반전되고 있었다.

그러나 이번에도 역시 그 상황에 간섭하려고 나서는 이는 아무도 없었다.

천마궁 측에서는 여전히 추이를 지켜보려는 의중인 것 같았다.

일단 모양새는 정파 쪽에서 내분이 일어나는 양상이니, 천마궁 측으로서는 그냥 지켜보아서 나쁠 것은 없을 일이었다.

한편 천하맹 측의 지휘부와 군웅들이 한결같이 당혹스럽고도 난감해하는 분위기들인 데 반해 뜻밖으로 무황은 별다른 동요의 기색을 보이지 않고 있었다.

무황은 고대릉이 누구도 알아보지 못하는 사이에 비무대 위에 모습을 나타냈을 때 잠시 놀라는 기색을 보였을 뿐, 이후로 그는 차라리 느긋한 기색이 되어 있었다.

군웅들은 이내 새로운 측면에서의 긴장과 흥분으로 빠져드는 모습들이었다.

이제부터 영웅대회의 전체적인 흐름이 어떤 방향으로 흘러갈지, 그리고 그 결과로 무림천하의 운명이 어떻게 결정될 것인지에 대한 것은 일단 나중의 일이었다.

지금 당장 군웅들의 온 신경을 집중시키게 하며 격한 흥분으로 빠져들게 하고 있는 것은 바로 비무대 위에 마주 선 두 젊은 기재들의 한판 승부였다.

그들 두 젊은이들은 당금 천하에서 가장 주목을 받고 있는 기린아들이라 할 수 있었다.

공손도중은 이미 절대강자로 인정받고 있었다.

공개적인 승부를 통해 이대무존의 한 사람인 위지천을 패배시켰으니, 그의 무공이 어떤 경지에 달해 있는지에 대해서 더 이상의 평가가 필요하지는 않을 일이었다.

한편 상대적으로 고대릉의 경우에는, 그 무위가 실제로 어느 정도인지에 대해 평가할 수 있는 사람은 그다지 많지 않았다.

다만 무적공자의 이름은 널리 알려져 있었고, 더욱이 잠룡단주로서의 그의 명성은 이미 천하를 위진시키고 있는 중이었다.

그리고 군웅들 중의 몇몇은 지금 무황의 담담한 표정에서 고대릉의 무위에 대한 또 다른 추측을 하고 있는 중이었다.

그때 고대릉은 귓전으로 한가닥의 전음을 듣고 있었다.

"놈! 명이 질기구나. 흐흐흐! 하지만 네놈은 이제 곧 내 앞에 다시 나타난 것을 뼈저리게 후회하게 될 것이다. 이번에야말로 천하의 군웅들이 지켜보는 자리에서 가장 굴욕적이고도 비참한 죽음을 네게 안겨 줄 테니까."

공손도중의 전음에는 물씬한 살의(殺意)와 함께 거만한 자신감이 짙게 녹아 있었다.

사실 고대룡의 무공이 어떤 경지에 도달해 있는지 가장 정확하게 읽은 인물은 바로 공손도중이라고 할 수 있었다.

바로 일전에 절고봉(絶高峰) 정상에서 고대룡은 천강과 거의 호각지세를 이룰 정도로 놀라운 무공을 보여주지 않았던가.

그러나 지금 공손도중의 무공 경지는 그때와는 또 달랐다.

그의 통천제령심공은 이제 십이성의 완전한 화후에 도달해 있었다.

그에 따라 그는 천강과 내력의 완전한 공유를 이루어냈다.

다시 말하면 지금 천하에서, 아니, 고금을 통틀어 가장 강력한 내력을 보유한 사람은 바로 공손도중이었다.

고금 최강의 내력을 지닌 천강의 내력에다 본래 자신의 내력을 합한 것이 바로 현재의 공손도중의 내력 경지인 것이다.

거기에다 천강과 다르게 그는 여전히 누구보다도 영활한 이지를 지니고 있는 상태였다.

적어도 그 스스로 생각하기에는 그러했다.

그런 점에서 그는 이미 천강의 위력을 초월하였고, 그럼으로써 지금의 그는 그야말로 명실상부한 고금제일인(古今第一人)인 것이다.

그것은 마력(魔力)이었다.

공손도중의 내부에는 지금 스스로도 주체할 수 없는 광기와도 같은 살의가 치솟고 있었다.

또한 그 살의에 동반하여 그 한계를 추측조차 할 수 없는 무한대의 힘이 폭발적으로 생겨나고 있었다.

그 힘이란, 당장에 쓰지 못하면 스스로의 육신마저 폭발시키고 말지도 모를 정도의 미증유의 힘이었다.

그것은 또한 마성(魔性)이었다.

통천제령심공이 십이성의 경지에 도달해 더 이상 나아갈 곳이 없어졌다는 사실을 깨닫는 그 순간부터, 공손도중은 비로소 그것이 바로 마성이라는 사실을 스스로 인정할 수밖에 없었다.

정통무공에서 십이성의 완전한 경지라는 것은 사실상 다만 상징적일 뿐, 실재하는 경지는 아니었다.

무공의 경지가 더 이상 나아갈 곳이 없다는 것은 완성이 아니라 곧 모순인 까닭이다.

공손도중은 지금 바로 그 모순에 처해 있었다.

공손도중은 한순간 고대롱에 대해 솟구쳐 오르는 극렬한 살의를 더 이상 통제할 수가 없게 되었다.

"죽어라!"

공손도중의 공격은 그 한마디의 처절하고도 야멸찬 부르짖음으로부터 시작되었다.

그 짧고도 날카로운 외침 속에 담겨 있는 지독한 증오와 살의는 근처의 군웅들에게 한가닥의 기이하고도 음습한 공포심을 불러일으키는 것이었다.

천하맹의 군웅들은 위지천과의 승부에서 발휘된 공손도중의 놀라운 무공을 이미 견식한 바 있었다.

그러나 지금 그들의 눈앞에 펼쳐지는 공손도중의 무공은 새삼 놀라운 바가 있었다.

소림의 무공이 화려하게 쏟아져 나오는 것은 물론, 공손가와 무황의 무공까지 당대의 절기라도 할 수 있는 무공들이 폭포수처럼 쏟아져 나오고 있었다.

고오오오!

우우우웅!

공손도중의 일수 일수에 비무대 주변의 기류가 마치 폭풍이라도 만난 듯 마구 소용돌이치고 있었다.

허공에 번뜩이느니 온통 공손도중의 그림자뿐이었다.

"아아! 저것은 결코 사람의 능력이 아니다. 무신(武神)의 현신이다."

군웅들 중에서 누군가는 자신도 모르게 그렇게 뇌까리고 있었다.

고대룡은 석상과도 같이 한자리에 못 박혀 있었다.

심지어 그는 공손도중의 그 엄청나며 폭발적인 공세에 질려 수세를 취할 엄두조차도 내지 못하는 듯 보였다.

승부가 시작되자마자, 두 사람 간의 우열은 너무나 극명하게 나타나고 있었다.

그러나 사람들은 이내 뭔가 이상하다는 것을 깨달아야만 했다.

그들의 눈으로 보이는 것 외에, 기실은 뭔가 다른 어떤 요인이 비무대 위의 형세를 지배하고 있다는 것을 금방 깨닫게 된 것이다.

분명히 전세를 압도적으로 장악하고 있는 것은 공손도중인데, 이상하게도 실질적으로 승부를 이끌어가는 여유는 오히려 고대룡에게서 찾아볼 수 있었던 것이다.

한참이 지난 다음에야 거우 느끼게 된 것이지만, 공손도중은 마치 하나의 보이지 않는 공간에 갇힌 듯하였다.

그 공간은 처음에 군웅들이 느끼지 못할 만큼 컸었는데, 점차로 좁혀들어 마침내는 하나의 조롱처럼 작아져 버린 듯했다.

그리고 그 안에 들어 있는 공손도중은 마치 조롱 안에 갇힌 새의 처지가 되어 있는 듯 보이는 것이었다.

와르르릉!

쿠우우웅!

공손도중의 주변에서는 쉴 새 없이 거대한 기의 충돌음이 터져 나오고 있었다.

그러나 그 소리들은 뜻밖으로 그다지 격렬하거나 긴박하게 들리지는 않고 있었다.

아무리 발버둥을 쳐도 도저히 빠져나올 수 없는, 더욱이 영문을 알 수도 없는 어떤 제한된 공간에 갇혀 있다는 사실은 공손도중에게 극도의 답답함과 초조함을 느끼게 했다.

그리고 종래에 그것은 주체할 수 없는 극렬한 분노로 화했다.

"크으으!"

그것은 마치 야수가 으르렁거리는 듯한 기이한 공포를 불러일으키는 괴성(怪聲)이었다.

그리고 마침내는 포악하기 이를 데 없는 한가닥 긴 포효성이 터져 나오고야 말았다.

"끄아아아아악!"

그 끔찍한 포효성이 공손도중으로부터 나왔다고는 자신들의 두 눈으로 직접 목격하고 있으면서도 군웅들로서는 도저히 믿기가 힘든 광경이었다.

그 같은 광경이 경악스럽기는 공손무량도 결코 예외는 아니었다.

공손무량은 지금 자신이 여태껏 완전무결하다고 자부해 왔던 통천제령심공의 치명적인 부작용을 직접 목격하고 있었다.

한순간 방금 공손도중의 괴성보다도 더욱 처절하도록 끔찍한 긴 포효성이 터져 나왔다.

"끼아아아아악!"

천강이었다.

동시에 군웅들의 경악에 가득 찬 시선들은 일제히 비무대 위의 허공으로 향했다.

천강은 어느 사이엔가 고대릉의 머리 위 허공에 떠 있었다.

그리고 뇌전이 내리꽂히듯 그대로 고대릉을 향해 덮쳐 내리고 있는 중이었다.

쿠우우웅!

거대한 폭음과 함께 방금까지 고대릉이 서 있던 곳이 벼락을 맞은 듯이 산산이 부서져 나가며 자잘한 나무 파편들과 흙먼지로 이루어진 뿌연 구름의 소용돌이가 거세게 허공으로 솟구쳐 올랐다.

콰아아아!

날카로운 기파가 포함된 그 엄청난 여파에 비무대 가까이에 있던 군웅들이 대경하여 사방으로 신형을 피했다.

천강이 공손도중과 고대릉 간의 승부에 개입하는 것을 우려 섞인 눈길로 지켜보고 있던 모전동이 마로를 향해 조심스럽게 말을 건넸다.

"궁주님을 저대로 두실 겁니까? 따로 모실 방도를 찾아야 하지 않겠습니까?"

그러나 마로에게서는 냉담한 반응이 돌아왔다.

"함부로 나서지 말고 자중하고 있으라."

"대장로님?"

모전동이 마로를 향해 약간의 의혹이 담긴 반문을 하였지만, 마로는 더욱 단호하게 말을 끊었다.

"그는 이제 궁주가 아니다. 다만 궁주의 껍데기를 쓰고 있을 뿐, 그 본질은 공손가의 저 어린아이에게 매어 있는 한낱 강시에 지나지 않는다는 것을 모두가 직접 확인하지 않았느냐?"

"아무리 그렇다 하더라도……?"

마로의 눈빛에서 일시 차가운 위엄이 폭사되었다.

"너는 지금 감히 노부의 말에 토를 달겠다는 것이냐? 노부가 이미 분명히 말한 바 있거니와, 설혹 그가 아직까지 약간의 이지를 지니고 있다 하더라도 궁도들에게 지존광휘를 보이지 못하는 이상, 그는 결코 본 궁의 궁주가 될 수 없다. 이는 곧 천마의 율법이니, 너는 이에 대해 더 이상의 말을 보태려 하지 말라."

공손도중과 천강, 곧 천마궁주를 함께 맞아 상대하고 있는 고대릉의 모습은 광풍 앞에 흔들리는 등불처럼 위태롭기 짝이 없어 보였다.

그러나 막상 고대릉의 표정을 세세히 살피고 있는 사람이라면, 지금 그의 표정이 의외로 안정되어 있다는 것을 알 것이다.

담담하였다.

마치 자신이 지금 이 공전절후의 대결에 임해 있는 것이 아니라, 마치 제삼자가 되어 참관을 하고 있다는 듯한 느긋한 여유마저 감도는 그런 표정이었다.

흑요의 전신에서는 내내 잔뜩 움츠린 긴장이 팽팽하게 감돌고 있었다.

그러나 그럼에도 불구하고 그녀 역시 아직까지는 한가닥의 여유를 가지고 있음이 분명했다.

만약 그렇지 않았다면 그녀는 지금의 이 상황을 결코 견딜 수가 없었을 것이었다.

그녀가 촉박한 긴장 중에서도 제자리를 굳건히 지키고 있는 것은 바로 위태로운 상황 중에도 고대릉이 시종 유지하고 있는 한가닥의 허허로움을 보고 있는 까닭이었다.

그랬다.

그것은 허허로움이었고, 곧 여유였다.

고대릉은 두 개세고수의 일방적인 공세 속에서 마치 한가닥 태풍 속에 흔들리는 갈대와 같았으나, 결코 힘없이 이리저리 흔들리는 갈대는 아니었다.

흑요가 냉철히 지켜보고 있는 고대릉의 모습은, 자신을 중심으로 몰아치고 있는 거대한 기의 태풍과는 전혀 무관하게 외따로 서 있는 초월적인 존재였다.

심지어 그는 아직 허리에 매고 있는 천중검조차도 뽑지 않고 있었다.

공손도중과 천강은 이제 완전히 동화가 된 듯하였다.

그들이 부르짖는 포효성마저도 거의 닮아 있었다.

"크아아아악!"

"키아아아악!"

한순간 그들의 신형이 동시에 고대릉을 향해 전력으로 쏘아갔다.

벼락같이 쏘아지는 그들의 신형은 거대무비의 엄청난 힘의 폭풍을 동반하였다.

콰우우우우우!

그때 고대룽은 천천히 천중검을 뽑아 들고 있었다.

그의 검이 느릿하게 앞을 향해 겨누어지자 일시 검의 지향 방향을 따라 눈에 보이지 않는 어떤 항거 불능의 힘이 뻗어나가는 듯했다.

그 항거 불능의 힘은 은은한 벽력성을 동반하며 공손도중과 천강이 일으켜 내고 있는 기의 폭풍에 대해 정면으로 부딪쳐 갔다.

우르르르르릉!

그런데 고대룽의 검에서 비롯된 무형의 힘의 장(場)이 마침내 공손도중과 천강이 일으킨 힘의 폭풍과 정면으로 격돌하려는 찰나, 멀리서 휘황하게 빛나는 한줄기의 빛살이 비무대를 향해 더할 수 없이 쾌속하게 쏘아오는 것이었다.

동시에 벽력같은 한마디의 호통이 허공을 가르며 전해져 왔다.

"멈춰라!"

그러나 그 순간 세 사람의 개세고수가 전력을 다해 일으켜 낸 거대한 힘들은 이미 격돌을 하고 있는 중이었다.

쿠콰콰콰콰쾅!

천번지복의 굉음이 천지를 울렸다.

가히 무림사에 전무후무하다고 해야 할 엄청난 대격돌이었다.

비무대는 산산이 부서져 이제 그 형체조차 남지 않았다.

군웅들은 이미 격돌의 여파에서 멀리 피해 있었지만, 그래도 전열(前列)에 있던 일부의 군웅들은 고막을 파고드는 엄청난 기파에 아예 귀를 틀어막아야만 했다.

주변 일대의 하늘을 온통 뒤덮은 뿌연 흙먼지는 잠시간이 지나고 나서야 서서히 걷혔다.

그리고 그제야 군웅들 사이에서는 억눌러 놓았던 탄성과 탄식들이 새어 나오고 있었다.

"아아!"

"오오!"

고대륭은 여전히 그 자리에 우뚝 버티고 있었고, 오 장여나 떨어진 곳에는 공손도중과 천강이 서로의 어깨를 맞닿을 듯 가까이 근접시킨 채 서 있었다.

그런 공손도중과 천강의 모습에서는 격돌 전의 흉포하던 모습과는 달리 다소간의 경계심과 함께 사뭇 진정된 기세를 느낄 수 있었다.

그리고 바로 그때, 허공 위에서는 한 사람의 신형이 천천히 고대륭의 곁으로 내려서고 있었다.

"대륭 아우!"

그는 바로 화인영이었다.

"인영 형님!"

화인영을 맞는 고대륭의 모습은 조금의 가감도 없는 반가움 그 자체였다.

모습을 드러내는 순간부터 사뭇 결연한 표정이던 화인영이었지만, 자신을 반기는 고대륭의 진정 어린 모습을 보고는 일시 미미한 미소를 떠올렸다.

그러나 이내 얼굴을 정색으로 되돌린 화인영이 무거운 목소리로 말했다.

"나에게 한 가지 양보를 좀 해줄 것이 있네."

고대륭이 밝은 미소로 답했다.

"형님께 제가 양보할 것이 무엇이 있겠습니까? 제가 할 수 있는 일이라면 무엇이든 당연히 할 것입니다."

조금도 망설이거나 주저함도 없이 내놓는 그 대답에 화인영이 자신도 모르게 다시금 따뜻한 눈빛이 되었다.

그러나 그는 다시 정색이 되었다.

"저분… 천마궁주의 일을 이 우형에게 맡겨주게."

그 말에 대해 고대릉은 당장에 곤란해하는 기색이 되고 말았다.

"하지만……."

천마궁주의 무위가 어떠하다는 것은 이 자리에서 고대릉 그가 가장 잘 안다고 할 수 있었고, 또한 그가 직접 겪어본 천마궁주의 무위란 것은 결코 화인영이 감당할 만한 것이 아닌 것이었다.

그러나 화인영은 단호하게 말을 잘랐다.

"아우가 진정 나를 형으로 생각한다면, 꼭 그렇게 해주게."

화인영의 말과 표정에는 결코 꺾을 수 없는 단단한 결의와 비장함마저 서려 있었다.

고대릉은 다른 말을 묻는 대신에 깊숙한 눈길로 가만히 화인영을 바라보았다.

화인영이 또한 고대릉의 눈빛을 마주 받고 있다가, 이윽고는 가만히 한숨을 내쉬며 탄식하듯 나직하게 말을 뱉었다.

"비록 나의 의사와는 무관하게 일어난 일이었기는 하나, 어린 시절 저분은 내게 너무도 커다란 은혜를 베풀어주셨네. 단 일초(一招)의 무공을 가르침받아도 그 은혜를 가벼이 여기지 않아야 하는 것이 무인 된 자의 도리가 아니던가? 하면 저분께서 내게 베풀어주신 은혜를 생각한다면 저분은 내게 사부나 다름없는 분일세."

그 대목에서 고대룽은 어쩔 수 없이 짧은 경호성을 흘리고 말았다.

"으음!"

고대룽의 놀라는 모습에 관계없이, 화인영은 무겁고도 결의에 가득 찬 표정으로 말을 이었다.

"저분께서 지금 어떤 지경에 처해 있는지에 대해서는 아우도 잘 알고 있을 터, 내가 저분의 은혜를 갚는 유일한 길은 다른 사람이 아닌 바로 내 손으로 저분에게 영면의 안식을 찾게 해드리는 일일 것이네. 그로 인해 누구에게 그 어떤 비난을 받게 된다고 해도 말일세."

고대룽이 묵묵히 짧은 생각에 잠겼다가 문득 가만히 고개를 끄덕였다.

"형님께 그런 사정이 있다면 그렇게 하십시오."

화인영이 담담하게 미소를 떠올렸다.

"고맙네!"

고대룽이 마주 미소를 떠올리며 말했다.

"그리고 아무도 형님을 비난하지는 못할 것입니다."

담담하게 하는 말이었지만, 그 말속에서 화인영은 다시금 고대룽이 자신에 대해 보이는 진정을 느낄 수 있었다.

화인영이 잠시 묵묵한 눈길로 고대룽을 바라보고 있다가 천천히 몸을 돌렸다.

그리고 천강을 향해 걸음을 옮겨갔다.

"크으으!"

뭔가 이질적인 기운을 느낀 것인지 공손도중이 나지막하게 으르릉거렸다.

그러나 상대적으로 천강은 더욱 차분한 기세로 가만히 자신을 향해 다가오는 화인영을 주시하고 있었다.

스읏!

그리고 천강은 마치 바닥을 끌 듯이 그 특유의 뻣뻣한 걸음걸이로 화인영을 향해 마주 앞으로 나아가는 것이었다.

그 같은 모습은 마치 천강이 화인영에 대해 어떤 강렬한 감응이라도 느끼고 있는 것처럼 보였다.

"크아아아아!"

그들의 뒤쪽에서 공손도중이 다시금 길게 포효했다.

그 날카로운 부르짖음에는 지독히도 노골적인 적대감과 경계심이 가득 차 있었다.

그것은 마치 천적을 대하는 괴수의 포효처럼 느껴졌다.

그런데 천강의 뒤를 따라 막 화인영에게로 다가가려던 공손도중이 한순간 무엇 때문인지 전신을 흠칫 떨며 극도로 긴장한 모습으로 돌변하는 것이었다.

언제 온 것인지, 공손도중의 바로 앞을 고대릉이 우뚝 막아서 있었다.

"아!"

"허어!"

숨죽이고 있던 군웅들 사이에서 어쩔 수 없이 내뱉고 마는 몇 가닥의 탄성과 탄식들이 흘러나왔다.

그것을 신법이라고 한다면, 참으로 귀신같은 신법이었다.

군웅들은 줄곧 두 눈을 부릅뜨고서 새로운 국면으로 전개되고 있는 비무대 위의 상황을 주시하고 있었지만, 그들 중의 그 누구도 고대릉이 언제 어떻게 움직여서 공손도중의 앞을 가로막고 섰는지에 대해 알지 못하였다.

"크아아아아악!"

한순간 공손도중이 폭발하였다.

그것은 말 그대로의 폭주였다.

고대릉은 공손도중이 내뿜는 거대한 역도(力道)를 견제하면서 천천히 옆으로 물러섰다.

그러면서 고대릉은 다분히 의도적으로 화인영과 천강이 대치하고 있는 주변으로부터 멀어지는 쪽으로 이동해 갔다.

공손도중은 이제 광란이라고 해야 할 정도로 완전히 이지를 상실한 발광 수준의 폭거(暴擧)를 보이고 있었다.

그러나 그가 주변의 공간을 완전히 비틀어 버릴 정도의 엄청난 위력으로 내뿜는 그 거대한 기세에도 불구하고, 시종 고대릉과의 사 장여 거리를 조금도 좁히지 못하고 있었다.

참으로 기이한 일이 아닐 수 없었다.

그렇게 난폭하고도 엄청난 기세로 날뛰고 있으면서도 조금도 고대릉과의 거리를 좁히지도, 그렇다고 늘리지도 못하고 있으니 말이다.

그런데 가만히 살피자면, 공손도중은 지금 보이지 않는 어떤 무형의 힘에 얽매여 있어서 딱 그만큼의 거리 바깥으로는 벗어나지 못하고 있음에 분명했다.

그러나 군웅들 중 누구도 그 무형의 힘이 어떤 것인지, 혹은 그러한 힘이 실재하기는 하는지에 대해서조차 확신하지 못하였다.

다만 지금의 이러한 기이한 대치가 계속 유지되고 있다는 데서 이미 그들이 짐작하고 있는 것보다 훨씬 더 엄청난 능력이 고대릉에게 있다는 사실을 짐작하고 있을 뿐이었다.

하지만 어쨌든 그들 두 사람의 대치 속에 얼마나 상상을 절하는 엄청난 내막이 들어 있던 간에, 겉으로 드러나는 고대릉과 공손도중의 대치는 너무나 싱겁고 일방적인 것이었다.

공손도중의 일방적인 폭주와 고대릉의 냉정한 관망이었다.

그러하기에 군웅들의 관심은 자연스럽게 천강과 화인영의 대치 쪽으로 집중되고 있었다.

화인영과 천강의 대치에서는 비록 눈에 보이지는 않으나, 확연히 느껴지는 거대한 기의 충돌이 있었다.

츠츠츠츳!

파파파팟!

일 장 거리로 마주 서서 조금도 움직이지 않은 채 전신의 기력을 뿜어내 마주치는 그들의 격돌은 점차로 그 격렬함을 더해가고 있었다.

어느 순간부터인지 천강의 전신으로부터는 짙은 혈광이 뿜어져 나오고 있었다.

그러나 잔혹스럽다거나 괴기스럽다기보다는, 늦가을 석양 무렵의 노을처럼 장중함이 은은하게 번져 나는 그런 빛이었다.

그때 천마궁 진영에서 누군가가 흥분에 가득 찬 목소리로 외쳤다.

"천마진기(天魔眞氣)다!"

바로 뒤이어 또 다른 누군가가 격동에 가득 찬 목소리로 부르짖듯 소리쳤다.

"아아! 지존광휘다!"

그러자 한순간 천마궁 진영으로는 거대한 흥분과 동요가 소리없이 번져 나가고 있었다.

바로 그때였다.

누군가 또다시 외치고 있었다.

"또 다른 천마진기다! 두 개의 지존광휘다!"

아마도 천마이십팔숙 중 한 사람의 것일 그 목소리는 차라리 걷잡을 수 없는 경악에 물들어 있었다.

"아!"

"오오!"

그리고 그의 경악은 그대로 천마궁 진영 전체로 퍼져 갔다.

장중하기 이를 데 없는 짙은 노을빛의 혈광이었다.

그 한없이 장중하면서도 기이하게 사람의 가슴을 마구 뛰놀게 만드는 혈광은 지금 두 군데에서 찬란하게 뿜어져 나오고 있었다.

더할 수 없는 광휘로움으로 사방을 비추고 있는 그 빛의 두 군데 근원지는 바로 천강과 화인영이었다.

화인영의 눈빛에 애틋한 연민이 가득 서렸다.

화인영은 지금 천강에게서 희미한 한 조각의 의지를 느끼고 있었다.

그랬다.

천강은 지금 화인영을 향해, 아니, 자신 외에는 천하에서 유일하게 천마진기를 지니고 있는 자신의 전인에게, 너무나 미미하기는 하기는 하나 또한 너무나 절절한 그 회한으로 인해 선명할 수밖에 없는 한 조각의 의지를 보내고 있었다.

오로지 이 순간을 위해 최후의 순간까지 남겨두었던, 이승에서의 그의 마지막 의지였다.

그 의지는 아주 잠깐 밝은 빛으로 타올랐고, 그 순간 천강, 아니, 천마궁주의 천마진기는 십성으로 발휘되었다.

의지인지 진기인지 분명하지 않았으나, 그것은 그대로 화인영에게 전이되었다.

그리고 화인영의 내부에 잠재해 있던 천마진기가 또한 한순간에 폭발하며 활활 타올랐다.

화인영은 천강의 철사면구(鐵絲面具) 속에서 한 쌍의 눈이 자신을 향해 환하게 웃는 것을 보았다.

안도와 환희로 가득 찬 눈빛이었다.

천강이 아닌, 바로 천마궁주로서의 눈빛이었다.

그러나 그 눈빛은 금방 본래의 혈광으로 되돌아가고 있었다.

"키아아아악!"

일 장의 거리를 촌음간에 단축시키며 천강이 온몸으로 화인영에게로 부딪쳐 왔다.

그 거침과 포악함, 그리고 금방이라도 폭발하고 말 듯한 광기는 이미 천마궁주가 아닌, 다시 천강의 것이었다.

'아아! 내가 이분에게 드릴 수 있는 것은 결국 영면의 안식뿐일 것이다.'

순간 화인영은 자신의 모든 내력을 검으로 불어넣었다.

우우우우웅!

허공을 은은하게 떨어 울리는 진중한 진동음과 함께 화인영의 검에서 급격하게 한 무리의 환한 빛이 일어나기 시작했다.

그러더니 금방 화인영의 몸 전체가 한줄기 눈부신 빛줄기로 화했다.

파아앗!

다음 순간 그 한줄기의 빛은 그대로 덮쳐 오는 천마궁주에게로 마주 쏘아졌다.

그것은 광검(光劍)이었다.

천하에서 가장 쾌속하며, 또한 천하에서 가장 강력한 빛의 검이었다.

"키아아아악!"

광검의 빛의 닿는 것만으로도 천강은 처절한 거부와 두려움의 울부짖음을 토해냈다.

광검에 스며 있는 광명정대한 척사(斥邪)의 기운 때문이리라.

팟!

금강불괴이던 천마궁주의 가슴이 한 자루 광검에 관통당하는 소리는 그처럼 가볍기만 했다.

화인영의 검은 은은하게 빛나는 채로 천마궁주의 심장을 관통하고 있었다.

그리고 이내,

스스스슷!

검이 관통한 곳으로부터 천마궁주의 육신이 가루로 화하며 흩어지기 시작했다.

그때 화인영은 천마궁주의 꺼져 가는 눈빛에서 그토록 잔혹하게 빛나던 혈광이 서서히 사라져 가는 것을 보고 있었다.

그리고 한순간 그 소멸되어 가는 눈빛이 자신을 향해 희미한 미소를 보낸다고 느꼈다.

그것이 다만 자신의 마음이 만들어낸 한낱 바람이자 착각인 줄 모르지 않으면서도, 화인영은 그 상상의 미소를 향해 마주 미소를 보냈다.

흐릿한 미소를 떠올린 채로 화인영의 눈동자에는 한 겹 맑은 습기가 차오르고 있었다.

양 진영의 군웅들은 일시 거대한 충격에 휩싸여 있었다.
특히나 천마궁 진영은 극심한 혼돈에 빠져들어 있었다.
모전동 또한 그들 중의 한 사람이었다.
그런 중에 모전동은 더 이상은 참을 수 없게 된 가슴속의 격동을 입
밖으로 외쳐 내지 않을 수 없게 되었다.
이윽고 그의 입에서 격동으로 숨 가쁜 한마디 외침이 터져 나왔다.
"천마현신(天魔現身)!"
그 외침은 곧 더한 격동이 되어 천마궁 진영 전체로 봇물처럼 번져
가며 메아리를 만들었다.
"천마현신!"
"천마현신!"

천하맹의 진영에서도 격동의 외침들이 터져 나오고 있었다.
"무량수불! 궁극에 달한 태극혜검이로다!"
무당 장문 현무 진인이 자신도 모르게 내력까지 실어 외쳐 낸 소리
가 그 시발이었다.
연이어 탄성과 환호성들이 물결처럼 번져 갔다.
"오오! 전설의 태극혜검이다!"
"무당검의 최고봉이라는 태극혜검이 현세(現世)했다!"

천마궁과 천하맹의 진영에서 동시에 터져 나오고 있는 그 외침과 탄
성들은 바로, 무림천하에 새로운 절대자가 탄생하였음을 알리는 소리

들이었다.

그 새로운 절대자야말로 정(正)이 추앙하고, 또한 마(魔)가 앙복할 천하제일인이었다.

그러나 정작으로 화인영은 지금 아무런 소리도 듣지 못하고 있었다.

그의 시선은 지금 막 허공으로 흩어져 가고 있는 천마궁주의 마지막 잔재를 쫓고 있는 중이었다.

"크헉!"

외마디 충격과 고통에 겨운 신음 소리를 토하며 공손도중의 신형이 크게 휘청거렸다.

바로 화인영의 태극혜검이 천강의 가슴을 관통하는 그 순간에, 공손 도중 또한 극심한 심령상의 충격을 받은 것이었다.

그 덕분에 그의 정신은 혼돈과 광기로부터 깨어났으나, 그의 육신은 그대로 폭주 상태에 머물러 있었다.

그것은 참으로 견디기 어려운 고통이었다.

공손도중은 지금 스스로의 육신이 파멸을 향해 치달려가는 것을 속 수무책으로 지켜보아야만 하는 지경에 처해 있었다.

'아아! 이대로라면 곧 폭발하고 만다.'

무언가 하긴 해야 하는데, 그의 몸은 여전히 질기고도 강인하기 짝이 없어 도저히 끊어낼 수 없는, 어떤 무형의 구속에 완전히 묶여 있는 중이었다.

도무지 어떤 성질의 것인지조차 알 수 없는 그 구속은 바로 고대릉으로부터 비롯된 것이었다.

"고대릉!"

공손도중이 처절하게 외쳐 낸 그 한마디의 짧은 외침에는 길지 않은 이십여 년의 일생 동안 쌓아왔던 모든 애증들이 모조리 녹아 있었다.

그리고 바로 그 순간 공손도중은 그토록 질기게 자신의 신체를 묶고 있던 그 항거 불능의 구속이 풀리는 것을 느꼈다.

그러나 자유를 되찾는 것과 동시에 그의 몸은 타는 듯한 붉은 혈광으로 뒤덮이고 말았다.

도저히 억제해 볼 수 없는 육신의 폭주였다.

최후를 예감한 순간 공손도중은 다시금 처절한 분노와 증오에 휩싸이고 말았다.

일순 그의 입에서 뭐라고 형언할 수 없이 비장한 울부짖음이 터져 나왔다.

"고대룡!"

이어 공손도중의 몸을 뒤덮었던 혈광이 거세게 불타올랐다.

화르르르르!

그것은 광대한 기의 불꽃으로 이루어진 하나의 거대한 불덩어리였다.

가까이 닿는 것이면 그 무엇이든 불태워 버리고 말 광란의 불덩어리였고, 종국에는 그 스스로를 폭발시켜 그 무엇이든 함께 파멸시키고 말 지옥의 불덩어리였다.

콰르르르릉!

이윽고 하나의 붉은 유성이 되어 허공으로 치솟아오른 공손도중이 그대로 고대룡을 향해 쏘아져 갔다.

그리고 마침내는 고대룡과 격돌하면서 그 불덩어리는 그대로 폭발하고 말았다.

쿠아아아아아앙!

일순 거대한 기의 폭풍이 천지를 휩쓸었다.

그 엄청난 광경에 군웅들은 경악마저 잊고 말았다.

그저 멍하니 인세에 다시없을 그 엄청난 광경을 지켜보고 있을 수밖에 없었다.

그러나 그처럼 엄청난 폭발에도 불구하고, 막상 그 폭발의 여파가 영향을 미치는 범위는 결코 사방 오 장여를 넘지 못하였다.

그것은 마치 어떤 보이지 않는 투명한 장막이 그 거대한 폭발을 온전히 가두고 있기라도 한 듯하였다.

고대릉은 원래 서 있던 자리에 그대로 가만히 서 있었다.

그가 한 일이라고는 다만 그 한 자루의 천중검을 가볍게 앞으로 내뻗은 게 다였다.

그리고 한순간 공손도중의 실체인 그 거대한 불덩어리가 고대릉을 휩쓸고 지나갔다.

아니었다.

그 불덩어리는 공간 내의 모든 것을 다 휩쓸고 지나갔지만, 고대릉만은 그대로 남겨두고 지나갔다.

아니, 어쩌면 오히려 고대릉의 천중검이 공손도중의 그 불덩어리를 관통하고 지나갔다는 것이 맞을지도 몰랐다.

그러나 실상은 맞닥뜨리는 그 순간에 불덩어리는 이미 거대한 폭발을 일으켰다.

그리고 그 순간조차도 천중검을 내민 채 그 자세 그대로 서 있는 고대릉의 모습을 뚜렷하게 보면서, 군웅들은 자신들이 보고 있는 것이 혹시나 하나의 신기루가 아닐까 하는 생각을 하지 않을 수 없었다.

그 엄청났던 폭발의 여파가 잦아들 무렵, 군웅들은 또 하나의 신기루를 보아야만 했다.

폭발과 함께 사라졌던 공손도중의 모습이 본래 그가 서 있던 그곳에 그대로 있었다.

그는 뒤돌아선 채 멀리 허공을 응시하는 모습을 하고서 그곳에 서 있었다.

그러나 석상처럼 굳어버린 채 우뚝 서 있는 그의 뒷모습에서는 이제 조금의 생기(生氣)도 느낄 수가 없었다.

고대룡은 천천히 천중검을 거두었다.

그리고 무엇을 보는지 잠시 허공을 응시하는 것이었다.

그런 그에게서 한가닥의 짙은 안타까움이 스쳐 지나가고 있었다.

경악과 그리고 무언지 그 실체를 알 수 없는 신비로움에 젖어 군웅들은 한동안이나 넋을 놓고서 고대룡이 응시하는 허공에다 멍한 시선을 놓아두고 있었다.

심검(心劍)

참으로 공교롭게도 공손무랑은 자신의 손자 공손도중이 마지막까지 고통과 증오 속에서 그 짧은 생을 마감하는 순간에서야, 비로소 자신이 완전하다고 믿고 있었던 통천제령심공의 치명적인 결함이 어디에 있는지를 확연히 깨달았다.

그것은 동시에 공손도중의 폭주가 이미 어떤 방법으로도 돌이킬 수 없다는 체념을 그에게 가져다주었다.

그야말로 저주스러운 운명이 아닐 수 없었다.

그러나 그런 와중에도 공손무랑은 새롭게 다시 한가닥의 희망을 움켜잡고 있었다.

그것은 희망이라기보다는 어쩌면 그가 일생을 바쳐 왔던 야망에 대한 그의 마지막 집착인지도 몰랐다.

또한 아직까지는 스스로의 생을 포기하지 말아야 하는 이유가 되는 희망이었다.

희망의 끈은 역시 공손도중으로부터 비롯되었다.

물론 공손무랑 또한 이대무존의 반열에 있는 절대고수인만큼 공손도중이 이미 사망하였다는 것에 대해서 인정하지 않고 있는 것은 아니었다.

고대롱에 의해서가 아니라고 하더라도, 통천제령심공의 치명적 결함에 의한 폭주만으로도 공손도중은 반드시 죽음에 이르도록 되어 있었던 것이다.

그럼에도 불구하고 공손무랑이 지금 자신의 손자에게 마지막 한가닥의 희망을 걸게 된 것은 바로, 공손도중의 육신이 고스란히 제 형체를 유지하고 있다는 점 때문이었다.

그것은 폭주가 극에 이른 마지막 순간에 공손도중의 내부가 극도의 팽창과 응축을 반복하여 겪으면서, 급기야는 강철과도 같이 단단히 굳어버렸을 것이라는 그의 추측을 여실히 증명해 주는 것이었다.

공손도중의 육신은 지금 천강이 지녔던 도검불침의 신체를 월등히 능가하는, 그야말로 고금에서 가장 완벽한 형태의 진정한 금강불괴지체에 달해 있을 것이라는 것이 공손무랑의 판단이었다.

그 같은 판단이 바로 절망의 끝에서 공손무랑에게 새로운 한가닥의 희망을 가지게 하는 것이었다.

'통천제령심공의 결함은 금방 보완될 것이다. 그리고 나의 손자는 새로이 부활하여 나와 함께 영원을 함께할 것이다. 이 공손무랑이 반드시 그렇게 만들고야 말 것이다.'

새로운 시작을 확실하게, 그리고 안전하게 보장받기 위해 공손무랑이 선택한 것은 바로 인질이었다.

바로 석여령이었다.

석여령을 인질로 잡는다는 것은 참으로 여러 가지의 필요성을 동시에 만족시키는 방편이 되는 것이었다.

우선은 공손도중의 시신을 수습하여 가솔들과 함께 무사히 이곳을 벗어날 수 있는 안전장치가 된다.

사실 위협의 수단으로 치자면 석여령이야말로 무황과 고대릉은 물론이고, 그들과 인연이 얽혀 있는 화인영과 남궁위덕 등을 한꺼번에 위협할 수 있는 수단이었다.

더 나아가서는 곧 천하맹과 천마궁 전체를 위협하는 효과까지를 기대할 수도 있는 것이다.

그러니 그보다 더 효과적인 안전장치가 또 있겠는가.

그러나 공손무랑이 지금 석여령에게서 기대하는 보다 특별한 필요성은 따로 있었다.

'석여령은 도중(到中)이 가장 소유하고 싶어했던 여인이다. 그 아이가 영생으로 다시 부활했을 때, 자신이 그토록 원했던 여인이 곁을 지키고 있다면 그 아이에게는 더없는 기쁨이 되리라.'

그렇게 하나의 집착은 또 다른 집착을 낳아가고 있었다.

군웅들 모두의 관심은 온통 화인영과 고대릉에게로 쏠려 있었다.

이제 무림의 새로운 절대자들로 부상한 그들 두 젊은 영웅들의 표정하나, 숨소리 하나에까지 군웅들의 관심이 마치 바늘 끝처럼 첨예하게 집중되었다.

그때 공손무랑은 천천히, 아주 천천히 목표물을 향해 접근하고 있었다.

"무슨 짓이냐?"

창졸간의 당황이 서린 한마디 급박한 교갈과 함께, 한 무리의 뇌전과 벽력성이 급작스럽게 일어나며 천야평을 화들짝 깨워놓았다.

버번쩍!

우르르르룽!

극성에 이른 흑요의 분뢰자전마공이었다.

이어 그녀의 신형은 한줄기 뇌전이 되어 한쪽으로 쏘아가고 있었다.

그녀가 날아가는 주변으로 엄청난 뇌기가 폭발하고 있었다.

짜자자자작!

"막아라!"

그녀의 앞을 일단의 무인들이 가로막았다.

"비켜라!"

앙칼진 호통 소리와 함께 한가닥 붉은 벼락이 길게 꼬리를 끌며 허공을 수놓았다.

쾌애애애액!

흑요의 애검 혈요였다.

혈요의 선연한 붉은 궤적을 따라 속절없이 비명 소리들이 터져 나왔다.

"으악!"

"크아악!"

더욱이 한발 뒤늦게 신형을 날려온 독고자강과 악청, 허종, 남궁위덕 등이 일제히 가세하며 가차없이 살수를 휘둘렀다.

"크악!"

"악!!"

"아악!"

그들의 앞을 가로막은 자들은 그야말로 추풍낙엽으로 나가떨어져, 순식간에 이십여 명가량이 바닥으로 나뒹굴었다.

숨 돌릴 틈도 없이 잇따라서 날카로운 호통과 비명 소리들이 격렬하게 주변 일대를 흔들었다.

"막는 자는 모두 죽인다!"

"크악!"

"으아악!"

군웅들 속에서 급격한 동요가 일어나고 있었다.

지금까지 천야평에서 벌어진 대결들은 전후 사정의 복잡함과 그 가공할 격돌에도 불구하고, 어쨌든 간에 모두가 일 대 일의 승부였었다.

그런데 지금 난데없이 벌어지고 있는 이 사태는 곧바로 치열한 전투의 형태로 벌어지고 있었다.

그런 중에도 사태의 전말이 밝혀지고 있었다.

흑요 등의 앞을 가로막는 일단의 무리들은 바로 공손 가문의 무인들이었다.

그리고 흑요가 쫓고 있는 방향으로 빛살처럼 치달리고 있는 일남일녀가 있었는데, 그들은 바로 공손무랑과 석여령이었다.

그리고 한눈에 보기에도 지금 석여령은 공손무랑에 의해 제압을 당해 있음을 알 수 있었다.

어느 정도 거리를 확보하고 난 다음에야 천천히 멈추어 서며 공손무랑이 날카롭게 외쳤다.

"이 계집을 죽이고 싶지 않다면 모두 멈춰라!"

그때 공손무랑의 한 손은 석여령의 천령개 위에 놓여 있었다.

언제라도 죽이고 말겠다는 위협이었다.

그리고 그 위협이 바로 이대무존 중의 한 사람인 공손무랑에 의해 가해지고 있다는 점에서, 그야말로 조금도 가감이 없이 분명하고도 확실한 위협이 되는 것이었다.

흑요가 그 자리에 우뚝 멈추었다.

그녀에게서는 잔뜩 응축된 날카로운 살기가 줄기줄기 뿜어지고 있었지만, 공손무랑의 그 한마디 위협을 듣자마자 감히 한 발자국도 함부로 움직이지 못하는 지극히 조심스러운 모습이 되고 말았다.

그녀의 곁으로 독고자강과 허종 등이 속속 도착했다.

그러나 역시 한 발자국도 더 이상 움직이지 못하는 것은 그들도 마찬가지였다.

그때였다.

"모두 뒤로 물러서라."

한 소리 웅장하기 이를 데 없는 사자후가 울리며 천야평 전체로 은은하게 퍼져 나갔다.

그 한줄기 사자후에는 사람을 누르는 기이한 힘이 깃들어 있어서, 막 고조되고 있던 군웅들의 동요와 홍분마저도 차분히 가라앉히는 바가 있었다.

바로 무황이었다.

무황은 천천히 걸음을 옮겨 흑요 등이 서 있는 곳까지 다가섰다.

이어 그가 공손무랑을 향해 진중한 목소리로 물었다.

"공손 전주! 이렇게까지 해야겠소? 천하의 군웅들이 모두 지켜보고 있는 자리가 아니오?"

무황의 목소리에서는 손녀의 위급에 대한 다급함보다는, 공손무랑에 대한 연민과 안타까움이 우선 느껴졌다.

한때 그들은 목숨을 함께하며 혈맹의 우의를 다지던 사이가 아니었던가.

공손무랑의 안색으로도 일시 희미하게 회한의 빛이 스치고 있었다.

"노부는 애초부터 당신과 같은 영웅은 되지 못하는 인물이오. 그러나 기왕에 뜻을 세운 바 있으니, 마지막 순간까지 효웅의 모습은 보여야 하지 않겠소?"

무황이 묵묵히 공손무랑을 바라보고 있다가 이윽고 무거운 목소리로 물었다.

"원하는 것이 무엇인가?"

그러자 공손무랑이 문득 이를 부드득 갈며 소리쳤다.

"노부가 진정으로 원하는 것은, 내 평생의 염원을 망쳐 놓은 자들의 파멸이다. 또한 내 손자를 죽음으로 몰아넣은 자들에 대한 복수이다. 노부는 지금 이 자리에 있는 모두에 대해 단 한 사람도 빠짐없이 그 얼굴을 외울 수 있으며, 또한 노부의 한이 풀리는 날까지 언제까지라도 기억할 것이다."

그것은 지독한 저주였다.

군웅들은 자신들도 모르게 어깨를 움츠리며 부르르 온몸을 떨고 말았다.

공손무랑이 음울한 표정으로 주변을 돌아보며 말을 이었다.

"지금 노부가 원하는 것은 내 손자의 주검을 수습하여 이곳을 떠나는 것이다. 노부와 본 가의 식솔들이 안전하게 이곳을 떠날 수 있도록 해달라. 그것이 노부의 조건이다."

그에 대해 무황이 침중한 기색으로 대답했다.

"그 같은 조건이라면 처음부터 굳이 인질로 위협을 가할 일도 아니었다. 그대는 뜻대로 하라. 여령만 풀어준다면, 아무도 그대들을 막지 않을 것이다."

공손무랑이 차갑게 웃으며 말을 받았다.

"흐흐흐! 말했지 않는가? 노부는 영웅이 아닌 효웅이고자 하는 사람이라고. 노부는 결과만을 믿는 사람이다. 석여령은 노부가 안전하게 이곳을 벗어난 연후에 적당한 때를 보아서 놓아주도록 하겠다."

그 말에 무황의 안색은 금방 어두워지고 말았다.

잠시의 무거운 침묵이 흐를 즈음, 한가닥의 차가운 목소리가 두 사람 사이로 끼어들었다.

"공손무랑! 그대의 안중에는 천하맹만 있는 모양이로구나. 그러나 본 궁 역시 그대에게 아직 한 가지 볼일이 남아 있다는 것을 결코 간과해서는 안 될 것이다."

마로의 그 한마디 말은 상황을 또다시 예기치 못한 국면으로 몰아가고 있었다.

"남의 위급을 틈타 일을 처리하려는 것은 옳지 않습니다."

그렇게 말하며 마로를 향해 한 걸음 앞으로 나선 것은 바로 화인영이었다.

그런 화인영의 행동에 대해 주변은 대번에 미묘한 긴장 속으로 빠져들고 말았다.

단적으로 마로가 화인영의 존재에 대해 어떤 생각을 가지고 있으냐를 짐작해 볼 수 있는 순간인 것이다.

화인영이 이미 지존광휘를 펼쳐 보였으니, 그가 천마의 정통성을 이어받은 몸이라는 데 대해서는 천마궁의 그 누구도 감히 이의를 제기하지는 못할 터였다.

그러나 천마의 정통성을 이어받았다고 해도 천마궁주가 되기 위해서는 아직까지 몇 가지 율법에서 정한 절차를 거쳐야만 하는 것이었고, 그전까지는 천마궁의 모든 실권은 마로를 포함한 오대장로, 즉 천마오로에게 있었다.

모전동과 천마이십팔숙을 위시한 모든 천마궁도들이 눈 하나 깜빡이지 못하고 사태의 추이를 지켜보고 있는 가운데, 이윽고 마로가 천천히 입을 열었다.

"공자께서는 공손무랑에 대한 노신의 볼일이 무엇이라고 생각하시는 것이며, 또한 그것을 지금 처리하려는 것이 왜 옳지 않다고 생각하시는지요?"

그것은 사뭇 까다롭고도 날카로운 그 내용에도 불구하고, 화인영에 대한 상당한 존중을 표하는 말이었다.

'휴우!'

모전동은 가만히 안도의 한숨을 불어 내쉬었다.

아무도 모르게 속으로 내쉬는 혼자만의 한숨이었다.

그런 모전동의 노심초사를 아는지 모르는지, 화인영은 마로를 향해 문득 빙그레 환한 미소를 떠올리고 있었다.

"공손가에서 전대 궁주에게 일종의 연혼술을 베풀고, 또한 불측한 방향으로 이용하려 했던 데 대해서는 추후에 좀 더 면밀히 따져 보고 난 다음에 다시 그에 대한 응징을 논해도 늦지 않다는 생각입니다만……."

마로는 가만히 화인영을 응시하고 있었다.

그 깊숙하고도 날카로운 눈빛에 대해 화인영은 조금도 회피하지 않고 내내 빙긋한 미소로 받아들이고 있었다.

마로는 마침내 인정하지 않을 수 없었다.

'으음! 그가 강호무림을 대표하는 후기지수들 중에서도 으뜸가는 기재라고 하더니, 오늘 보니 과연 그러하구나.'

그리고 그러한 인정은 이내 마로에게 흐뭇함과 불안함이 선명하게 교차하는 묘한 감흥을 불러일으키는 것이었다.

마로가 천천히 입을 열었다.

"노신이 현재 궁을 책임지고 있는 처지로서 공자의 말씀을 선뜻 따르기에는 참으로 곤란한 입장입니다. 다만 공자께서 노신의 한 가지 제안을 들어주겠다는 약조를 해주신다면, 노신은 여러 가지의 곤란함에도 불구하고 공자의 말씀을 그대로 따를 용의가 있습니다만……."

화인영이 여전히 미소 띤 얼굴에다 한가닥 호기심을 더하며 물었다.

"호오? 한 가지의 제안이라니, 그것이 무엇입니까?"

그러나 마로는 정색인 채로 화인영의 말을 받았다.

"우선은 노신의 제안을 들어주시겠다는 약조를 먼저 하십시오. 하면 저 소저의 일이 일단락이 되고 난 연후에 노신이 그 제안을 말하겠습니다."

"허어?"

어조는 부드러웠으나, 그 내용은 강권이나 마찬가지인 마로의 말에 대해 화인영은 일시 곤혹스러운 기색이 되고 말았다.

그때 한 사람이 조심스러운 태도로 그의 곁으로 나섰다.

"대장로님의 그런 조건은 심히 적절하지가 않다고 해야 할 것입니다. 남아일언은 중천금이라 하였는데, 더욱이 천마의 종통을 이으신 공자께서 약조하시는 일의 무거움은 더 말할 나위가 없을 것입니다. 하면 대장로께서는 우선은 그 제안이 무엇인지에 대해서 먼저 밝히는 것이 바른 순서일 것입니다."

모전동이었다.

뜻밖의 원군에 대해 화인영이 마로를 향해 빙그레 웃으며 슬쩍 어깨를 추어 보였다.

마로가 일시 모전동을 향해 깊게 미간을 찌푸렸다.

그러나 그는 이내 차분한 안색으로 돌아오며 입을 열었다.

"노신의 제안은 결코 천마의 율법에 어긋나지 않는 것이며, 또한 마도의 미래를 위해서도 반드시 필요한 것입니다."

그리고 마로는 굳게 입을 다물었다.

"좋습니다."

화인영이 그 한마디를 꺼내기까지는 제법 시간이 걸렸다.

자신이 어떤 대답을 하느냐에 따라서 정과 마 양측이 사뭇 다른 느낌을 받을 것이라는 것을 모르지 않았기 때문이다.

실제로 그의 짧은 대답만으로도 양 진영에서는 이미 묘한 여운들이 번지고 있었다.

그러나 화인영의 목소리에 바로 이어 나오는 마로의 나지막하면서도 근엄하기 이를 데 없는 선언은 어느 쪽이든, 그리고 누구든 어떤 반응을 보일 틈을 주지 않았다.

"오늘 본 궁은 공손무랑에 대해 더 이상 관여하지 않겠소."

그리고 그럼으로써 잠시 본질과는 다른 쪽으로 흘렀던 사태는 다시 본래의 관점으로 돌아가게 되었다.

공손무랑이 짐짓 느긋한 여유를 담고 외쳤다.

"노부는 이제 그만 떠나야겠소. 마지막으로 다시 한 번 말해두지만, 노부는 결코 영웅협사가 아닐뿐더러, 이미 모든 것을 잃어 더 이상 잃을 것이 없는 각박한 처지요. 만약 누구라도 노부의 앞을 가로막는다면, 그 즉시로 이 여아의 머리통부터 부숴놓고 말 것이란 말이오."

말뿐만이 아니라, 석여령의 머리 세 치 위에 놓인 공손무랑의 오른손은 금방이라도 경력을 뿜어내고 말 듯이 위태롭게 보였다.

자신의 목숨을 두고서 주변의 형세가 그토록 급박하게 돌아가고 있음에도 불구하고, 정작으로 석여령은 그다지 두려워하는 기색을 보이지 않고 있었다.

그녀의 눈은 시종 고대릉에게로 향해 있었다.

한 가지 이상한 것은 고대릉에게서도 역시 그다지 다급해하거나 불안해하는 기색은 보이지 않고 있다는 점이었다.

지금 자신의 정인이 남의 손에 붙잡혀 목숨을 위협받고 있음에도 불구하고 말이다.

어쨌든 석여령의 태연함은 바로 고대릉의 담담함으로부터 비롯되는 것일 터였다.

그만큼 고대릉에 대한 석여령의 믿음은 절대적인 것이었다.

그토록 치밀한 공손무랑조차도 미처 계산하지 못한 것이 최소한 두 가지는 있었다.

하나는 석여령에게 천하에 다시없을 강력하고도 은밀한 호위가, 그것도 하나가 아니라 수백, 수천에 달하는 호위들이 있다는 사실이었다.

그리고 또 한 가지 사실은 지금 그의 시야가 닿는 사방의 모든 공간이 이미 궁극에 이른 고대릉의 외단(外丹)의 완전한 지배하에 있다는 사실이었다.

그 공간 내에서라면 고대릉이 마음먹어 행하지 못할 일은 없다는 것을 공손무랑은 결코 알지 못했다.

죽음의 그 순간까지도.

"지금이라도 석 소저를 풀어준다면, 나는 잠룡단으로 하여금 당신과 공손가의 식솔들이 안전하게 이곳을 떠날 수 있도록 호위할 것을 약속하겠소. 그러나 만약 당신이 끝내 석 소저를 해치려 한다면 당신이 마음을 먹는 바로 그 순간, 당신은 죽게 될 것이오."

그것은 전음이 아니라, 문득 마음으로 전해지는 기이한 감응과도 같은 것이었다.

그 한 자락의 기이한 감응을 느끼는 순간, 공손무랑은 소스라치게 놀라고 말았다.

그러나 이내 그것이 고대릉으로부터 전해졌다는 사실을 깨닫는 순간, 타는 듯한 분노부터 폭발시키고야 말았다.

"이놈! 네놈이 끝까지 노부를 우롱하려 드는구나. 오냐! 네놈이 먼저 노부에게 도발을 하였으니, 그 대가로 노부는 우선 이 계집의 한 팔을 잘라 보이겠다! 으하하하! 이 계집이 고통에 몸부림치는 모습을 보고 난 다음에도 네놈이 감히 다시금 노부를 거스를 수 있을 것인지를 볼 것이다!"

그리고 공손무랑은 그대로 자신의 우수를 석여령의 오른 어깨를 향해 내려쳤다.

일련의 내막을 전혀 알지 못하는 상태에서 공손무량의 갑작스러운 행동에 대해 사람들은 경악의 외침마저 지르지 못하고 두 눈만 부릅뜨고 말았다.

공손무량의 우수가 석여령의 어깨에 닿는 바로 그 순간, 대부분의 사람들은 질끈 두 눈을 감고 말았다.

그러나 끝까지 그 광경을 지켜보던 일부는 끝내 자신들의 눈을 의심하고 말았다.

한순간 공손무량의 몸이 마치 한줄기 환영(幻影)이라도 되는 것처럼, 그대로 허공중으로 흩어지고 있었던 것이다.

푸스스슷!

마지막까지 공손무량의 표정은 분노와 증오가 가득한 채였다.

그는 자신의 마지막 순간을 의식하지도 못한 채 그렇게 고단하였던 일생을 마감하고 만 것이다.

공손무량의 육신이 한 줌 가루로 화해 사라지는 그 순간, 일시 경악에서 헤어나지 못하고 있는 군웅들의 머리 위로 두 줄기의 신형이 빛살처럼 날아 석여령에게로 쏟아져 갔다.

바로 흑요와 독고자강이었다.

그러나 그때에도 무황의 눈길은 고대릉에게 못 박힌 채 조금도 떨어지지 못하고 있었다.

지금 이 순간 그는 손녀의 안위보다, 방금 공손무량의 갑작스럽고도 기이한 죽음이 바로 고대릉에 의해 이루어진 것인지에 대한 생각에 몰입되어 있었다.

'심형(心形)인가? 아니면 저 아이가 설마 심검지경(心劍之境)에 올랐단 말인가?

그들의 뒤쪽, 비무대가 설치되어 있던 곳의 한쪽 구석에서는 지금 또 하나의 기이한 광경이 이루어지고 있었다.

그러나 군웅들 중의 누구도 미처 그 광경에까지는 관심을 주지 못하였다.

공손도중의 육신이 천천히 흩어지고 있었다.

공손무량으로 하여금 마지막까지 한가닥의 희망과 집착을 가지도록 만들었던 공손도중의 불괴의 육신은, 사실은 원래부터 이미 한 줌의 가루로 화해 있었던 것이다.

다만 누군가 그에 대해 가진 한가닥의 연민으로 잠시 그 형체를 유지하고 있었을 뿐이었다.

한때 강호제일의 기재로, 그리고 강호제일의 미남자로 뭇 강호의 선남선녀들에게 선망과 동시에 질시의 대상이었던 공손도중이었건만, 이제 그의 육신은 누구의 관심도 받지 못한 채 그렇게 조용히 한 줌의 먼지로 흩어지고 있었다.

천하영웅대회는 몇 가지의 커다란 변수들이 잇따르면서 그때마다 확연한 국면의 전환을 맞고 있었다.

그중 가장 큰 변수는 역시 화인영이었다.

정파무림의 후기지수를 대표하는 강호오공자 중의 일인인 그가, 이제 천마의 정통성을 이어받은 마도제일인으로 극적인 입장의 변화를 이루고 있는 것이다.

물론 군웅들은 이미 공손도중의 경우를 겪었던 터라, 화인영의 그같은 정마양도에 걸친 이중적 신분에 대한 충격과 거부감이 상대적으로 덜한 측면이 있었다.

그러나 공손도중의 경우에 군웅들이 받았던 느낌이 다소간은 막연하고 구체적이지 못한 것이었다면, 지금 화인영의 경우에서는 그가 진정으로 마도제일인의 신분에 올라 있다는 사실이 직접적으로 그들의 눈에 와 닿고 있었다.

바로 천마궁의 전 궁도들로부터 우러나오고 있는 화인영에 대한 경배와 복종의 분위기가 그러했다.

비록 마로 등 천마오로가 천마궁의 율법이 정한 절차를 들어 당장에는 천마궁에 대한 지배 권한을 부여할 수 없다는 입장이기는 하였으나, 그들도 감히 화인영에 대해 불경의 기미를 보이지 못하고 있는 기색이 뚜렷하지 않은가.

특히 총사 모전동과 전대 천마궁주의 수신호위를 겸했던 천마사위는 벌써부터 화인영에 대한 확연한 충성심을 보이고 있는 중이었다.

그들은 은연중에 화인영을 보좌하고 호위하는 형세를 취하고 있었다.

"천하마도를 대표하여 영웅대회에 출전하십시오. 그래서 정파의 대표자를 꺾고 천하가 본 궁의 지배하에 있음을 만천하에 선포하십시오."

마로의 제안은 그러했다.

그의 제안은 결국 화인영으로 하여금 마도의 대표로 정마 최후의 대결에 나서게 하는 것이었다.

그 제안 속에는 실로 복잡한 마로의 심중이 녹아 있었다.

천마의 정통성을 이은 화인영이 정파와 인연을 계속 맺어가는 것을 마로는 도저히 용납할 수가 없었다.

화인영이 정파의 제자인 채로 마도의 하늘이 된다는 것은, 결국 이대로 마도가 영원히 정도에 종속되는 것과 마찬가지가 되는 것이었다.

천마궁의 대장로서 또한 그가 한평생을 바쳐 온 마도를 위해서 마지막으로 해야 할 일은, 바로 화인영을 완전한 마도인으로 만드는 일이었다.

비록 그것으로 인하여 화인영에게 씻을 수 없는 원망과 증오를 받게 된다고 하더라도 말이다.

이제 화인영이 천마의 후예로서, 그리고 마도의 대표로서 정파의 대표자와 천하를 놓고 승부를 결한다면 그 상징성만으로도 화인영은 앞으로 다시는 정도인(正道人)으로 돌아갈 수 없을 것이었다.

승부의 결과는 오히려 중요하지 않았다.

이제 천마의 종통이 계승된 마당에 천하패권을 다투는 일쯤은 얼마든지 나중으로 미루어져도 좋을 것이었다.

그렇게 영웅대회는 또 하나의 새로운 변수를 맞고 있었다.

화인영은 일시 극심한 갈등과 혼란을 겪고 있었다.

'아아! 나의 마음속에는 결국 이런 야망이 도사리고 있었던 것인가?'

화인영은 이제 자신이 올라 있는 무공 경지에 대해 정확히 파악하게 되었다.

금강불괴를 뛰어넘어 가히 불사의 단계에 접어들었다고 할 만큼의 완벽한 신체, 그리고 그의 내공은 이미 화경의 경계를 훌쩍 넘어 가히 인간의 한계를 넘어선 단계라고 할 수 있었다.

화인영은 지금 천마무학의 진수인 천마진기의 궁극에 올라 있었고, 동시에 태극혜검을 비롯한 무당의 정종무학 또한 최고의 경지에 달해 있었다.

가히 정과 마의 최고봉의 무학들을 한 몸에 지녔으며, 그 각각의 무공들이 궁극의 경지에 이르러 있는 것이다.

화인영은 본래 낙천적인 성격을 지녔고, 무엇에도 얽매이지 않는 자유주의자라고 할 수 있었다.

선과 악, 정과 마의 구분 또한 어떤 고정된 틀을 통해서는 보지 않았다.

출신이나 배경, 그리고 익힌 무공의 종류가 그러한 구분의 잣대가 될 수는 없다는 신념을 가지고 있었다.

모든 것은 결국 그 사람이 어떤 마음을 가지고, 그에 따라 어떠한 행동을 하느냐에 따라 결정된다는 주의(主義)가 바로 그의 사상이었다.

'진정한 강자라면, 진정한 고금제일인이라면, 이미 정과 마조차 초월하는 존재라고 할 것이다. 천마가 진정 그러한 존재라면, 그를 계승하기를 꺼릴 이유는 조금도 없을 것이다.'

물론 그가 아무리 자유롭고, 어떠한 것에도 구애받지 않으려 한다 하더라도, 일단 천마의 종통을 계승하고자 한다면 그 일에 얼마나 커다란 걸림돌들이 있으리라는 것을 예상하지 못하는 바는 결코 아니었다.

정파의 시각에서 천마는 어쩔 수 없이 영원한 악의 종주일 수밖에 없었다.

그런 천마의 종통을 잇는다는 것은 화인영이 더 이상 정파임을 포기해야만 하는 것이었다.

그는 곧바로 정파의 배척을 받을 것이 분명했다.

뿐만 아니라 그는 마도에서도 어느 정도의 배척을 받을 것을 각오해야 할지도 모르는 일이었다.

마도에서 볼 때, 그의 원래 뿌리가 정파라는 것은 또한 어쩔 수 없는 위화감의 이유가 될 것이니까.

출신 배경을 중요시하는 것은 그야말로 무림천하에 천 년 동안이나 이어져 온 뿌리 깊은 관념이니, 무림에 몸담은 자라면 그 누구도 확연히 부정하지 못할 원초적인 관념이 아니겠는가.

그러나 그때쯤 화인영은 이미 자신이 나아갈 방향을 결정하고 있었다.

'나는 나의 길을 갈 것이다. 내가 옳다고 믿는 한, 길이 없다면 뚫어서라도 갈 것이다. 나는 기꺼이 누구도 가보지 않은 길을 개척할 용의가 있다.'

화인영은 천천히 걸음을 내디뎠다.

그러자 대번에 군웅들의 시선이 그의 발걸음 하나하나에 집중되었다.

화인영이 마로의 제안에 대해 따로 대답을 하지 않았으니, 지금 그의 걸음에 바로 그 대답이 있을 것이었다.

그리고 그 대답이 어떤 것인가에 따라서 가까이는 오늘 천하영웅대회의 판도가 결정될 것이고, 나아가서는 천하의 판도 또한 그 방향이 잡히게 될 것이다.

지금 그의 일신에 집중되고 있는 군웅들의 관심만으로도, 화인영은 이미 당금 무림에서 가장 영향력이 큰 사람이 되어 있었다.

화인영은 한 지점에 이르러서 우뚝 멈추어 섰다.

그곳은 지금은 그냥 맨바닥이지만, 원래는 비무대가 서 있던 곳이었고, 그중에서도 한가운데쯤 되는 지점이었다.

점점 고조되는 긴장과 흥분된 기대를 담고서 군웅들의 시선은 화인영의 얼굴로 모아졌다.

"나 화인영은 천마의 정통성을 잇기로 결심했소."

일순 잔뜩 응축된 정적이 천야평 일대 전체를 숨죽이게 만들었다.

화인영의 그 한마디의 선언이 가지는 의미는 참으로 엄청난 것이었다.

물론 그가 전대 천마궁주와 인연을 맺어 천마절기를 연성하게 되었다는 것을 모르는 사람은 이제 없었다.

그러나 단순히 그러한 사실과 지금 화인영 스스로의 입으로 천마의 정통성을 잇겠다는 선언을 공개적으로 한 것과는 하늘과 땅만큼의 차이가 있는 것이다.

이제 화인영은 스스로 마도를 걷겠다는 선언을 한 것이다.

그것도 마도종주(魔道宗主)의 길을 말이다.

마로의 입가에 환하게 만족스러운 미소가 떠오를 즈음 화인영의 담담한 선언이 이어지고 있었다.

"또한 나는 천마궁의 대표 자격으로 오늘 이 천하영웅대회에 참가할 것이오. 곧 정파의 대표자와 더불어 향후의 천하패권을 걸고 한판의 승부를 결하려는 것이오."

그제야 군웅들 속에서 반응들이 일어났다.

그러나 그것은 한쪽 진영의 일방적인 반응이었다.

천하맹 진영에서는 아직까지도 경악과 충격을 추스르지 못하고 있는 동안, 천마궁의 진영에서 터져 나온 환호와 함성들이 천야평을 뒤덮었다.

"천마현신!"

"와아아! 지존광휘!"

일대의 환호와 소란이 가라앉기를 기다려 화인영이 한곳을 향해 뚜렷한 시선을 고정시켰다.

그의 시선이 머문 곳에는 무황이 있었다.

"저는 이 한 번의 승부로써 이전까지 정파와 천마궁이 맺어온 모든 은원이 깨끗이 종식되기를 원합니다. 저의 소견으로 볼 때 무황께서 바라시는 것이 또한 저와 그리 다르지 않다고 생각합니다. 또한 그 어떤 이유로 보든 천하 정파를 대표하실 분은 오로지 무황 성주님뿐이라고 할 것입니다. 하여 저는 감히 무황 성주님께 도전하는 바이니, 저의 도전을 받아주시기 바랍니다."

화인영의 도전에 천야평은 다시 한 번 숨을 죽였다.

양 진영의 촉각은 일제히 무황에게로 향했다.

그러나 정작으로 무황은 약간의 침중한 빛은 있을지언정, 결코 당황스러운 기색은 아니었다.

어쩌면 그는 지금의 이 모든 상황들에 대해 초연해져 있는 심정인지도 모를 일이었다.

잠시 후 무황은 차분하게 특유의 장중한 어조로 입을 열었다.

"노부가 정파의 대표가 될 자격이 없다는 것에 대해서는 이미 천명한 바가 있네. 또한 천하맹에서는 이미 협의를 통해 정파를 대표할 인물을 선정하였네."

화인영이 미미하게 미간을 좁히며 말을 받았다.

"그가 누구입니까? 그가 과연 정파를 대표할 수 있는 인물이며, 또한 과연 그 일신으로 정파 마 사이에 쌓인 은원을 능히 감당할 수 있는 인물인 것입니까?"

화인영의 다분히 부정적인 반문에 대해서도 무황은 여전히 담담한 기색으로 대답했다.

"구파일방과 오대세가의 지존들과 또한 무황성주로서 노부가 인정한 인물일세. 그리고 아마도 자네 또한 그의 역량에 대해서는 크게 부정하지 않을 것으로 생각하네만……."

무황의 그 같은 말에 대해 화인영이 일시 안면 가득 궁금함을 떠올렸다.

그러나 그는 그 궁금함을 말로 옮기지 않고 침묵으로서 무황의 답을 재촉하였다.

무황이 잠시 화인영을 바라보고 있다가 나지막하게 말을 이었다.

"그는 바로 고대룡일세."

화인영과 고대룡은 삼 장여의 거리를 두고 마주 서 있었다.

그들의 주변 삼십여 장 방원은 텅 비어 있었다.

이미 몇 차례의 엄청난 대결들을 앞서 겪었던 군웅들이 지레 알아서 멀찍이 물러선 결과였다.

이번의 승부야말로 정과 마를 대표하여 벌이는 것이니, 그 격돌이야말로 얼마나 공전절후의 위력을 보일 것인가.

승부의 상대로 결정이 되고 난 뒤로 두 사람은 한마디의 말도 주고받지 않았다.

다만 서로 마주 보고 있는 눈길 속에서, 두 사람은 수없이 많은 의미들을 나누고 있는 중이었다.

먼저 움직임을 보인 것은 화인영이었다.

화인영은 느릿하게 발검하며 고대룡을 향해 검을 겨누었다.

그에 대응하여 고대룡 역시 천천히 천중검을 가슴 앞으로 세웠다.

화인영의 검은 금방 환한 빛에 휩싸였다.

빛의 검, 광검이었다.

그러나 천하에서 가장 강하며, 또한 가장 빠르다는 그 빛의 검은 아주 천천히 허공을 유영하듯 고대릉을 향해 날아가는 것이었다.

검을 날려 보내고 화인영은 편안하게 두 팔을 늘어뜨리고 서 있었다.

지금 허공을 천천히 날아가고 있는 검은 마치 그의 검이 아닌 듯했고, 담담한 기색으로 서 있는 화인영은 그저 그 환하게 빛나는 검을 구경하고 서 있는 제삼자인 듯 보였다.

자신을 향해 마치 한 마리 황금빛으로 빛나는 용인 듯, 허공을 헤엄치듯 유려한 자태로 날아오는 그 한 자루 검을 고대릉은 가만히 바라보고 서 있었다.

그러다 마침내 그 광검이 가까이 다가왔을 때, 고대릉은 아주 느릿하게 하나의 초식을 그려냈다.

천중검을 다만 우에서 좌로 그어내는 지극히 단순한 동작이었다.

그러자 멀리서 사람들이 탄성을 발했다.

"제왕만상검결이다!"

화인영의 태극혜검에 대해서는 그들의 기대와 상상을 여지없이 빗나가 버린 그 어이없이 느린 속도 때문이었는지는 모르겠지만 누구도 어떤 수식을 입 밖으로 뱉지 못했었다.

그런데 지금 누군가는 보다 자세하게 자신의 감탄을 표현하고 있었다.

"제왕만상검결 십팔초 중 제이초인 제왕단월(帝王斷月)이다."

광검과 천중검이 부딪쳤다.

결코 격렬하다고는 할 수 없는 완만한 부딪침이었다.

그러나 그 부딪침의 순간에 한줄기 극광의 섬광이 일었다.

번쩍!

동시에 광검의 환한 빛이 흠칫하는 흔들림을 보이며 뒤로 멀찌감치 팅겨 나가고 있었다.

그러나 광검은 이내 본래의 유려하면서도 휘황한 광채를 뿌리며 허공을 크게 한 바퀴 선회하였다.

그 일련의 기이한 격돌에 대해 군웅들은 숨조차 크게 쉬지 못할 정도로 집중하고 있었으나, 그들은 정작으로 특이하다고 해야 할 한 가지의 현상에 대해서는 한동안이나 인식하지 못하고 있었다.

그 두 자루 검의 충돌에는 아무런 소리가 없었다.

비록 격렬함이 없어 보인다고 해서 그 두 자루 검의 맞부딪침이 예사로울 수는 없는 일이었다.

고대릉의 손에 쥐어진 천중검은 모르겠으되, 화인영의 광검이야말로 최고의 경지에 이른 기검(氣劍)인 것이다.

눈부시게 환한 빛의 무리로 이루어진 그 한 자루의 검은 완전한 기의 정화였다.

그 자체로 더 이상 강할 수 없는, 천하에서 가장 강력한 힘을 지닌 검인 것이다.

하니 굳이 격렬하게 부딪치지 않는다고 하더라도, 다만 그것과 가벼이 닿는 것만으로도 세상의 그 어떤 것이라도 가루로 화하고 말 그런 강함이다.

그러나 지금 두 자루 검끼리의 부딪침에서는 다만 찰나적으로 번쩍이는 섬광만이 있었을 뿐, 그 외의 다른 어떤 파괴적인 장면도 보이지 않았고, 심지어는 어떤 격돌의 소리조차도 들리지 않았다.

어찌 보면 그 두 자루 검의 격돌은 마치 하나의 갇힌 공간에서 이루어지고 있는 것 같았다.

고대릉을 중심으로 한 그 무형의 공간은 투명한 장막으로 완전히 둘러싸여서, 어떠한 충돌의 여파나 소리도 철저히 차단하며 철저히 외부와 격리되어 있는 것 같았다.

무당의 무상검이자 검의 궁극지경이라는 태극혜검과 비록 무황의 오대절기 중의 하나이긴 하나 검법의 기초 단계를 체계화해 놓았을 뿐이라는 제왕만상검결의 대결이었다.

그 사실만으로도 지금 군웅들은 극도의 흥분과 경악을 금치 못하고 있었다.

그러나 그것은 다만 겉으로 드러나는 형태일 뿐이었다.

화인영의 무공은 이미 태극혜검도, 유수한 무당의 그 어떤 무공도 아니었으며, 그렇다고 천여 년 전의 천마를 지금까지도 고금제일인이라 불리게끔 만든 궁극의 힘 천마진기인 것도 아니었다.

화인영은 어느 순간 자신의 무공이 모든 것을 초월하고 있음을 깨달았다.

그리고 바로 그 순간, 그의 무공은 장삼봉도 천마도 아닌, 다만 화인영 그 자신의 무공이 되었다.

고대릉에게 있어서도, 그가 알고 있는 몇 가지 무공들이 어떤 개별적이며 독자적인 무공으로서의 의미를 잃어버린 것은 이미 꽤나 오래전의 일이었다.

사실 고대릉이 알고 있는 무공들이래야 별반 되지도 않는 것이었고,

특별히 태극혜검과 같이 광세절학으로 불릴 만한 것도 없었다.

제왕백타련이든, 제왕만상검결이든 혹은 무영은천비든, 무영뇌각(無影雷脚)이든 말이다.

더군다나 그 무공들은 모두 다 금강부동신법이라는, 일정한 틀조차 갖추지 않고서 다만 무한대의 개념과 이치로만 이루어진 상상의 무공으로 귀결되어 있었다.

번쩍!

버번쩍!

두 자루의 검은 무수히 부딪쳤다.

그것은 소리없이 벌어지는 빛의 유희였다.

휘황한 빛으로 이루어진 검과 그와는 극한의 대조를 이루는 아무런 광채도 없으며 뭉툭한 날을 지닌 칙칙한 검은색의 한 자루 무인검(無刃劍)이 벌이는, 사뭇 어울리지 않을 것 같으면서도 무언지 모를 기이한 품격과 위엄으로 조화를 만들어내고 있는 한판의 환상적인 유희.

비록 무림의 고수들은 눈조차 깜빡이지 못하고 경악 속에 몰입되어 있는 광경이었지만, 만약 무공의 문외한이 본다면 그것은 다만 빛의 유희요, 향연이요, 또는 다채로움으로 반복되는 빛의 난무일 뿐이었다.

어느 순간 거짓말처럼, 마치 한바탕의 몽롱한 환상이 일시에 깨어지듯 공간에 가득히 난무하던 빛의 향연이 멈추었다.

그리고 비로소 그 공간을 가두고 있던 무형의 장막 또한 걷힌 듯, 군웅들은 두 젊은 절대자의 대화를 들을 수 있었다.

"저는 천하제일이니, 패권이니 하는 것에 대해 추호의 관심도 없습니다. 또한 제게는 처음부터 형님과 겨룰 자신이 없었습니다. 오직 바라는 것은 지금의 이 모든 상황에도 불구하고 우리의 형제지정이 조금도 변하지 않는 것입니다."

만약 고대릉의 그 말이 듣는 사람으로 하여금 편안하면서도 은은한 중에 한가닥 당당함을 느끼게 하는 그런 목소리와 어조가 아니었더라면, 군웅들은 참지 못하고서 당장에 놀람의 외침을 뱉어내고 말았을지도 모를 일이었다.

고대릉의 그 말은 바로 이 한판의 승부에서 자신의 패배를 시인하는 것이나 크게 다름이 없는 의미였기 때문이다.

군웅들이 고대릉이 말한 의미를 되새겨 보기도 전에 허공을 향해 터뜨려 내는 화인영의 대소 소리가 천야평 전체에 가득히 울려 퍼졌다.

"와하하하하하!"

화인영의 웃음소리는 그의 내심의 격동을 그대로 담아내며 길게 이어졌다.

그것에는 고대릉과의 승부의 결과에 대한 불신이 담겨 있었고, 또한 그 스스로가 일시나마 자부하였던 바에 대한 허탈과 은은한 분노가 담겨 있었다.

그리고 종래에는 그 모든 결과에 대한 인정과 포기, 그리고 한가닥의 따뜻함을 담아내고 있었다.

어느 순간 웃음을 그치고 고대릉을 바라보는 화인영의 얼굴로 빙그레한 미소가 떠올랐다.

그 미소를 본 고대릉의 얼굴에는 마치 천진한 소년과도 같은 미소가 마주 떠올랐다.

그들의 그런 미소는, 그들이 처음 만났을 때 지었던 서로의 미소와도 많이 닮아 있었다.

그야말로 화인영다운 미소였고, 또한 고대룡다운 미소였다.

화인영이 문득 가볍게 소리 내어 웃으며 입을 열었다.

"하하하! 그렇게 하기로 하세. 우리의 오늘 이 승부는 무승부로 하기로 말일세. 비록 우형으로서는 좀 염치가 없는 노릇이기는 하지만, 그리고 아우가 좀 많이 손해를 보는 것 같기는 하지만, 아무래도 그렇게 하는 것이 좋을 것 같아. 하하하하! 어떤가, 대룡 아우! 아우의 생각도 이 우형의 생각과 같지 않은가?"

이번에는 군웅들 속에서 당장에 작은 웅성거림들이 생겨나고 있었다.

좀 전 고대룡이 스스로의 패배를 시인하는 말을 하더니, 이제 화인영 또한 자신의 패배를 인정하는 것이나 마찬가지의 말을 한 것이다.

그리고 그가 말한 무승부에 대해서는 역시 누구도 예상하지 못했거니와, 더욱이 지난 이십여 년간 양지에서 혹은 음지에서 무림천하를 경영해 왔던 인물들의 입장에서는 전혀 기대하지 않았던, 또한 조금도 바람직하지 않은 결과였다.

그러나 곧바로 이어진 고대룡의 한마디는 일련의 상황들을 일단락 짓고 있었다.

"형님께서 무승부라 하셨으니, 무승부임에 분명합니다."

그리고 화인영의 대소 소리가 다시금 천야평 일대의 허공을 뒤흔들었다.

"와하하하하하!"

마로가 원했던 승부는 결코 이렇게 끝나는 승부가 아니었다.

화인영의 변절에 대한 정파의 원한과 증오가 남는 승부여야만 했다.

그러나 그들 두 사람은 최선을 다하지 않았다.

적어도 마로가 보기에 그것은 너무도 분명했다.

그들 두 젊은 사자들은 결국 야망과 명예보다는 우의를 택한 것이다.

그것은 마로가 미처 예상하지 못했던 변수였다.

야망과 명예라는 것은 젊은이들로서는 도저히 떨치지 못할 욕망이라고 조금의 의심도 없이 믿었던 그의 실수였다.

화인영과 고대릉은 마로가 생각하던 젊은이의 범주를 쉽게 벗어나 버린 아주 예외적이고도 특별한 생각과 의지를 지닌 존재들이었던 것이다.

그러나 마로는 결코 상황이 이대로 흘러가도록 내버려 둘 수는 없었다.

'반드시 갈등과 원한이 만들어져야만 한다. 그래야만 마가 마답게 되고, 정이 정답게 된다. 마와 정이 끊임없이 부딪치면서도 공존하는 바탕에서만 무림도 존재할 수 있는 것이다. 정과 마가 그 본연의 모습을 잃어버리고 서로 투쟁하지 않는다면, 그것은 이미 무림일 수가 없다.'

마로가 천천히 화인영의 앞으로 다가가 진중한 어조로 입을 열었다.

"노신은 이 승부의 결과를 인정할 수 없습니다. 공자께서는 마도를 대표하는 입장으로서 결코 사사로운 인정을 돌볼 수 없는 처지임에도 불구하고, 의도적으로 무승부라는 결과를 만들어내었습니다."

화인영이 설핏 미간을 찌푸렸으나 이내 조금은 덤덤한 표정이 되어 되물었다.

"대장로께서 인정하시든 그렇지 않든, 승부는 이미 끝이 났습니다."

마로가 엄격한 표정이 되어 다시 말했다.

"노신은 율법이 저에게 허여한 권한을 모두 다 동원하여서라도 이 승부를 다시 원점으로 되돌리겠습니다. 그리고 공자를 대신하여 노신이 직접 정파의 대표자와 다시금 승부를 내고자 합니다. 물론 공자께서는 나중에 노신에게 죄를 물으실 수 있을 것이고, 그때 노신은 기꺼이 목숨이라도 바치겠습니다. 그러나 지금은 본 궁과 마도의 백년대계를 위해서라도 정파와의 지난 은원에 대해 어떤 식으로든 반드시 종지부를 찍고 넘어가야만 합니다."

마로의 그 단호함에서 어떤 독단을 느낀 것인지, 문득 화인영의 얼굴로 은은한 노기가 감돌았다.

그러나 화인영은 애써 담담한 표정으로 다시 물었다.

"대장로께서는 말씀을 참으로 쉽게 하시는군요. 그러나 아무리 대장로의 생각이 그렇다 하더라도, 상대측의 생각이 다르다면 어찌할 것입니까?"

마로가 추호의 주저함도 없이 곧바로 대답을 내놓았다.

"정파의 생각이 다른 것은 조금도 문제될 것이 없습니다. 그들이 노신의 새로운 제안을 거부한다면 천하영웅대회 또한 무산될 것이며, 그리되면 곧바로 본 궁과 정파는 전쟁에 돌입하게 될 것입니다. 허허허! 본 궁으로서는 전혀 마다할 이유가 없는 상황이 되는 게지요."

화인영은 잠시 묵묵한 시선으로 마로를 응시하고 있었다.

그에 대해 마로 역시 아무런 표정을 드러내지 않는 무심한 시선으로 화인영의 시선을 받아들이고 있었다.

한동안의 대치 아닌 대치가 이어진 후, 이윽고 화인영이 천천히 입을 열었다.

그런데 그의 목소리는 선연한 노기를 담고 있었다.

"본 공자는 천마의 율법에 대해 알지 못하오. 그러나 한 가지만은 분명히 알고 있소. 본 공자가 천마의 정통성을 이어받았다는 것이오. 그리고 더욱 분명한 사실은 본 공자가 이미 그 사실을 스스로의 운명으로 받아들였다는 것이오. 하면 본 공자는 곧 천마의 계승자일진대, 과연 천마궁의 율법 중에 감히 천마의 권위 자체를 부정하는 어떤 율법이 있다고는 믿지 못하겠소."

그렇게 말한 화인영이 돌연 주위를 향해 나지막하게 물었다.

"그렇지 아니한가? 누가 본 공자의 말에 대해 옳고 그름을 얘기해 보시오."

비록 나지막한 목소리로, 또한 구체적인 대상을 지정하지도 않고 묻는 것이었으나, 거기에는 당당하기 이를 데 없는 위엄이 실려 있었다.

그 물음에 대한 대답은 금방 돌아왔다.

모전동이었다.

"공자의 말씀에는 추호도 틀린 것이 없습니다. 천마의 계승자는 무상의 권위를 가지니, 곧 만마(萬魔)의 지존이십니다. 당연히 천마궁의 그 어떤 율법도 천마의 권위 자체보다 더 상위에 있는 것은 있을 수 없습니다."

모전동의 나섬에 대해 마로는 그다지 분노한 모습을 보이지는 않았다.

다만 잠시 모전동에게 지긋한 눈길을 주고 있다가 나직한 호통을 쳤을 뿐이었다.

"모전동! 노부를 포함한 다섯 장로야말로 궁의 율법을 수호하는 입장이니, 너는 율법에 대해 함부로 해석하지 말라."

그러나 그 나직한 호통은 대단한 위엄을 발휘해서 모전동은 감히 마로의 말을 받지 못했을 뿐 아니라 눈길조차 마주 보지 못하였다.

화인영은 그 모습에서 천마궁에서의 마로의 위엄과 영향력이 과연 얼마만큼이나 지대한 것인지를 능히 실감하고도 남음이 있었다.

화인영의 안색에서 언뜻 노기가 누그러지는 듯하더니, 이내 정색으로 바뀌었다.

이어 그가 마로를 향해 물었다.

"만약에 대장로께서 본 공자와 승부를 겨룬다면, 그 결과가 어떻게 될 것 같습니까?"

그 엉뚱함에 마로의 표정으로 설핏 당혹감이 스쳐 갔다.

비록 만약이라는 가정을 달기는 하였지만, 그것은 곧 천마의 권위에 대한 도전을 가정하는 것이었다.

그러나 화인영은 조금도 정색을 풀지 않고 있었다.

"솔직히 답해주십시오. 대장로의 대답에 따라 본 공자는 대장로께 한 가지 중대한 제안을 하려고 합니다."

화인영이 그렇게까지 말을 하는 데야 마로로서도 계속 대답을 피하고 있기는 어려운 노릇이었다.

마로가 극히 진중한 기색으로 천천히 입을 열었다.

"공자께서는 이미 천마진기를 완성하셨고, 또한 무당의 절학을 대성하신 것으로 보입니다. 그러나 안타깝게도 여타의 천마절기에 대해서는 연성을 하지 못하셨습니다. 물론 이미 대성 경지의 천마진기와 공자의 절세재지라면, 천마절기들을 대성하는 데는 겨우 몇 년 정도의 시간이면 충분할 것이지만. 허허허! 노부는 천마절기가 정파의 절학에 비해 못하다는 생각을 한 번도 해본 적이 없습니다. 물론 천마절기의 진정한 위력을 위해서는 천마진기가 바탕이 되어야 하는 것이나, 다행히 본 궁의 장로들에게는 천마진기에는 감히 비교하지 못하나 그래도 천마절기를 최강의 위력으로 발휘할 수 있는 다른 방법이 전해지고 있습니다. 결과적으로 지금 현재로는 막상 펼칠 수 있는 무공이 정파의 것일 뿐인 공자와의 승부는 결코 공자에게 일방적이지만은 않을 것입니다.”

비록 간접적이고 우회적인 화법이었지만, 마로의 말인즉슨 그가 화인영과 승부를 벌인다고 할 때 결코 지지는 않을 것이라는 의미였다.

그러나 화인영은 마로의 말이 의미하는 바에 대해 별로 개의치 않는다는 듯이 가볍게 웃으며 다시 물었다.

“하하하! 일방적이지 않다면 결국은 무승부이겠군요?”

그가 마로의 진의를 몰라서 하는 소리는 아닐 것이니, 결국은 어떤 의도적인 도발을 하는 것이리라.

마로는 여전히 진중한 기색이었다.

“만약 노신이 공자와 겨루는 일이 있다면, 그것은 곧 천마의 제자로서 지존의 권위에 대한 대역(大逆)을 범하는 것일 터, 아마도 그때 노신은 마도를 위한 보다 큰 충심으로 미리 목숨을 내어놓은 입장일 것입니다. 하니, 어찌 그 승부의 결과에 무승부가 있을 수 있겠습니까?”

화인영이 잠시 기이한 눈빛이 되었으나 이내 가볍게 웃는 얼굴로 말했다.

“그럼에도 불구하고, 그 결과가 무승부가 된다면 어찌할 것입니까?”

마로가 딱딱하게 굳어진 얼굴로 결연히 대답했다.

“그럼에도 불구하고 노신의 죄를 용서하시겠다면, 노신은 천마의 율법이 노신에게 허여한 모든 권한과 의무에도 불구하고 즉시로, 그리고 무조건으로 공자께 복종하겠습니다."

그 말을 기다리기라도 했다는 듯 화인영이 자못 통쾌하게 웃으며 말을 받았다.

"으하하하하! 그것 참 바라던 바입니다."

이어 화인영은 자못 고민스럽다는 얼굴이 되며 말을 이었다.

"한데 대장로께서 말씀하신 바대로, 본 공자와 대장로의 직접적인 승부는 아무래도 여러 가지의 복잡한 오해와 번거로운 잡음이 있을 것 같으니, 혹시 이런 방법은 어떻겠소?"

그러면서 화인영의 시선은 슬쩍 고대릉이 있는 쪽을 향하였다.

고대릉은 전혀 예기치 않은 상황에서 화인영의 시선을 접하면서, 문득 예전의 화인영에게서 느끼곤 했던 능글맞음을 새삼 발견하고 있었다.

그 순간 고대릉은 퍼뜩 화인영의 내심을 짐작할 것 같았고, 그 때문에 당장 곤혹스러운 표정을 그리고야 말았다.

마로는 잠시 당혹스러운 기색이었으나 이내 담담한 어조로 물었다.

"어떤 방법을 말씀하시는지요?"

"본 공자가 대리인을 지명하는 겁니다. 바로 저기 있는 내 아우로 말입니다. 하하하! 그와 본 공자는 이미 무승부를 이루었으니, 그야말로 천하에서 가장 적합한 대리인이라고 할 수 있지 않겠습니까?"

마로는 언뜻 다시금 당황스러운 기색이 되더니 잠시 생각을 정리하는 듯하였다.

사실 화인영의 이 새로운 제안은 그 엉뚱함에도 불구하고, 결국은 마로 자신이 처음부터 하고자 하였던 바와 조금도 다르지 않은 내용이었다.

그러나 그 두 가지는 같은 것이면서도, 완전히 달랐다.

마로가 말했던 고대릉과의 승부는 죽고 죽여야 하는 생사의 승부였고, 결국은 정과 마 사이에 해결하기 어려운 갈등과 원한을 만들고야 말 그런 승부였다.

그런데 화인영은 다소간의 엉뚱한 말재주를 부려서는 그것을 완전히 다른 개념의 승부로 만들고자 하고 있는 것이다.

만약 화인영의 생각대로 된다면, 그 승부는 승패가 없는 무승부가 될 것이며, 그럼으로써 정과 마 사이에 놓여 있는 기존의 모든 갈등과 원한을 덮어버리는 승부가 될 것이었다.

더하여 그럴 경우에는 마로가 가장 우려하는 바대로, 화인영의 마도 지존으로서의 정체성과 정통성은 상당 부분 퇴색이 될 수밖에 없는 일이었다.

또한 그럼으로써 이후로 시간이 흐를수록 진정한 마도의 정체성 또한 애매한 지경에 처하게 될지도 모르는 일이었다.

마로는 문득 정색이 되었다.

"하나만 약조해 주신다면, 노신 또한 공자의 제안에 쾌히 응하겠습니다."

화인영이 짐짓 여유있게 웃으며 말했다.

"하하하! 이제 보니 대장로께선 욕심이 많은 분이시군요. 사실 본 공자가 제안한 것은 몇 마디의 말만 바꾸었을 뿐, 결국은 대장로의 요구 조건을 그대로 다 수용한 것인데, 이제 다시 새로운 조건을 다시겠다니 말입니다."

그 친근하면서도 한편으로는 날카로운 지적에 마로는 일시 얼굴에다 미미한 홍조를 드리웠다.

그러나 그는 이내 단호한 기색이 되었다.

"승부의 결과, 만약에 노신이 패하였을 때는 물론이지만, 공자의 아우 되시는 분이 패하였을 때도 공자께서는 오로지 마도지존으로서의 길을 꿋꿋이 걷겠다고 약조를 해주십시오."

화인영이 대답하기 전에 마로는 결연한 어조로 말을 덧붙였다.

"무인의 승부는 생사마저 초월해야 하니, 그 패배는 곧 죽음이 될 수도 있습니다."

순간 화인영의 안색이 흠칫 굳어졌으나 이내 풀어졌다.

그리고 화인영의 얼굴로 천천히 엷은 미소가 번져 갔다.

마치 이제야 마로의 충심을 알겠다는 듯 한가닥의 온기가 느껴지는 그런 미소였다.

화인영이 문득 가볍게 소리 내어 웃었다.

"하하하! 난 또 대장로의 책임을 묻지 말라는 소리인 줄 알았습니다. 좋습니다. 그런 조건이라면 흔쾌히 약조하겠습니다."

화인영은 칠 장여 떨어진 곳에서 다소간 망연한 기색으로 서 있는 고대릉을 향해 짐짓 목소리를 높였다.

"대릉 아우! 이 우형의 사정이 이렇게 난처하게 되었으니, 아우가 우형을 좀 도와주어야겠네."

그 말을 하는 화인영은 정말로 난처하고 곤란한 기색이 되어 있었다.

화인영의 그 뻔뻔한 능글맞음에 고대릉은 그만 쓰게 웃고 말았다.

그리고 화인영의 그 능란한 연기는 천야평 일대의 긴장을 아무도 모르는 사이에 조금이나마 누그러뜨려 놓고 있었다.

그때 무황이 기껍게 웃으며 말했다.

"허허허! 노부의 두 눈이 오늘 호사를 많이 하는구나. 이미 두 번 다시는 보지 못할 절후의 명승부들을 몇 차례나 보았는데, 이제 다시 오늘의 이 천하영웅대회를 결산하는 멋진 승부를 또 한 번 보게 되었으니 말이다. 허허허!"

그것으로 그 한판의 승부는 고대릉의 의사와는 상관없이 결정이 되고 말았다.

그리고 조금은 엉뚱한 듯 성사되었으나, 기실 그 한판의 승부야말로 향후 무림천하의 향방을 결정지을 실질적인 최후의 승부라는 것을 모두는 인정하지 않을 수 없었다.

극소수의 절대고수들을 제외한 군웅들에게 마로와 고대릉의 승부는 너무도 기이하게만 보였다.

기이함을 넘어, 기대하였던 바에 비하여서는 너무도 허무한 광경이었기에, 차라리 어이없다고까지 해야 할 정도였다.

마주 선 이후 그들은 전혀 움직이지조차 않았다.

심지어는 보통의 대결에서 흔히 있음 직한 서로 검을 겨눈다든지, 혹은 기수식을 취한다든지 하는 등의 대결이 시작되었음을 알리는 어떤 기미조차 찾아볼 수가 없었다.

두 사람 모두 양손을 늘어뜨린 채 그저 물끄러미, 보기에 따라서는 멍하니 서로를 바라보고만 있을 뿐이었다.

다만 가까이 있던 군웅들이 볼 수 있었던 것은 두 사람의 표정이 변하는 모습뿐이었다.

그나마도 수시로 변화를 보이고 있는 것은 마로의 표정뿐이었지만.

마로는 무인으로 살아온 백 수십 년의 인생 중, 지금만큼 불가항력이란 말의 의미를 절감해 본 때가 없었다.

젊었을 때는 백절불굴(百折不屈)의 투지가 있었고, 나이 든 이후로는 목숨보다 중히 여기는 소명의식으로 살아왔으니, 불가항력이라는 이런 유의 느낌은 그에게는 차라리 너무나 생소하다고 해야만 하는 것이었다.

고대룡은 시종 담담하고 평온한 기색이었다.

표정이나 기색, 그리고 그의 모습 어디에서도, 마로는 고대룡이 지금 이처럼 보이지 않는 가공스러운 힘으로 그를 강제하고 있다는 징후나 기미를 발견해 낼 수가 없었다.

그러나 지금 그를 항거 불능으로 만들고 있는 이 미증유의 거력은 인간의 내력으로서 행해질 수 있는 것이 결코 아니었다.

그것은 단순히 물리적인 강제가 아니라 완전한 공간의 장악이었다.

마로의 내력 수준은 이미 화경의 경지를 초월한 지 오래되었으나, 그는 지금 자신의 모든 내력을 다하고서도 그 같은 공간의 압박으로부터 벗어나기는커녕, 조금의 운신조차 하지 못하는 지경에 처해 있었다.

그의 몸은 겨우 몇 촌 정도의 틈새만 남겨두고서 어떤 미지의 힘을 지닌 공간에 완전히 갇혀 있었다.

그는 이미 수없이 내력을 쏟아내 보았지만, 그의 내력은 그에게 허용된 그 몇 촌의 거리를 벗어나는 즉시 곧바로 흩어져 버렸다.

그를 가두고 있는 공간은 그의 내력에 대해 격돌하거나, 혹은 튕겨내거나 하지 않았고, 심지어는 흡수를 하는 것도 아니었다.

다만 간단히 흩어버릴 뿐이었다.

그것은 마로에게 극도의 무력함을 느끼게 하는 것이었다.

그는 여전히 강력한 내력을 지니고 있으나, 그 내력을 써볼 여지조차 없었으니, 그야말로 항거 불능, 불가항력이라고밖에는 달리 표현할 방법이 없는 상황이었다.

"허허허!"

일순 마로는 허탈한 웃음을 흘리고 말았다.

이윽고 그는 패배를 자인하지 않을 수 없게 된 것이다.

그를 항거 불능으로 만들고 있는 미상의 공간은 고대룡으로부터 비롯된 것일 테니, 그렇다면 고대룡의 역량은 그가 이미 도저히 어떻게 해볼 수 없는 거대한 자연의 거력과도 같은 것이 아니겠는가.

화인영이 왜 무승부로 그와의 대결을 마무리했는지, 그리고 또 왜 자신에게 그토록 자신있게 제안과 약조를 했는지에 대해 확연히 이해가 되는 순간이었다.

"자네는 너무 거대하군. 노부로서는 도저히 어떻게 할 수가 없어. 허허허! 노부가 졌네."

마로의 허탈한 체념에 고대룡이 담담히 웃으며 대답했다.

"아닙니다. 대장로께서 저를 어떻게 할 수 없었지만, 저 또한 대장로님을 어떻게 할 수 없었으니 이것은 무승부입니다."

순간 마로는 묘한 표정이 되었다.

그것은 고대룡이 이 승부의 결과를 무승부라고 확실하게 규정짓고 있다는 데 대해서가 아니었다.

그보다는 고대룡이 지금 자신을 대하는 태도에서 정파 출신의 인물들이 마도인을 대할 때의 그 미묘한 차별감, 바로 마도인들이 흔히 위선이라고 여기는 그런 본능적인 우월감 같은 것이 전혀 느껴지지 않았기 때문이다.

지금 고대룡에게서는 나이 어린 후배가 인생의 대선배를 존중하는 그저 자연스러운 품성이 느껴지고 있었다.

'이 아이에게는 아직까지 순수함이 남아 있는 것 같구나. 적어도 정이나 마의 구분 따위에는 얽매이지 않는 순수함이.'

마로는 천천히 뒤로 물러났다.

그리고 화인영의 앞에 이르러서 깊숙이 허리를 숙였다.

"지존! 궁으로 모시겠습니다. 이제부터 지존께서 하셔야 할 일들이 참으로 막중하고도 많습니다."

확연히 바뀐 마로의 태도와 호칭에 대해 화인영은 호탕하게 웃으며 흔쾌히 답했다.

"하하하! 대장로께서는 제게 부담부터 먼저 주시는 것 같습니다만, 어쨌든 이제는 대장로의 말씀을 따르지 않을 수도 없겠습니다. 그리고 어차피 해야 할 일들이라면, 차라리 빨리 부닥치는 것이 좋겠지요."

그리고 화인영은 돌연 고대룡을 향해 성큼성큼 다가서는 것이었다.

화인영이 고대룡의 어깨에 한 손을 걸치고는 나직이 귓속말을 건넸다.

"누가 뭐라 해도 이제 아우는 이 시대 최강의 무인일세. 그런데 말이야, 이 다음에 내가 다시 도전할 때까지는 결코 누구에게도 최강의 자리를 양보해 주어서는 안 되네. 아우 아닌 다른 누가 최강의 소리를 듣는다는 것은 정말로 참지 못할 것 같거든? 만약 그런 일이 생긴다면, 이 우형은 어쩌면 정말로 천하를 상대로 화풀이를 하게 될지도 모르는 일일세. 이 우형이 천마의 후예로서, 천하마도의 지배자가 되었다는 사실을 잊으면 안 될 것이네."

화인영의 짐짓 가벼우면서도, 그러나 결코 가볍게만 들을 수 없는 그 귓속말은 웬만한 고수급들이라면 다 들을 수 있는 흉내만의 귓속말이었다.

고대룡이 잠시 난감한 표정이다가는 이내 빙긋이 웃는 얼굴이 되었다.

"소제는 형님께서 절 찾아오시기를 언제든지 기쁜 마음으로 고대하고 있겠습니다."

그러자 화인영은 힘주어 고대룡의 어깨를 잡아 흔들며 기꺼움이 가득한 대소를 터뜨렸다.

"하하하하하!"

화인영의 낭랑한 웃음소리가 천야평을 넘어 멀리까지 퍼져 나갔다.

천마궁이 일시에 천야평을 빠져나가고 난 뒤, 천하맹 또한 보름 뒤 무황성에서 각파 수뇌회의를 개최하기로 약조를 하고 각파별로 해산에 들어갔다.

악청과 남궁위덕 또한 고대룡, 독고자강 등과 빠른 재회를 기약하고 각자의 소속 문파와 함께 떠났다.

그들이 모두 떠난 천야평에는 잠룡단과 호천단의 무인들만 남았다.

좀 전까지만 해도 무림천하의 기인이사와 협성괴걸들로 가득 찼던 천야평에는 이제 쓸쓸하고도 황량한 기운마저 감돌고 있었다.

무황과 고대룡은 사람들에게서 떨어져 두 사람만의 시간을 가지고 있었다.

무황이 고대룡과만 따로 할 말이 있다고 하여 만든 자리였다.

일락서산(日落西山)이라.

분주하고도 고단했던 하루를 마감하며 태양은 어느새 서편 산등성이 가까이로 지고 있는 중이었다.

그 광경에서 시선을 떼지 않으며 무황이 무심한 듯 말을 꺼냈다.

"너는 이전에 노부가 말하였던 심형(心形)을 기억하느냐?"

조금은 느닷없다고 할 수 있는 그 질문에 대해 고대륭은 의외로 담담하고도 차분하게 대답을 했다.

"예."

"하면, 너는 그 심형을 이루었느냐?"

고대륭이 아주 잠깐 생각을 하는 듯하다가 이내 대답을 내놓았다.

"그런 것도 같습니다만, 심형보다는 부동(不動)에 가깝다고 해야 할 것입니다."

"허허허! 부동이라……? 그렇구나. 너의 무공이 금강부동신법이라 하였으니, 과연 부동이 어울리겠구나."

무황의 말에 감탄이 그대로 녹아들어 있었다.

하지만 여전히 약간의 미진함이 남았는지 무황이 고대륭을 보며 다시 물었다.

"으음! 우문(愚問)이 될지 모르겠으나, 너는 혹시 심검(心劍)을 이루었느냐?"

그러자 고대륭은 다시 생각에 잠기는 듯했다.

그러나 이번에도 그의 생각은 길지 않았다.

"언젠가 자강 형님이 말한 대로, '수중무검(手中無劍)이나 심중유검(心中有劍)으로 마음속의 검을 움직이는 단계'를 심검이라 한다면, 저는 아마도 그 비슷하게는 이루었다고 할 수 있을 것 같습니다. 그러나……."

고대릉은 말을 멈추었다.

문득 무황이 자신의 말을 듣기보다는 아련히 그 혼자만의 어떤 생각 속으로 깊이 빠져들어 있는 것을 보았기 때문이다.

고대릉은 다소간 쑥스러운 표정이 되고 말았다.

그는 본래 무황에게 물어보고픈 말이 있었는데, 지금 무황의 허탈하고도 씁쓸해하는 듯한 감회를 보고서야 그 궁금함을 물어볼 수 없었기 때문이다.

그런 덕에 그가 마저 하려던 뒷말은 그의 마음속에만 남았다.

'저의 화두는 처음부터 검이 아니라 공간이었는데, 이제 와서는 그것의 정의를 어떻게 내려야 하는 것인지를 잘 알지 못하겠습니다.'

사실 고대릉은 몰랐지만, 무황이 방금 고대릉과 주고받은 그 몇 마디의 짧은 대화는, 적어도 무황에게 있어서는 고대릉과의 비무(比武)나 마찬가지였다.

직접적으로 무공을 겨루지는 않아도, 서로가 이룬 무공 경지의 고하를 확인해 보는 하나의 승부인 것이다.

그리고 무황은 고대릉의 경지가 이미 자신의 경지는 물론이고, 자신이 상상하던 경지마저 훌쩍 넘어섰음을 깨닫고서 일시의 허탈감과 씁쓸한 감회에 접어들게 되었던 것이다.

무황이 문득 담담한 기색으로 돌아오며 말했다.

"너의 무공은 아마도 이전의 그 누구도 올라가 보지 못한 무의 궁극에 도달해 있는 듯하다. 허허허! 한데 너는 인영이 네게 당금 무림의 최강자라고 말한 의미를 알겠느냐?"

고대릉이 가만히 웃으며 대답했다.

"그것은 인영 형님이 지나치게 과장하여 말한 것일 뿐입니다."

"허허허! 그렇지 않다. 인영은 정확하게 말하였다. 또한 거기에는 네가 아니면 누구에게도 무림의 최고봉 자리를 내어줄 수 없다는 인영의 자존심이 담겨 있다. 어떠하냐? 이제 네가 나를 이어 정식으로 무황성주의 위에 오르는 것이. 기왕에 마도지존마저도 인정을 한 바이니, 구파일방과 오대세가는 물론이고 무림의 그 어떤 방파, 그 어떤 인물도 감히 너를 부정하지는 못할 것이다."

그러자 고대릉은 문득 정색을 하며 고개를 저었다.

"저에게는 결코 어울리지 않는 일입니다."

"허허허! 네가 어울리지 않는다면, 과연 천하의 그 누가 어울릴 것이냐?"

그러나 고대릉은 여전히 표정을 흩뜨리지 않았다.

"무황성주의 자리가 무림 최고의 자리라고 할지라도, 결코 최고인 자만이 올라야 하는 자리는 아닐 것이라고 생각합니다. 최고는 아닐지라도 능히 최고를 아우를 수 있는 인물이야말로 진정으로 그 자리에 어울리는 인물일 것입니다."

비록 담담하나 특유의 결코 흔들리지 않는 고집을 담고 있는 고대릉의 말에 무황의 표정이 문득 진중해졌다.

"흠! 하면, 네 생각에는 과연 누가 그 자리에 가장 어울릴 것 같으냐?"

그제야 고대릉의 표정이 밝아지며 가벼운 웃음소리를 내는 것이었다.

"하하하! 이미 천하의 영재들이 모두 성주님의 곁에 있는데, 굳이 다른 인물을 또다시 찾으실 필요가 어디 있겠습니까?"

그러자 무황 또한 웃는 얼굴로 말을 받았다.

"허허허! 그렇구나. 위덕이라면, 최소한 인영이 함부로 홀대하지는 못하겠구나. 그런데……?"

무황이 말을 멈추고 진지한 기색으로 고대룡을 바라보며 다시 물었다.

"너는 이제부터 무엇을 하려고 하느냐?"

고대룡이 담담하게 웃으며 대답했다.

"저는 이제 다시 장백산의 부모님과 조부님께로 돌아갈 작정입니다."

"허어! 이대로 초야에 들어 무림과는 아예 인연을 끊겠다는 것이냐?"

"하하하! 그러고는 싶지만, 어쩌면 그것이 어려울지도 모릅니다. 저도 아직까지 만나뵙지는 못했지만 제게는 외조부님이 한 분 계시는데, 그분께서는 제게 오랜 가업을 물려주시고자 합니다."

"흠! 가업이라면, 그 무영가를 말하는 것이냐?"

이어 무황은 문득 어떤 생각이 들었는지 빙그레 웃으며 말을 보탰다.

"허허허! 무영가라? 보이지 않는 가문이라……? 허허허! 어쩌면 앞으로 강호에는 사람들이 볼 수 없는 또 하나의 하늘이 생길지도 모르겠구나."

그에 대해 고대룡이 일시 무어라 대답을 하지 못하고 있는데, 무황이 약간은 은근해진 목소리로 다시 물었다.

"그런데 너는 혹시 장백산으로 떠나기 전에 노부에게 반드시 해야만 하는 부탁이 있지 않느냐?"

그러면서 무황의 시선은 그들로부터 멀찍이 떨어진 곳에서 조금은 조심스럽고, 또한 궁금한 기색으로 이쪽을 향해 눈길을 흘금거리고 있는 석여령을 슬쩍 보았다.

　그러자 고대룽의 얼굴로는 일시 짙은 홍조가 가득 떠오르고 마는 것이었다.

　그 모습을 보고서 무황이 크게 웃음을 터뜨리고 말았다.

　"으하하하하!"

　그리고 무황은 석여령을 향해, 아니, 잠룡단과 호천단의 사람들이 모두 다 들을 수 있도록 적당히 내력까지 실어 외쳤다.

　"허허허! 여령! 너는 참으로 부끄러움을 많이 타는 부군을 선택하였구나! 그런데 너는 지금 무얼 하고 있느냐? 어서 너의 부군을 데려가지 않고? 그가 지금 부끄러워서 얼굴을 온통 붉게 물들이고 있는 것이 안 보인다는 말이냐?"

무림은 한동안 조용하였다.

그러나 조용하다고 해서 변화가 없었던 것은 아니다.

오히려 지난 이십 몇 년간을 통틀어 그 어느 때보다도 현저한 변화가 있었다.

천야평의 천하영웅대회가 끝난 직후, 무황은 무황성을 해체하겠다고 선언하였다.

무림은 본연의 무림 그대로가 좋은 것이라는 명분이었다.

그에 대해 구파일방과 오대세가는 강력히 반대의 뜻을 밝혔다.

정파무림의 구심점으로서 무황성은 반드시 필요하다는 이유에서였다.

그러자 무황은 자신의 후계를 지정하고 나서 자신은 무림에서 은퇴하겠다는 것으로 한발을 물러선 대안을 제시하였다.

그리고 그가 공표한 후계자는 바로 남궁위덕이었다.

사실 그것은 무황이 후계를 지정하겠다고 했을 때부터 어느 정도는 이미 예견이 된 일이었다.

강호오공자 중에서 무황성의 후계가 나와야 한다는 것은 이미 무황과 정파 간의 이전부터의 약속이라고 할 수 있었다.

그런데 이제 강호오공자 중에서 공손도중과 위지호준은 이미 이 세상의 사람이 아니었고, 화인영은 어쩌면 무황성주보다도 객관적으로는 더욱 강력한 권위를 지니는 마도지존의 자리에 올라 있었다.

그렇다면 남은 사람은 독고자강과 남궁위덕뿐이었는데, 둘 중에서는 모든 여건으로 보아 남궁위덕이었다.

설혹 무황이 독고자강을 지명한다 해도, 천하 각파가 어떤 반응을 보일까 하는 문제 이전에, 독고자강 스스로가 결단코 그것을 받아들이지 않을 것이었다.

어쨌든 그런 예견이 가능하였기에 오대세가는 물론이고, 구대문파까지도 무황의 한발 물러선 그 대안에 굳이 반대를 하지 않았다.

남궁위덕은 무황에 이어 제이대 무황성주가 되었다.

그렇게 하여 천하는 남궁위덕과 화인영, 두 젊은 영웅들에 의해 양분되었다.

사실은 양분의 의미보다는 그들 두 젊은 영웅들이 함께 천하를 가졌다는 것이 보다 적절한 수식이 될지도 몰랐다.

남궁위덕과 화인영은 각각 무황성주와 천마궁주가 되고 난 이후에도 여전히 서슴없이 호형호제(呼兄呼弟)하는 사이를 유지하였고, 그 덕분으로 지난 몇 년 동안 정과 마 사이에는 특기할 만한 갈등이나 분쟁이 발생하지 않고 있었다.

그럼으로써 무림천하는 마침내 모두가 바라던 시대를 맞게 되었다.

무림의 누구나가 바라는 것은, 적어도 표면적으로는 바로 평화였다.

적어도 무림의 대다수를 이루는 평범한 무인들에게는 그것이 정에 의한 것이든, 마에 의한 것이든, 혹은 정과 마의 공존에 의한 것이든, 진정한 평화이기만 하면 아무 상관이 없는 일이었다.

독고자강은 잠룡단의 제이대 단주가 되었다.

사실 천하의 진정한 지배자는 바로 그인지도 몰랐다.

무황성과 천마궁이 각각 무림을 지배한다고는 하지만, 어쩌면 그것은 다만 명목상의 지배일지 몰랐다.

그에 비해 잠룡단이야말로 진정 거칠 것 없이 무림을 종횡무진하였다.

물론 그들은 여전히 백여 명의 인원으로만 이루어진 작은 낭인 집단에 불과하였고, 오로지 무인으로서의 명예심과 지치지 않는 투쟁심만을 추구하였다.

그러니 그들이 어떠한 목적을 가지고 무림을 종횡한다는 오해는 받지 않아도 좋았다.

더구나 잠룡단주인 독고자강은 무황성주 남궁위덕 및 천마궁주 화인영과 더불어 돈독한 우정을 나누는 사이가 아니겠는가.

그러나 무림의 그 어떤 세력도 감히 잠룡단을 함부로 하지 못하는 이유는 한 가지가 더 있었다.

그것은 잠룡단이 가지고 있는 드러나지 않는 거대한 배경, 바로 명예장로원의 존재였다.

잠룡단의 명예장로원은 이제 천하의 기라성 같은 고인들이 앞 다투어 초빙받기를 바라는, 그곳에 소속되는 것을 무인으로서의 명예와 영광으로 여기는 그런 곳이 되어 있었다.

그곳에는 이미 이 시대 최고의 검성(劍聖)으로 추앙받는 화산제일검 악청을 비롯하여, 구파일방과 무림유수 방파의 은거고인들이 대거 적(籍)을 올려놓고 있었다.

더욱이 놀라운 것은 마도의 기인들 또한 잠룡단의 명예장로가 되어 있다는 것이었다.

대표적인 경우가 바로 천마오로였다.

그러니 무림의 어느 세력이 감히 잠룡단을 함부로 여길 수 있겠는가.

그럼으로써 무림에는 마도의 하늘 천마궁과 정도의 하늘 무황성, 그리고 그 두 하늘 사이에 잠룡단이라는 또 하나의 하늘이 서로 균형을 이루며 공존하고 있었다.

그러나 그들 세 하늘 외에 무림에는 또 하나의 하늘이 엄연히 존재하고 있었다.

다만 그 하늘은 보이지 않는 하늘이었기에 무림의 극소수 인물들만이 그 존재를 알고 있었다.

*   *   *

장백산맥의 어느 깊은 골짜기 주변에는 초대받지 않은 사람은 결코 접근조차 할 수 없는 절대금지(絶對禁地)가 하나 있었다.

그곳은 본래부터 워낙 인적이 드문 곳이라 세간에는 알려지지도 않은 곳이었다.

더구나 장백산맥 일대의 원주민들 사이에 전설처럼 전해지는 이야기에 따르면, 그곳 주변에는 수천, 수만씩이나 떼로 무리를 이루어 사는 참으로 기괴한 생물들이 있다는 것이었다.

　그 생물들은 온몸이 투명하여 낮에는 사람들의 눈에 보이지도 않았고, 밤이 되면 거대한 도깨비불을 피우고 다닌다고 하였다.

　그러기에 인근의 약초꾼이나 사냥꾼들에게는 산을 지키는 수호영물(守護靈物)로 신성시되고 있었다.

　역시 다만 소문에 불과할 뿐이었지만, 드물게는 일단의 무림인들이 그 금지를 찾는 일이 있는데, 그럴 때면 신기하게도 그 영물들은 순순히 길을 열어줄 뿐만 아니라, 어두운 밤이면 예의 그 도깨비불을 밝혀 길을 비춰주기까지 한다고 하였다.

　사람들은 언제부터인지 그곳에 신가(神家)라는 신비로운 가문이 있다고 믿었다.

　소문의 신비에 걸맞지 않게 신가는 실상 하나의 조그마한 마을에 불과하였다.

　장백산 심처(深處)의 깎아지른 듯한 절벽으로 이루어진 하나의 긴 협곡을 지나면, 문득 사방팔방이 험준한 바위산으로 둘러싸인 조그맣고 아늑한 분지 하나가 나타난다.

　신가(神家)로 소문난 곳은 바로 거기에 존재했다.

　그리고 사실은 무림인들 중에서도 극소수의 인물들만 아는 사실이었지만, 그 신가의 실체는 바로 무림의 보이지 않는 하늘이라는 무영신가(無影神家)였다.

　분지의 가장 안쪽에는 무영신가와 외따로 떨어져 있는 한 채의 통나무집이 있었다.

마치 한 폭의 산수화 속에라도 있는 것처럼 고즈넉한 모습으로 서 있는 그 세 칸으로 된 아담한 통나무집이야말로 바로 고대룡의 본가였다.

그리고 그 통나무집이야말로 무영신가가 하필이면 이곳에 지어진 이유가 되는 곳이었고, 또한 무영신가가 무림의 보이지 않는 하늘이라고 불리는 근원적인 이유가 되는 곳이기도 했다.

통나무집에서는 아침저녁으로 삼대(三代)의 글 읽는 소리가 낭랑하였다.

방문이 활짝 열린 안채에서는 두 여인이 간간이 나직한 웃음소리를 섞어가며 도란도란 얘기를 나누고 있었다.

그녀들은 바로 석여령과 흑요였다.

무슨 재미있는 얘기를 하는지, 두 여인 사이에는 연신 웃음소리가 그치지를 않았다.

그런데 앉아 있는 태에서도 흑요의 배는 아무래도 좀 불룩한 것 같았다.

아니, 자세히 보자니 좀 불룩한 것이 아니라 자못 위태로워 보일 정도로 불러 있었다.

홍결은 일(?)이 없는 날은 통나무집의 나지막한 싸리나무 담장 너머에 서 있는 한 그루 높은 소나무 위에 올랐다.

그곳에서 흑요를 살피는 일이 그의 가장 중요한 하루 일과가 된 지는 벌써 몇 달째가 되어가고 있는 중이었다.

홍걸의 눈길은 몇 시진이고 하염없이 흑요를 쫓았다. 정확히는 흑요의 배만 쫓고 있는 것이지만.

'아들, 반드시 아들이어야 한다. 그놈에게서만큼은 기필코 천하를 얻고야 말리라.'

그랬다.

홍걸의 필생 소원은 아직까지 이루어지지 않은 것이다.

고대릉이 아무리 천하에서 가장 강하다는 소리를 듣는다고 한들 그것이 무슨 소용이랴?

아는 사람만 아는 그런 천하제일인은 필요가 없었다.

홍걸이 생각하는 진정한 천하제일인은 천하의 모든 사람이 다 우러러보는 그런 천하제일인 것이다.

'흥! 무영신가……? 개뿔, 신가는 무슨 신가? 무영가는 그냥 무영가일 뿐이다. 흑요의 뱃속에서 자라는 저놈에게는 기필코 천하제일가인 무영가를 이루도록 하고야 말 것이다.'

그러나 내심으로 그런 흐뭇한 미래의 계획을 그려가면서도, 홍걸의 눈동자는 가끔씩 한곳의 눈치를 보지 않을 수가 없었다.

바로 통나무집의 사랑방이었다.

그 방문 안에는 홍걸이 세상에서 가장 껄끄럽게 여기는 인물, 세상에서 유일하게 그를 움츠리게 만드는 인물인 고진당이 언제나 변함없이 정좌한 자세로 앉아 손때로 닳고 닳은 고서를 읽고 있을 것이었다.

홍걸의 내심으로 소리없는 탄식이 흘렀다.

'휴우! 그나저나 저 꼬장꼬장한 늙은이보다는 내가 적어도 십 년은 더 살아야 뭘 해도 할 터인데……. 에휴! 평생 무공도 익히지 않은 늙은이가 어찌 저리 잔병치레 하나 없이 날이 갈수록 더욱더 꼿꼿하기만 할꼬?

　무영신가의 가주는 물론 고대릉이었다.
　그러나 가장 큰 어른 행세를 하는 이는 홍걸이었다.
　그리고 실질적으로 가문의 일을 총괄하는 이는 총관 등평이었다.
　고대릉이 가주 노릇(?)을 거의 하지 않는 반면, 홍걸과 등평은 요즘
도 가끔씩, 아주 가끔씩 일(?)을 하기 위해 강호로 나가곤 했다.
　물론 먹고살기 위해서가 아니라, 어디까지나 가문의 본업을 영위(營
爲)하기 위해서였다.
　그들이 일을 마치고 돌아오는 날이면, 무영신가에서는 숨죽인 탄성
들이 터져 나오곤 했다.
　"오오……!"
　"아아……!"
　그러나 그럴 때면 무영신가가 한눈에 내려다 보이는 세 칸 통나무집
에서는 삼대의 글 읽는 소리가 더욱 낭랑하였다.

　　　　　　　　　　　　　　　　　　　　　　　　　　大尾.